新典社選書56

杉本完治 著

森鷗外　永遠の問いかけ

新典社

はしがき

最近の高校生はこんな質問をするそうだ。

「モリオウガイってどんなカイ?」。

笑えるだろうか。ぼくはとうてい笑う気になれない。定年退職したとはいえ、ぼくも高校教師の端くれだったから。

中学で「高瀬舟」を学習済みの高校生に、その主人公名・護送同心名・主人公の人間像を尋ねてみた。答えられない生徒が少なからずいた。これがいつわらざる現実である。

木下杢太郎に「森鷗外」という文章がある。その「余論」に次のような文章がある。

〈森鷗外は謂はばテエベス百門の大都である。〉

鷗外を形容するに、これ以上の言葉があるだろうか。杢太郎には、鷗外は、ふところがとてつもなく深く、幅もとてつもなく広い、そういう人に見えたのであろう。そしてその杢太郎の鷗外評はあの膨大な鷗外文学の一つひとつにもそのままあてはまる。だから読み応えがある。

「高瀬舟」は、主人公喜助をどういう人間としてみるか、そこが根幹であろう。「興津彌五右衛門の遺書」は、彌五右衛門の殉死をどう考えるか、そこが根幹であろう。

しかし、そのそれぞれのテーマを考えるには、その前提として、その作品を正しく読む必要がある。そう思って、仕事の合間に少しずつ内容に関する基礎的調査を進めた。そしてそれを少しずつ書きためていった。

そのぼくの文章を読んだある人が言った。「先生の文章を読んだら、「高瀬舟」についての私のイメージがすっかり変わってしまった」。またある人が言った。「乃木自刃の描写がいいね」。平成二十三年の大震災は、多くの人に「生の意味」の再考を促した。本書収録の鷗外の二作品は、その再考に必ずや資するものと信じて疑わない。平成二十四年は鷗外生誕百五十年である。その記念年に拙著を公にできることの幸せを、ぼくはいま、窃かにかみしめている。

平成二十四年八月

著　者

目次

「興津彌五右衛門の遺書」の世界

殉《じゅん》死《し》 人は、どう生きるべきか

「高瀬舟」の世界

毫《ごう》光《こう》（オーラ）

安楽死――是か非か

序　角倉了以と高瀬舟

平成十九年六月、家族を伴い京都に行った。五条大橋近くのホテルに泊まった。二階の廊下から窓越しに道路を挟んで高瀬川が見えた。暮色の中ある種の風情を感じた。

高瀬川一の舟入に「高瀬舟」が浮かんでいる。建造後だいぶ時が経っている。それで、高瀬川竣工四百年を記念して、平成二十六年の完成を目指して新船が建造されるそうだ。

もう十数年前のこと。静岡県富士川畔に角倉了以の顕彰碑があると歴史散歩ガイドブックで見た。早速行ってみた。碑は旧国道一号線（現三九六号線）富士川鉄橋西端、通称身延街道の川岸に建っていた。往来のクルマは多いが、碑に目を留める者も足を止める者もまったくいない。碑文には次のようにあった（ルビ＝杉本）。

慶長中《けいちやうちゆう》了以《れうい》角倉《すみのくら》氏《し》幕命《ばくめい》ヲ以《もつ》テ富士川《ふじかは》ヲ開鑿《かいさく》シ舟楫《しうしふ》ニ便《べん》ス流域《りうゐき》ノ民《たみ》今《いま》ニ其《そ》ノ澤《たく》ヲ被《かうむ》ル

本町《ほんちやう》町民《ちやうみん》相謀《あひはか》リ此《ここ》ニ碑《ひ》ヲ建《た》テ以《もつ》テ偉績《ゐせき》ヲ千載《せんざい》ニ傳《つた》フ

角倉氏は、近江源氏の流れをくむ氏族である。『平家物語』中屈指の名文として名高い宇治川先陣のヒーロー佐々木四郎高綱の弟厳秀をそのルーツとする。近江の吉田を領したところから吉田姓を名乗った。のち幕府を開いた足利家も元は源氏だが、義満の時代、吉田徳春は足利の臣となり、京都嵯峨に住した。了以五代の祖である。

半世紀ののち、徳春は嵯峨大徳寺境内に土倉を開業した。土倉とは金融業を意味する言葉である。つまり徳春は軍人から経済人への転身をはかったわけである。

一代おいて了以の祖父宗忠に、与左衛門、宗桂、六郎左右衛門等の子があり、与左衛門が宗家を継いだ。大覚寺角倉といわれた栄可がその子である。宗桂の子が了以である。天文二十三年（一五五四）に生まれた。

父宗桂は医を業としていたが、その長子了以は医業の継承を弟宗恂に譲り、栄可の家に出入りし、そのもとで実業家としての道を歩き始めていた。その方面での了以の才能を認めた栄可は、自分の娘を了以に嫁した。了以十六歳の時であった。父宗桂の死去にともない、了以は土倉の経営を引き継ぐことになった。

しかし了以の、科学者的また実業家的な才能が開花するまでには、その後の長い歳月の経過と世の推移を待たなければならなかった。了以の才能は、徳川の世になってようやく開花したのであった。家康が征夷大将軍になったのが慶長八年（一六〇三）のことだから、了以すでに不惑（四十歳）を超していたことになる。そして三十年にも及ぶ力の醸成期間が長かった分だけ、その後、角倉一族の財力をバックにした了以の活躍は華々しかった。

とまれ慶長時代、角倉了以によって富士川開鑿事業が行われたことは、先の碑文に見るとおりである。しかも了以の河川開鑿工事の総決算ともいうべき高瀬川は、明治期、その使命を終えていた。それに対し、富士川には大正時代においてもなお、帆舟の往来があったという。そのことを思えば、了以の事業はまさしく「偉業」というにふさわしかろう。そしてもし大堰川・富士川・天竜川・鴨川の開鑿工事が了以によって施工されていなかったなら、名作「高瀬舟」も世に出ることはおそらくなかった。

先の顕彰碑は、その了以の偉業を讃え、それを後世に伝えるためのものであった。が、「高瀬舟」とのそういう関わりを思う時、また別の意味合いも感じられて興味深い。

まずは作品の話に入る前に作品本文（日本近代文学館所蔵『高瀬舟』大正七年二月十五日発行）を次に掲げる。用字は旧漢字を新漢字に改めた。仮名遣いは作品発表当時の雰囲気を味わいたいと思い、底本のままとした。ルビは底本にしたがい適宜附した。畳字は用いなかった。

高瀬舟

森林太郎

高瀬舟《たかせぶね》は京都の高瀬川《たかせがは》を上下する小舟《こぶね》である。徳川時代に京都の罪人が遠島《ゑんたう》を申し渡されると、本人の親類が牢屋敷《らうやしき》へ呼び出されて、そこで暇乞《いとまごひ》をすることを許された。それから罪人は高瀬舟に載《の》せられて、大阪へ廻《まは》されることであつた。それを護送《ごそう》するのは、京都町奉行の配下《はいか》にゐる同心《どうしん》で、此《この》同心は罪人の親類の中《うち》で、主立《おもだ》つた一人《にん》を、大阪まで同船させることを許す慣例であつた。これは上《かみ》へ通《とほ》つた事ではないが、所謂《いはゆる》大目《おほめ》に見るのであつた黙許《もくきよ》であつた。

当時遠島を申し渡された罪人は、勿論《もちろん》重い科《とが》を犯《おか》したものと認められた人ではあるが、決して盗《ぬすみ》をするために、人を殺し火を放つたと云《い》ふやうな、獰悪《だうあく》な人物が多数を占めてゐたわけではない。高瀬舟に乗る罪人の過半は、所謂《いはゆる》心得《こころえ》違《ちがひ》のために、想《おも》はぬ科《とが》を犯《おか》した人であつた。有《あ》り触《ふ》れた例を挙げて見れば、当時相対死《あひたいし》と云《い》つた情死《じやうし》を謀《はか》つて、相手の女を殺して、自分だけ活《い》き残つた男と云《い》ふやうな類《たぐひ》である。

さう云《い》ふ罪人を載《の》せて、入相《いりあひ》の鐘《かね》の鳴る頃《ころ》に漕《こ》ぎ出された高瀬舟は、黒ずんだ京都の町の家々を両岸に見つつ、東へ走つて、加茂川《かもがは》を横ぎつて下るのであつた。此《この》舟の中で、罪人と其《その》親類の者とは夜どほし身の上を語り合ふ。いつもいつも悔《く》やんでも還《かへ》らぬ繰言《くりごと》である。護送の役をする同心は、傍《そば》でそれを聞いて、罪人を出した親戚眷属《しんせきけんぞく》の悲惨な境遇を細《こま》かに知ることが出来た。所詮《しよせん》町奉行所の白洲《しらす》で、表向《おもてむき》の口供《こうきよう》を聞いたり、役所の机の上で、口書《くちがき》を読んだりする役人の夢にも窺《うかが》ふことの出来ぬ境遇である。

同心を勤める人にも、種々《いろいろ》の性質があるから、此時只《このときただ》うるさいと思つて、耳を掩《おほ》ひたく思ふ冷淡な同心があるかと思へば、又しみじみと人の哀《あはれ》を身に引き受けて、役柄《やくがら》ゆゑ気色《けしき》には見せぬながら、無言の中《うち》に私《ひそ》かに胸を痛める同心もあつた。場合によつて非常に悲惨な境遇に陥《おちい》つた罪人と其《その》親類とを、特に心弱い、涙脆《なみだもろ》い同心が宰領《さいりやう》して行《ゆ》くことになると、其《その》同心は不覚《ふかく》の涙を禁じ得ぬのであつた。

そこで高瀬舟の護送は、町奉行所の同心仲間で、不快な職務として嫌《きら》はれてゐた。

いつの頃《ころ》であつたか。多分《たぶん》江戸で白河楽翁侯《しらかはらくをうこう》が政柄《せいへい》を執《と》つてゐた寛政の頃《ころ》ででもあつただらう。智恩院《ちおんゐん》の桜が入相《いりあひ》の鐘《かね》に散る春の夕《ゆふべ》に、これまで類《るゐ》のない、珍らしい罪人が高瀬舟に載《の》せられた。

それは名を喜助《きすけ》と云つて、三十歳ばかりになる、住所不定《ふぢやう》の男である。固《もと》より牢屋敷《らうやしき》に呼び出されるやうな親類はないので、舟にも只一人《ただひとり》で乗つた。

護送を命ぜられて、一しよに舟に乗り込んだ同心羽田庄兵衛《はねだしやうべゑ》は、只《ただ》喜助が弟殺しの罪人だと云《い》ふことだけを聞いてゐた。さて牢屋敷《らうやしき》から桟橋《さんばし》まで連《つ》れて来る間、この痩肉《やせじし》の、色の蒼白《あをじろ》い喜助の様子を見るに、いかにも神妙《しんべう》に、いかにもおとなしく、自分をば公儀《こうぎ》の役人として敬《うやま》つて、何事につけても逆《さから》はぬやうにしてゐる。しかもそれが、罪人の間に往々《わうわう》見受けるやうな、温順《をんじゆん》を装《よそほ》つて権勢《けんせい》に媚《こ》びる態度ではない。

庄兵衛は不思議に思つた。そして舟に乗つてからも、単《たん》に役目の表《おもて》で見張《みは》つてゐるばかりでなく、絶えず喜助の挙動に、細《こま》かい注意をしてゐた。

其日《そのひ》は暮方《くれがた》から風が歇《や》んで、空一面を蔽《おほ》つた薄《うす》い雲が、月の輪廓《りんくわく》をかすませ、やうやう近寄つて来る夏の温《あたたか》さが、両岸の土からも、川床《かはどこ》の土からも、靄《もや》になつて立ち昇《のぼ》るかと思はれる夜《よ》であつた。下京《しもぎやう》の町を離れて、加茂川を横ぎつた頃からは、あたりがひつそりとして、只舳《ただへさき》に割《さ》かれる水のささやきを聞くのみである。

夜舟《よふね》で寝ることは、罪人にも許されてゐるのに、喜助は横にならうともせず、雲の濃淡《のうたん》に従つて、光の増したり減《げん》じたりする月を仰《あふ》いで、黙つてゐる。其額《そのひたひ》は晴《はれ》やかで、目には微《かす》かなかがやきがある。

庄兵衛はまともには見てゐぬが、始終《しじゆう》喜助の顔から目を離さずにゐる。そして不思議だ、不思議だと、心の内《うち》で繰り返してゐる。それは喜助の顔が縦《たて》から見ても、横から見ても、いかにも楽しさうで、若《も》し役人に対する気兼《きがね》がなかつたなら、口笛を吹きはじめるとか、鼻歌を歌ひ出すとかしさうに思はれたからである。

庄兵衛は心の内《うち》に思つた。これまで此《この》高瀬舟の宰領《さいりやう》をしたことは幾度《いくたび》だか知れない。しかし載《の》せて行《ゆ》く罪人は、いつも殆《ほとん》ど同じやうに、目も当てられぬ気の毒な様子をしてゐた。それに此《この》男はどうしたのだらう。遊山船《ゆさんぶね》にでも乗つたやうな顔をしてゐる。罪は弟を殺したのださうだが、よしや其《その》弟が悪い奴《やつ》で、それをどんな行掛《ゆきがか》りになつて殺したにせよ、人の情《じやう》として好《い》い心持《こころもち》はせぬ筈《はず》である。この色の蒼《あを》い痩男《やせをとこ》が、その人の情《じやう》と云《い》ふものが全く欠けてゐる程の、世にも稀《まれ》な悪人であらうか。どうもさうは思はれない。ひよつと気でも狂つてゐるのではあるまいか。いやいや。それにしては何一つ辻褄《つじつま》の合はぬ言葉《ことば》や挙動《きよどう》がない。此《この》男はどうしたのだらう。庄兵衛がためには喜助の態度が考へれば考へる程わからなくなるのである。

……………

暫《しばら》くして、庄兵衛はこらへ切れなくなつて呼び掛《か》けた。「喜助。お前何を思つてゐるのか。」

「はい」と云つてあたりを見廻《みまは》した喜助は、何事《なにごと》をかお役人に見咎《みとが》められたのではないかと気遣《きづか》ふらしく、居《ゐ》ずまひを直《なほ》して庄兵衛の気色《けしき》を伺《うかが》つた。

庄兵衛は自分が突然問《とひ》を発した動機を明《あか》して、役目を離れた応対を求める分疏《いひわけ》をしなくてはならぬやうに感じた。そこでから云つた。「いや。別にわけがあつて聞いたのではない。実はな、己《おれ》は先刻《さつき》からお前の島へ往《ゆ》く心持《こころもち》が聞いて見たかつたのだ。己《おれ》はこれまで此舟《このふね》で大勢《おほぜい》の人を島へ送つた。それは随分《ずゐぶん》いろいろな身の上の人だつたが、どれもどれも島へ往《ゆ》くのを悲しがつて、見送りに来て、一しよに舟に乗る親類のものと、夜どほし泣くに極《き》まつてゐた。それにお前の様子を見れば、どうも島へ往《ゆ》くのを苦《く》にしてはゐないやうだ。一体お前はどう思つてゐるのだい。」

喜助はにつこり笑つた。「御親切に仰《おつし》やつて下すつて、難有《ありがた》うございます。なる程島へ往《ゆ》くといふことは、外《ほか》の人には悲しい事でございませう。其心持《そのこころもち》はわたくしにも思ひ遣《や》つて見ることが出来ます。しかしそれは世間で楽《らく》をしてゐた人だからでございます。京都は結構な土地ではございますが、その結構な土地で、これまでわたくしのいたして参《まゐ》つたやうな苦《くる》しみは、どこへ参《まゐ》つてもなからうと存じます。お上《かみ》のお慈悲《じひ》で、命を助けて島へ遣《や》つて下さいます。島はよしやつらい所でも、鬼の栖《す》む所ではございますまい。わたくしはこれまで、どこと云《い》つて自分のゐて好《い》い所と云《い》ふものがございませんでした。こん度《ど》お上《かみ》で島にゐろと仰《おつし》やつて下さいます。そのゐろと仰《おつし》やる所に落ち著《つ》いてゐることが出来ますのが、先《ま》づ何よりも難有《ありがた》い事でございます。それにわたくしはこんなにかよわい体《からだ》ではございますが、つひぞ病気をいたしたことはございませんから、島へ往《い》つてから、どんなつらい為事《しごと》をしたって、体を痛《いた》めるやうなことはあるまいと存じます。それからこん度《ど》島へお遣下《やりくだ》さるに付《つ》きまして、二百文《もん》の鳥目《てうもく》を戴《いただ》きました。それをここに持つてをります。」から云《い》ひ掛けて、喜助は胸に手を当てた。遠島を仰《おほ》せ附《つ》けられるものには、鳥目《てうもく》二百銅《どう》を遣《つかは》すと云《い》ふのは、当時の掟《おきて》であつた。

喜助は語《ことば》を続《つ》いだ。「お恥かしい事を申し上げなくてはなりませぬが、わたくしは今日《こんにち》まで二百文《もん》と云《い》ふお足《あし》を、かうして懐《ふところ》に入れて持つてゐたことはございませぬ。どこかで為《し》事《ごと》に取《と》り附《つ》きたいと思つて、為事《しごと》を尋《たづ》ねて歩きまして、それが見附《みつ》かり次第、骨を惜《をし》まずに働きました。そして貰《もら》つた銭《ぜに》は、いつも右から左へ人手に渡さなくてはなりませなんだ。それも現金で物が買つて食べられる時は、わたくしの工面《くめん》の好《い》い時で、大抵《たいてい》は借りたものを返して、又跡《あと》を借りたのでございます。それがお牢《らう》に這入《はい》つてからは、為事《しごと》をせずに食べさせて戴《いただ》きます。わたくしはそればかりでも、お上《かみ》に対して済《す》まない事をいたしてゐるやうでなりませぬ。それにお牢《らう》を出る時に、此《この》二百文《もん》を戴《いただ》きましたのでございます。かうして相変らずお上《かみ》の物を食べてゐて見ますれば、此《この》二百文《もん》はわたくしが使はずに持つてゐることが出来ます。お足《あし》を自分の物にして持つてゐると云《い》ふことは、わたくしに取《と》つては、これが始《はじめ》でございます。島へ往《い》つて見ますまでは、どんな為事《しごと》が出来るかわかりませんが、わたくしは此《この》二百文《もん》を島でする為事《しごと》の本手《もとで》にしようと楽《たのし》んでをります。」から云《い》つて、喜助は口を噤《つぐ》んだ。

庄兵衛は「うん、さうかい」とは云《い》つたが、聞く事毎《ことごと》に余り意表に出たので、これも暫《しばら》く何も云《い》ふことが出来ずに、考へ込んで黙つてゐた。

庄兵衛は彼此《かれこれ》初老に手の届く年になつてゐて、もう女房に子供を四人生ませてゐる。それに老母が生きてゐるので、家は七人暮《しちにんぐら》しである。平生《へいぜい》人には吝嗇《りんしよく》と云《い》はれる程の、倹約《けんやく》な生活をしてゐて、衣類は自分が役目のために著《き》るものの外《ほか》、寝巻《ねまき》しか拵《こしら》へぬ位《くらゐ》にしてゐる。しかし不幸な事には、妻を好《い》い身代《しんだい》の商人の家から迎へた。そこで女房は夫の貰《もら》ふ扶持米《ふちまい》で暮《くら》しを立てて行《ゆ》かうとする善意はあるが、裕《ゆたか》な家に可哀《かはい》がられて育つた癖《くせ》があるので、夫が満足する程手元を引き締めて暮《くら》して行《ゆ》くことが出来ない。動《やや》もすれば月末になつて勘定《かんぢやう》が足りなくなる。すると女房が内証《ないしよう》で里《さと》から金を持つて来て帳尻《ちやうじり》を合はせる。それは夫が借財《しやくざい》と云《い》ふものを毛虫のやうに嫌《きら》ふからである。さう云《い》ふ事は所詮《しよせん》夫に知れずにはゐない。庄兵衛は五節句《せつく》だと云《い》つては、里方《さとかた》から物を貰《もら》ひ、子供の七五三の祝《いはひ》だと云《い》つては、里方《さとかた》から子供に衣類を貰《もら》ふのでさへ、心苦しく思つてゐるのだから、暮《くら》しの穴を塡《う》めて貰《もら》つたのに気が附《つ》いては、好《い》い顔はしない。格別《かくべつ》平和を破るやうな事のない羽田《はねだ》の家に、折々波風《なみかぜ》の起るのは、是《これ》が原因である。

庄兵衛は今喜助の話を聞いて、喜助の身の上をわが身の上に引き比《くら》べて見た。喜助は為事《しごと》をして給料を取つても、右から左へ人手に渡して亡《な》くしてしまふと云《い》つた。いかにも哀《あはれ》な、気の毒な境界《きやうがい》である。しかし一転して我身《わがみ》の上を顧《かへり》みれば、彼《かれ》と我《われ》との間に、果してどれ程の差があるか。自分も上《かみ》から貰《もら》ふ扶持米《ふちまい》を、右から左へ人手に渡して暮《くら》してゐるに過ぎぬではないか。彼と我との相違は、謂《い》はば十露盤《そろばん》の桁《けた》が違つてゐるだけで、喜助の難有《ありがた》がる二百文《もん》に相当する貯蓄《ちよちく》だに、こつちはないのである。

さて桁を違へて考へて見れば、鳥目《てうもく》二百文《もん》をでも、喜助がそれを貯蓄《ちよちく》と見て喜んでゐるのに無理はない。其心持《そのこころもち》はこつちから察して遣《や》ることが出来る。しかしいかに桁《けた》を違へて考へて見ても、不思議なのは喜助の慾《よく》のないこと、足《た》ることを知つてゐることである。

喜助は世間で為事《しごと》を見附《みつ》けるのに苦《くるし》んだ。それを見附《みつ》けさへすれば、骨を惜《をし》まずに働いて、やうやう口《くち》を糊《のり》することの出来るだけで満足した。そこで牢に入つてからは、今まで得《え》難《がた》かつた食《しよく》が、殆《ほとん》ど天から授けられるやうに、働かずに得られるのに驚いて生れてから知らぬ満足を覚えたのである。

庄兵衛はいかに桁《けた》を違へて考へて見ても、ここに彼と我との間に、大いなる懸隔《けんかく》のあることを知つた。自分の扶持米《ふちまい》で立てて行く暮《くら》しは、折々足《た》らぬことがあるにしても、大抵出納《たいていすゐたふ》が合つてゐる。手一ぱいの生活である。然《しか》るにそこに満足を覚えたことは殆《ほとん》ど無い。常は幸《さいはひ》とも不幸とも感ぜずに過ごしてゐる。しかし心の奥には、かうして暮《くら》してゐて、ふいとお役が御免《ごめん》になつたらどうしよう、大病にでもなつたらどうしようと云《い》ふ疑懼《ぎく》が潜《ひそ》んでゐて、折々妻が里方《さとかた》から金を取り出して来て穴塡《あなうめ》をしたことなどがわかると、此疑懼《このぎく》が意識の閾《しきゐ》の上に頭を擡《もた》げて来るのである。

一体此懸隔《このけんかく》はどうして生じて来るだらう。只上辺《ただうはべ》だけを見て、それは喜助には身に係累《けいるい》がないのに、こつちにはあるからだと云《い》つてしまへばそれまでである。しかしそれは譃《うそ》である。よしや自分が一人者《ひとりもの》であつたとしても、どうも喜助のやうな心持《こころもち》にはなられさうにない。この根柢《こんてい》はもつと深い処《ところ》にあるやうだと、庄兵衛は思つた。

庄兵衛は只漠然《ただばくぜん》と、人の一生といふやうな事を思つて見た。人は身に病《やまひ》があると、此病《このやまひ》がなかつたらと思ふ。其日其日《そのひそのひ》の食《しよく》がないと、食《く》つて行《ゆ》かれたらと思ふ。万一の時に備《そな》へる蓄《たくはへ》がないと、少しでも蓄《たくはへ》があつたらと思ふ。蓄《たくはへ》があつても、又其蓄《そのたくはへ》がもつと多かつたらと思ふ。此《かく》の如《ごと》くに先から先へと考て見れば、人はどこまで往《い》つて踏み止《と》まることが出来るものやら分からない。それを今目の前で踏み止まつて見せてくれるのが此《この》喜助だと、庄兵衛は気が附《つ》いた。

庄兵衛は今さらのやうに驚異《きやうい》の目を瞠《みは》つて喜助を見た。此時《この》庄兵衛は空を仰《あふ》いでゐる喜助の頭から毫光《がうくわう》がさすやうに思つた。

……………………………

庄兵衛は喜助の顔をまもりつつ又、「喜助さん」と呼び掛けた。今度は「さん」と云《い》つたが、これは十分の意識を以《もつ》て称呼《しようこ》を改めたわけではない。其声《そのこゑ》が我《わが》口から出て我《わが》耳に入《い》るや否《いな》や、庄兵衛は此称呼《このしようこ》の不穏当《ふをんたう》なのに気が附《つ》いたが、今さら既《すで》に出た詞《ことば》を取り返すことも出来なかつた。

「はい」と答へた喜助も、「さん」と呼ばれたのを不審《ふしん》に思ふらしく、おそるおそる庄兵衛の気色《けしき》を覗《うかが》つた。

庄兵衛は少し間《ま》の悪いのをこらへて云《い》つた。「色々《いろいろ》の事を聞くやうだが、お前は今度島へ遣《や》られるのは、人をあやめたからだと云《い》ふ事だ。己《おれ》に序《ついで》にそのわけを話して聞せてくれぬか。」

喜助はひどく恐れ入つた様子で、「かしこまりました」と云《い》つて、小声で話し出した。

「どうも飛《と》んだ心得違《こころえちがひ》で、恐ろしい事をいたしまして、なんとも申し上げやうがございませぬ。跡《あと》で思つて見ますと、どうしてあんな事が出来たかと、自分ながら不思議でなりませぬ。全く夢中《むちゆう》でいたしましたのでございます。わたくしは小さい時に二親《ふたおや》が時疫《じえき》で亡《な》くなりまして、弟と二人跡《ふたりあと》に残りました。初《はじめ》は丁度軒下《ちやうどのきした》に生れた狗《いぬ》の子にふびんを掛けるやうに町内の人達《ひとたち》がお恵《めぐみ》下さいますので、近所中《きんじよぢゆう》の走使《はしりづかひ》などをいたして、飢《う》ゑ凍《こご》えもせずに、育ちました。次第に大きくなりまして職《しよく》を捜《さが》しますにも、なるたけ二人《ふたり》が離れないやうにいたして、一しよにゐて、助け合つて働きました。去年の秋の事でございます。わたくしは弟と一しよに、西陣《にしぢん》の織場《おりば》に這入《はい》りまして、空引《そらびき》と云《い》ふことをいたすことになりました。そのうち弟が病気で働けなくなつたのでございます。其頃《そのころ》わたくし共《ども》は北山《きたやま》の掘立小屋《ほつたてごや》同様の所に寝起《ねおき》をいたして、紙屋川《かみやがは》の橋を渡つて織場《おりば》へ通《かよ》つてをりましたが、わたくしが暮《く》れてから、食物《たべもの》などを買つて帰ると、弟は待ち受けてゐて、わたくしを一人《ひとり》で稼《かせ》がせては済《す》まない済《す》まないと申してをりました。或《あ》る日いつものやうに何心《なにごころ》なく帰つて見ますと、弟は布《ふ》団《とん》の上に突《つ》つ伏《ぶ》してゐまして、周囲《まはり》は血だらけなのでございます。わたくしはびつくりいたして、手に持つてゐた竹の皮包《かはづつみ》や何かを、そこへおつぽり出して、傍《そば》へ往《い》つて『どうしたどうした』と申しました。すると弟は真蒼《まつさを》な顔の、両方の頬《ほほ》から腮《あご》へ掛けて血に染《そま》つたのを挙《あ》げて、わたくしを見ましたが、物を言ふことが出来ませぬ。息をいたす度《たび》に、創口《きずぐち》でひゆうひゆうと云《い》ふ音がいたすだけでございます。わたくしにはどうも様子がわかりませんので、『どうしたのだい、血を吐《は》いたのかい』と云《い》つて、傍《そば》へ寄らうといたすと、弟は右の手を床《とこ》に衝《つ》いて、少し体《からだ》を起《おこ》しました。左の手はしつかり腮《あご》の下の所を押《おさ》へてゐますが、其指《そのゆび》の間から黒血《くろち》の固まりがはみ出してゐます。弟は目でわたくしの傍《そば》へ寄るのを留《と》めるやうにして口を利《き》きました。やうやう物が言へるやうになつたのでございます。『済《す》まない。どうぞ堪忍《かんにん》してくれ。どうせなほりさうにもない病気だから、早く死んで少しでも兄《あに》きに楽《らく》がさせたいと思つたのだ。笛《ふえ》を切つたら、すぐ死ねるだらうと思つたが息がそこから漏《も》れるだけで死ねない。深く深くと思つて、力一ぱい押し込むと、横へすべつてしまつた。刃《は》は翻《こぼ》れはしなかつたやうだ。これを旨《うま》く抜《ぬ》いてくれたら己《おれ》は死ねるだらうと思つてゐる。物を言ふのがせつなくつて可《い》けない。どうぞ手を借《か》して抜《ぬ》いてくれ』と云《い》ふのでございます。弟が左の手を弛《ゆる》めるとそこから又《また》息が漏《も》ります。わたくしはなんと云《い》はうにも、声が出ませんので、黙つて弟の喉《のど》の創《きず》を覗《のぞ》いて見ますと、なんでも右の手に剃刀《かみそり》を持つて、横に笛を切つたが、それでは死に切れなかつたので、其儘剃刀《そのままかみそり》を、剔《ゑぐ》るやうに深く突《つ》つ込《こ》んだものと見えます。柄《え》がやつと二寸ばかり創口《きずぐち》から出てゐます。わたくしはそれだけの事を見て、どうしようと云《い》ふ思案《しあん》も附《つ》かずに、弟の顔を見ました。弟はぢつとわたくしを見詰《みつ》めてゐます。わたくしはやつとの事で、『待つてゐてくれ、お医者を呼んで来るから』と申しました。弟は怨《うら》めしさうな目附《めつき》をいたしましたが、又左の手で喉《のど》をしつかり押《おさ》へて、『医者がなんになる、ああ苦しい、早く抜《ぬ》いてくれ、頼む』と云《い》ふのでございます。わたくしは途方《とはう》に暮《く》れたやうな心《こころ》持《もち》になつて、只《ただ》弟の顔ばかり見てをります。こんな時は、不思議なもので、目が物を言ひます。弟の目は『早くしろ、早くしろ』と云《い》つて、さも怨《うら》めしさうにわたくしを見てゐます。わたくしの頭の中では、なんだかかう車《くるま》の輪《わ》のやうな物がぐるぐる廻《まは》つてゐるやうでございましたが、弟の目は恐ろしい催促《さいそく》を罷《や》めません。それに其《その》目の怨《うら》めしさうなのが段々険《けは》しくなつて来て、とうとう敵《かたき》の顔をでも睨《にら》むやうな、憎々《にくにく》しい目になつてしまひます。それを見てゐて、わたくしはとうとう、これは弟の言つた通《とほり》にして遣《や》らなくてはならないと思ひました。わたくしは『しかたがない、抜《ぬ》いて遣《や》るぞ』と申しました。すると弟の目の色がからりと変つて、晴《はれ》やかに、さも嬉《うれ》しさうになりました。わたくしはなんでも一《ひ》と思《おもひ》にしなくてはと思つて膝《ひざ》を撞《つ》くやうにして体を前へ乗り出しました。弟は衝《つ》いてゐた右の手を放《はな》して、今まで喉《のど》を押《おさ》へてゐた手の肘《ひぢ》を床《とこ》に衝《つ》いて、横になりました。わたくしは剃刀《かみそり》の柄《え》をしつかり握《にぎ》つて、ずつと引きました。此時《このとき》わたくしの内《うち》から締《し》めて置いた表口《おもてぐち》の戸をあけて、近所の婆《ばば》あさんが這入《はい》つて来ました。留守《るす》の間、弟に薬を飲ませたり何かしてくれるやうに、わたくしの頼んで置いた婆《ばば》あさんなのでございます。もう大《だい》ぶ内《うち》のなかが暗くなつてゐましたから、わたくしには婆《ばば》あさんがどれだけの事を見たのだかわかりませんでしたが、婆《ばば》あさんはあつと云《い》つた切《きり》、表口《おもてぐち》をあけ放《はな》しにして置いて駆《か》け出《だ》してしまひました。わたくしは剃刀《かみそり》を抜《ぬ》く時、手早く抜《ぬ》かう、真直《まつすぐ》に抜《ぬ》かうと云《い》ふだけの用心はいたしましたが、どうも抜《ぬ》いた時の手応《てごたへ》は、今まで切れてゐなかつた所を切つたやうに思はれました。刃《は》が外《そと》の方へ向いてゐましたから、外《そと》の方が切れたのでございませう。わたくしは剃刀《かみそり》を握《にぎ》つた儘《まま》、婆《ばば》あさんの這入《はい》つて来て又駈《か》け出《だ》して行《い》つたのを、ぼんやりして見てをりました。婆《ばば》あさんが行《い》つてしまつてから、気が附《つ》いて弟を見ますと、弟はもう息が切れてをりました。創口《きずぐち》からは大《たい》そうな血が出てをりました。それから年寄衆《としよりしゆう》がお出《いで》になつて、役場《やくば》へ連《つ》れて行《い》かれますまで、わたくしは剃刀《かみそり》を傍《そば》に置いて、目を半分あいた儘《まま》死んでゐる弟の顔を見詰《みつ》めてゐたのでございます。」

少し俯向《うつむ》き加減《かげん》になつて庄兵衛の顔を下から見上げて話してゐた喜助は、かう云《い》つてしまつて視線を膝《ひざ》の上に落《おと》した。

喜助の話は好《よ》く条理《でうり》が立つてゐる。殆《ほとん》ど条理《でうり》が立ち過ぎてゐると云《い》つても好《い》い位《くらゐ》である。これは半年程の間、当時の事を幾度《いくたび》も思ひ浮べて見たのと、役場で問はれ、町奉行所で調べられる其度毎《そのたびごと》に、注意に注意を加へて浚《さら》つて見させられたのとのためである。

庄兵衛は其場《そのば》の様子を目のあたり見るやうな思ひをして聞いてゐたが、これが果して弟殺しと云《い》ふものだらうか、人殺しと云《い》ふものだらうかと云《い》ふ疑《うたがひ》が、話を半分聞いた時から起《おこ》つて来て、聞いてしまつても、其疑《そのうたがひ》を解《と》くことが出来なかつた。弟は剃刀《かみそり》を抜《ぬ》いてくれたら死なれるだらうから、抜《ぬ》いてくれと云《い》つた。それを抜《ぬ》いて遣《や》つて死なせたのだ、殺したのだとは云《い》はれる。しかし其儘《そのまま》にして置いても、どうせ死ななくてはならぬ弟であつたらしい。それが早く死にたいと云《い》つたのは、苦《くる》しさに耐《た》へなかつたからである。喜助は其苦《そのく》を見てゐるに忍《しの》びなかつた。苦《く》から救つて遣《や》らうと思つて命を絶《た》つた。それが罪であらうか。殺したのは罪に相違ない。しかしそれが苦《く》から救ふためであつたと思ふと、そこに疑《うたがひ》が生じて、どうしても解《と》けぬのである。

庄兵衛の心の中《うち》には、いろいろに考へて見た末に、自分より上のものの判断に任す外《ほか》ないと云《い》ふ念《ねん》、オオトリテエに従ふ外《ほか》ないと云《い》ふ念《ねん》が生じた。庄兵衛はお奉行様の判断を、其儘《そのまま》自分の判断にしようと思つたのである。さうは思つても、庄兵衛はまだどこやらに腑《ふ》に落ちぬものが残つてゐるので、なんだかお奉行様に聞いて見たくてならなかつた。

次第に更《ふ》けて行く朧夜《おぼろよ》に、沈黙の人二人《ふたり》を載《の》せた高瀬舟《たかせぶね》は、黒い水の面《おもて》をすべつて行《い》つた。

一　高瀬川は、いつ、どのような目的で建設されたのか

京都・木屋町、入相の鐘、朧夜、高瀬舟、……。

〈高瀬舟《たかせぶね》は京都の高瀬川《たかせがは》を上下する小舟《こぶね》である。〉

名作『高瀬舟』の冒頭、鷗外はこう書いた。おそらく大正四年十二月初旬のことである。同月九日、雑誌『心の花』に掲載するため書いた「高瀬舟と寒山拾得―近業改題―」を佐佐木信綱に送った。のち、『高瀬舟』に収めるに際し「附高瀬舟縁起」と改題された文章である。次に掲げるのはその冒頭である。

〈京都の高瀬川《たかせがは》は、五条から南は天正《てんしやう》十五年に、二条から五条までは慶長十七年に、角《すみの》倉了以《くられうい》が掘つたものださうである。そこを通《かよ》ふ舟《ふね》は曳舟《ひきふね》である。原来《ぐわんらい》たかせは舟の名で、其舟《そのふね》の通ふ川を高瀬川と云《い》ふのだから、同名の川は諸国にある。〉

しかし、この記事内容には誤りがある。着工時期は大坂冬の陣三年前の慶長十六年（一六一一）である。竣工はその三年後、慶長十九年（一六一四）であった。工事は二条から五条、五条から丹波橋、丹波橋から伏見までの三区に分けて行われた。ちなみに了以は工事が完成した慶長十九年、六十歳でこの世を去った。そしてそれから二年後の元和二年（一六一六）、駿府の城で家康が七十四年の生涯を閉じた。

「関ヶ原」四年後の慶長九年（一六〇四）の六月、徳川幕府公認の貿易船「朱印船」が長崎に入港した。そのとき了以は長崎に船を迎えた。了以は陸路山陽道を都に帰った。その途次、水量の少ない和気川（岡山県。現在の吉井川）に底の浅い船が往来しているのを見た。了以は、子息与一に大堰川開鑿の許可申請書を幕府に提出させた。物資輸送の労力節約と輸送量の増大が一挙に可能となる川舟就航のアイディアが了以の脳裡にひらめいたのだ。

許可は翌十年（一六〇五）の正月に下りた。着工までには約一年を要した。その間、綿密な調査・測量・計画、資材の調達・運搬、工事担当者への教育が行われたはずである。

工事の主体は大小さまざまの石の処理であった。また、舟の航行に必要な水深を確保するため、石を使って川幅を狭くした。川底の傾斜勾配が大きいところはその上の部分を削ることによって水面の平衡を確保した。

その作業の多くはおそらく人力に頼らざるを得なかった。しかし、轆轤《ろくろ》を使い浮楼をこしらえ、大きな石は発破を仕掛けて粉砕した。

こうして慶長十一年（一六〇六）の春から夏にかけて施工された開鑿工事は成功裡に完了した。若狭方面からの物資が大量に都に運ばれた。京都の人々の受けた経済的恩恵はすこぶる大きいものがあった。

大堰川開鑿工事の成功により、翌十二年（一六〇七）には富士川甲府岩淵間の開鑿事業が行われた。幕命だった。物資輸送の便を図るのが目的であった。了以自ら出向いての工事だった。工成り、川面に異様なものが浮かんだ。山あいの暮らしにいまだ舟を知らない人々は、それを見てみな驚嘆し、化け物を見るように怪しんだという。

その年の六月には矢継ぎ早の天竜川開鑿の幕命が下った。翌十三年（一六〇八）に工事は行われた。しかし、水勢の甚だしきに阻まれて、中断やむなきにいたった。

慶長十四年（一六〇九）は、東山方廣寺再建着工の年である。その資材運搬のため、鴨川を運河として利用するための工事が了以によって行われた。上流下流の約二mの高低差は限りなく「0」に近づけられた。諸国から集まる資材の搬入に非常な便がはかられたという。

そして、結果としてはこの鴨川開発が次の高瀬川建設の契機となった。その建設目的はもちろん経済や産業の振興であった。慶長十九年、増水時・渇水時いずれにも対処し得る全天候型運河はめでたく完成した。

高瀬川完成の経済効果は計り知れない大きいものがあった。京都という都市は従来物資の流通手段を陸上運搬に頼ってきた。それが運河完成によって淀川・大阪湾・全国の港と直結したのだから。その意味で、了以の遺した功績は非常に大きいといわなければならない。

二　高瀬舟という舟……高瀬舟は「小舟」か

作品中に語られている場面は、高瀬川という川を下る、おそらくは二十㎡にも満たない舟の上である。時刻は薄暮から夜、物語中の経過時間はたぶん数時間である。

その高瀬舟という舟について鷗外は、「附高瀬舟縁起」の中で、次のように説明した。

①「たかせ」は舟の名をあらわす言葉である。

②『和名鈔』という本には、中国の字書『釈名』に「艇小而深者曰艖」とあるので、それに拠って「艖」の字を「たかせ」と訓ませている。

③『和漢船用集』という本には、「おもて高く、とも、よこともにて、低く平なるものなり」と書いてある。

④『和漢船用集』という本には、船頭が竿で舟を操る図が描いてある。

しかし、作品冒頭鷗外が書いたように、高瀬舟が実際「小舟」であるかどうかの判断はかなりむずかしい。なぜなら、どの程度の規格をもって大、または小とするかの基準が必ずしも明確ではないからである。

このことに関しての辞書の説明するところはこうである。中国では、小さなフネを舟、大きなフネを船と表記した。が、漢の時代には東方では舟、西方では船と表記した。だとすれば、高瀬舟は小型のフネと考えてよさそうだ。しかし、実際はどうだったのか。

『三代実録』によると、平安時代初期、すでに高瀬舟は建造されていた。例をあげれば、①長さ九・三m、幅一・五mの舟、②長さ六・三m、幅一・五mの舟、③長さ六m、幅〇・九mの舟、などがあった。また、『諸造船式図』によれば、関東では、長さ最大約二十七m、幅最大約五m強ぐらいの舟まであった。

では高瀬川に就航していた高瀬舟の規格はどれぐらいであったのか。

この件に関する従来の通説は、『京都御役所向大概覚書』の記事をもってその根拠としてきた。「惣長七間、胴幅六尺六寸五分」という表記である。一間は六尺、約一・八mだから、七間は十三mということになる。

しかし、京都の高瀬川は物資運搬用に建設された人工の運河であった。その川幅は平均四間

（約七・二m）、水深も浅かった。したがって、当時この川を就航していたフネも、舟長十mを超える大きなフネであったとは考えにくい。鷗外はなにを根拠に「小舟」と書いたのか。

その理由はおそらく鷗外が佐佐木信綱から借覧したという『和漢船用集』の図にあると思われる。この図から想像される舟は、だれがどう見たとしても、長さが十mを超すような舟には見えまい。

だが、「高瀬舟＝小舟」と書いた鷗外の表現は、史実に照らしても正しかった。そのことを、ある日突然ぼくは知ることとなった。

それは「興津彌五右衛門の遺書」に関し、磐田市立図書館で『和漢三才図会』を調べていたときのことだった。なにげなく繰っていた和綴じ本のあるページに記された「船橋」の文字が、なぜかふとぼくの目にとまった。そして数ページ後に次の一文を発見したのである。


〈按、京河原流至伏見、呼曰高瀬川、其船長二丈餘、似艜而短。〉


高瀬川を就航していた舟はその「船長二丈餘」、つまり六mぐらいの「短」い舟だったのである。

このことを本文に即していえばこういうことになろう。作品前半部に次の一節がある。

〈夜舟で寝ることは、罪人にも許されてゐるのに、喜助は横にならうともせず、雲の濃淡に従つて、光の増したり減じたりする月を仰いで、黙つてゐる。〉

この一節が、作者の視点からの描写であることはいうまでもない。しかしこの部分の直後にまた次の一節がある。

〈其額《そのひたひ》は晴《はれ》やかで、目には微《かす》かなかがやきがある。〉

〈庄兵衛はまともには見てゐぬが、始終喜助の顔から目を離さずにゐる。〉

この観察は、庄兵衛の乗っている舟が小舟であることによって可能となる至近距離からの視覚的観察である。

また、「喜助。お前何を思ってゐるのか。」から始まる庄兵衛と喜助の会話。これも二人を乗せている舟が「小舟」だからこその会話であろう。つまり、二人の位置関係が比較的近距離であることによってはじめて可能な会話なのだ。

そしてさらに付け加えるならば、次のことが指摘し得るだろう。庄兵衛と喜助との間の距離は、単なる空間的距離ではない。庄兵衛の喜助に対する親近感、すなわち二人の間の心理的距離でもあるのだ。

「高瀬舟は京都の高瀬川を上下する小舟である」というセンテンスは、構造上いたって単純である。が、実は見かけほどに単純ではない。『和漢三才図会』の説明を読んだとき、ぼくは作品冒頭の一文に鷗外の文体の典型をみる思いがした。

三　流人の行く先……喜助はどこに行ったのか

〈徳川時代に京都の罪人が遠島《ゑんたう》を申し渡されると、本人の親類が牢屋敷《らうやしき》へ呼び出されて、そこで暇乞《いとまごひ》をすることを許された。それから罪人は高瀬舟に載《の》せられて、大阪へ廻《まは》されることであつた。〉

作品本文にこうある。主人公の喜助はどこに「島送り」になったのか。喜助のモデルとなった実在の「珍らしい罪人」はどこに「島送り」となったのか。

平安時代延喜元年（九〇一）のことであった。学問の神様と言われた菅原道真が藤原時平の讒言により、太宰権帥として筑紫国（太宰府）に左遷された。形の上では政府高官の人事異動だが、事実上の刑罰だった。

それから二百六十年後の永暦元年（一一六〇）、平治の乱に敗れた源義朝は、尾張国で長田忠致に殺された。一子頼朝も平清盛により誅を受けるところだったが助命され、伊豆韮山に流された。

頼朝配流から十七年後の治承元年（一一七七）、平家転覆のクーデター関係者が鬼界が島に流された。御赦免船が出て丹波少将成経と平康頼は都に帰還したが、僧俊寛は一人島に取り残された。

ほど経てのち日蓮上人は佐渡に流された。絶対者であるはずの後鳥羽上皇でさえ、承久の乱の責任を負わされ、隠岐の島に流された。古来わが国では、遠流や遠島は、かなりの重刑罰として実際に機能していたのである。

江戸時代、「遠島」の判決が下った罪人らは、どういうルートで島に送られていったのか。

江戸小伝馬町入牢罪人の場合はこうであった。

まず、判決が下ってもすぐに刑が執行されるというわけではなかった。かれらは半年ほど牢内生活を送った。出帆は一年に春と秋の二回であった。その間、担当役人の間では、必要な手続が行われた。名前の確認、行き先確認、護送スケジュールの決定、担当者への通知、罪人の携行品チェックなどであった。

いよいよ執行ということになると、その前日に流人は「遠島部屋」に移された。当日は、牢屋敷裏門から出、役人に付き添われて霊岸島の「番所」に行った。出帆後は品川沖から浦賀の番所でチェックを受けた。それから先のことについては『御《お》定《さだめ》書《がき》百《ひやく》箇《か》條《じょう》』第一〇三条に次のように記されている（表記を読みやすく変えてある）。

（従前々之例）＝（前々よりの例）

一遠島

江戸より流罪之ものは、大島・八丈島・三宅島・新島・神津島・御蔵島・利島、右七島之内江遣、京・大坂・四国・中国より流罪之分ハ、薩摩・五島之島々・隠岐国・壱岐国・天草郡江遣但、田畑家屋敷家財共ニ闕所

この規定により知るところが二つある。一つは江戸時代、関東系牢獄・関西系牢獄の罪人が、それぞれの流罪地を異にしていたということ。二つには、裁判における東西管轄区域にも境界線があったこと。その境界線とは、近江・美濃両国の国境にあった。

それにしても、当時実刑判決を受けた罪人たちの護送先が、なぜこれらの島々であったのか。

それは案外まことに単純な理由だったのではあるまいか。たとえば次のような。

①　これらの島々が、波濤千里、万里、地の果てに浮かぶ、いわば孤絶感をイメージさせる島々であること。

②　そこが古来すでに流刑地として、当時関係筋の意識のなかに定着していたこと。

さて、京都の罪人のばあい、執行日当日出牢までの経過は概ね江戸と同じだったと思われる。宝永六年以後、遠島判決を受けて六角獄舎を退獄した罪人は、唐丸籠《とうまるかご》に乗せられた。それからいずれかの「舟入《ふないり》」まで送られた。そしてそこから高瀬川を舟で下り、さしあたり大阪牢まで行った。そこで出帆日を待ち、所どころの港に立ち寄りながら瀬戸内海を西に向かった。そして御定書《おさだめがき》にあるとおり、ある者は豊後水道から日向灘を南下し薩摩の島へ送られた。またある者は長門・石見の海を北上、隠岐の島に送られた。したがって、喜助もそれら島々のうちのどこかに送られていったということに必然なろう。

四　京都町奉行……「お奉行様」はどんな人？

徳川幕府における司法・警察組織と現在のそれと比較対照することは当然できない。しかし、ごく単純にいえば、町奉行は今の高等裁判所のトップに相当しようか。ならば、町奉行同心はさしずめ高裁の係官であろう。

江戸時代、町奉行は函館から長崎まで、全国各地に配置されていた。そのうち、「町奉行」という呼び名で言われていたのは、四直轄都市におけるそれであった。すなわち江戸・京都・大坂・府中（静岡）である。

町奉行とは、「町」を支配するために設けられた役職である。京都の町奉行は、最重要任務である「禁裏御所の警衛」のほか、民事や刑事に関する裁判をも司っていた。現在、京都二条城の南、壕を挟んだ大通り脇にＮＴＴの建物がある。そこが京都東町奉行所があった場所である。当時、京都には二つの奉行所があった。東町奉行所と西町奉行所である。西町奉行所は二条城の西にあり、両奉行所はそれぞれ月番で任務を遂行していた。

「高瀬舟」という作品は、もともと実話に基づいて書かれた作品である。鷗外はこの物語を、「寛政のころ」の話として設定している。が、もし「寛政のころ」が真実なら、「喜助」を裁いた奉行は次のいずれかの人であった。

東町奉行所
池田筑後守長恵・菅沼下野守定喜・松下信濃守保綱・森川越前守俊尹
西町奉行所
井上美濃守利恭・三浦伊勢守正子・曲淵和泉守景露

京都町奉行の創設は寛文八年（一六六八）のこととするのが一般のようである。喜助事件から百二十年ほど前のことである。古記録に「京東番所神泉苑御池角、京西番所千本通」、「東御役屋鋪」の「総地坪数五千三百貳十七坪六分貳厘五毛」、「西御役屋鋪」の「総地坪数三千八百八十六坪六分九厘五毛」とある。それぞれ約一万七千六百㎡、約一万二千八百㎡強である。

京都町奉行の最重要任務はむろん禁裏守護であった。それにプラスして西国諸大名の監督という任務があった。そういう重責を幕府から仰せつかっていたのだから、京都町奉行は、公的な面はもちろん、私的な面においても常に威厳を保たねばならなかった。『京兆府尹記』に、「おのづから威勢は、遠国諸奉行の上に立ちて、高位高官の人も恐れをなすの御役なれば、常にその身を慎み、政務の正路を専らとする肝要」とある。

それゆえ、裁判の場においては当然「威儀」がすべてであった。『江戸町奉行事蹟問答』には、裁判席での奉行心得について、次のようなことが書かれている。

一、威厳を保ち、言行を慎み、礼儀正しい挙措動作をもって臨むこと。
一、冬であっても、座布団や火鉢など使用してはならない。
一、夏の暑いさなかでも、扇子・団扇の類を使用してはならない。
一、喫茶・喫煙をしてはならない。
一、裁判中、中座をしてはならない。

この心得を載せた『江戸町奉行事蹟問答』は、喜助事件よりもずっとのちに成立した書物である。だが、江戸時代の裁判の場面においては、このような裁判長心得が実際に機能していたのだ。

江戸時代の奉行には、いまのわれわれの想像をはるかに超えた「権威」があったのである。「高瀬舟」の典拠である「流人の話」を書いた神澤貞幹や羽田庄兵衛は実際に「奉行」に仕えていた。そういう「奉行」には、奉行所勤務の与力・同心も、一種近寄りがたいところがあったのではあるまいか。そしてもしそれが真実なら、喜助などには「雲の上の人」だったはずだ。

その喜助は、弟殺しの一件により、「お上のお慈悲で」死罪一等を減じて「遠島」との判決を申し渡された。しかし、お白洲での取り調べや判決申し渡しの際には奉行の顔などまともに見ることなどできなかったにちがいない。

町奉行という高位高官のプライバシーを侵害するようで気が引けるが、ついでに書いておきたいことがある。彼らのサラリーについてである。

『京兆府尹記』に、京都町奉行のサラリーについて、年収「御役中者千五百石」とある。時価に換算すると、米一俵（六十kg）一万六千円として、六千万円である。その上に彼らには「御役料現米六百石」が支給された。それでは大坂町奉行はどれくらいであったか。『吏徴（上　布衣以上）』に「千五百石高、御役料現米六百石」とある。京都町奉行と同じである。駿府町奉行は、『明良帯録　後篇』に、「千石高御役料五百俵」とある。ちなみに「大岡裁き」で有名な江戸町奉行大岡越前守忠相は、三千九百五十石だったという。時価換算で一億五千八百万円という高額所得のサラリーマン裁判長であった。

ただそうはいうものの、彼らは職務遂行のための出費が多大であった。したがって、彼らのサラリーを単純に額面通り考えるわけにはいかない。それだけの収入があってもなお彼らの家計は出費超過、すなわち「赤字」になることさえあったのだ。

五　同心の職務……同心は日ごろ、どんな仕事をしていたのか

江戸時代はまだ近代以前の社会である。それゆえ幕府の職員組織も比較的単純であるように思いがちだが、事実は意外に複雑・難解な面がある。

当時京都に置かれた特殊組織が二つあった。一つは所司代である。大老や老中と同様、将軍直属の職である。禁中の守護や西日本の諸大名の監督をその主たる任務とした。配下に与力五十人、同心百人がいた。いま一つは京都町奉行である。老中の下に位置した。定員二人、東西に分かれ、それぞれ与力二十人、同心五十人がその配下に属していた。

その与力・同心という人たちについて、自身もその与力職を勤めた神澤貞幹は、自著『翁草』にこう説明する。

「与力同心の号、中古は大家の旄下《ぼうか》に属する大名を誰某《だれそれ》の与力と云ひ、諸士の隊長に従ふ者を同心と云」った。「旄」とは、牛の毛で作った旗飾りのことで、指揮旗のことをもいう。つまり大家の協力大名が与力、隊長と心を一つにし同一行動をとる者が同心というわけである。

それが徳川氏の「御治世に至りて、組付の者の通称とな」った。そして「庶組与力と称する物は、御目見以下の平士、同心は歩卒の称」となった。

かつては「幕府の士の二男三男或いは弟」が「与力に召し出され」ていた。ところが、のちになると「諸家の浪人、或いは郷士の類を召し抱へ」るようになった。それゆえ「御譜代は稀」であった。「多分御抱へ入れなれば、その子家督相続はならざれども、親々の勤功を以てその跡へ嫡子を御抱へ入れられ、各々数代相続」した。また、「不慮の事」で「与力并びに同心闕《けつ》出来れば、仲間の者の子弟をその闕へ召し出され、また先住の妻子路頭に立つ類は、その親族を召し出されて、その妻子を撫育するもあ」った。「是皆時の頭の指揮に任」せられていた。

これを要するに、与力・同心の就職に至る経緯には二つ三つのルートがあったということであろう。が、いずれにせよ今でいう、特に近親者間における「縁故就職」である。しかし、就職が決まれば録を食む以上仕事をせねばならない。彼ら同心の仕事については『京都御役所向大概覚書』にこうある。

「同心二人、番所に昼夜相詰め申すべきこと。」「非番の方の与力同心、公事方に懸り候ものは立ち会い申し候事。」「同心三人宛て相詰め泊番仕り、只今迄の通り、一人は寝ずの番仕るべきこと。」

こういう文面から推測すれば、同心も決して気楽な稼業とはいえないようだ。

「高瀬舟」に登場する羽田庄兵衛は、京都町奉行配下の同心である。その庄兵衛は過去における自身の職務について、こう言っている。自分は「これまで此《この》高瀬舟の宰領《さいりやう》をしたことは幾度だか知れない」「己《おれ》はこれまで此《この》舟で大勢の人を島へ送った」と。また作品冒頭部に、同心とは、「町奉行所の白洲で、表向《おもてむき》の口供《こうきょう》を聞いたり、役所の机の上で、口書《くちがき》を読んだりする役人」とある。

しかし、どう考えたところで、罪人護送という任務がそう毎日毎日あるわけではなかろう。それなら、罪人護送などの仕事がない、通常の勤務はどのようになっていたのか。また、口供を聞いたり口書きを読んだりする役人とはどういう人たちなのか。

京都町奉行の管轄区域は通常現在の京都市内だけと思われがちだが、実はそうではない。主たる管轄区域は山城である。山城とは現在の京都市を含めた京都府南部区域を指す。同国は、寛政期直前の天明六年（一七八六）当時、人口約五十一万人であった。

いっぽう、江戸町奉行の管轄区域は江戸御府内である。同じく天明六年の人口は約四十六万人であった。ただし、これらの数字には、武士や公家は入っていない。原則的には武士は町奉行の裁きの対象外である。したがって、ごく大ざっぱにいってこれだけの人々が、それぞれ町奉行の支配を受けていたのである。京都町奉行担当職員数は先に示したとおりである。が、江戸の場合、南・北両町奉行所合わせて担当職員数は与力五十人、同心二百四十人体制であった。

ところで江戸の場合、町奉行の下に「牢屋奉行」なる牢獄関連業務責任者がいた。そして、その下に同心が約五十人いた。『日本近世行刑史稿』によると、彼らは職掌上、次のようになっていた。

「囚人出入に係る一切の監督」をする鎰役《かぎやく》。「賄方に係る一切の事項を掌る」賄役《まかない》。「役所向書類諸帳簿（清帳を除く）一切の管掌に当る」物書役《ものかき》。「牢問及敲の打役を担当する外、遠島、入墨其他死刑の執行を掌る」打役《うちやく》。「（当番所）及護送、警固等の監督に当る」小頭役《こがしら》。「小頭の助務」の世話役。牢番。さきの「口書を読んだりする役人」とは、ここにいう「物書役」のことではないかと思う。

このうち牢番には二十人強の人数が割り当てられている。そのことから推測すると、罪人護送はこの人たちが担当していたのではあるまいか。同書「勤務方法」の項に、「平番」のそれとして「当番は当番所に勤務し、若は呼出護送警固に従事す」とある。

江戸町奉行の組織と京都町奉行の組織が同じような組織であったかどうかはわからない。が、推測するに、同心羽田庄兵衛の日常勤務も、そう楽だったようには思えない。肉体的・精神的両面において、おそらくわれわれの想像以上に重労働だったのではあるまいか。

六　江戸時代の刑罰……「遠島」とは、どんな刑？

東京・芝高輪の泉岳寺には、播州赤穂の藩主浅野内匠頭長矩とその家臣たちの墓がある。新聞の記すところによれば、半世紀ほど前の十二月十四日は、一日中参拝客で大混雑したそうだ。それがいまや義士の墓所を訪れる人はほとんどないらしい（平成23・12・10『日本経済新聞』夕刊）。

しかし、考えてみれば、ここに眠る内匠頭はじめ彼の家臣たちは、いわば「罪人」たちであった。時の御法度を破り、時の最高権力者に公然とタテをついたのだから。主君・家臣両方とも、武士に与えられた「切腹」という刑罰を受けたのだ。

江戸時代における刑罰にはいろいろあった。「市中引き廻しの上打ち首獄門」のような重刑から比較的軽いものまで。しかもその刑罰は、裁判長たる奉行の感情的独断や義理人情によって決定されていたのでは決してなかった。封建社会の江戸時代にも、江戸時代としての「六法全書」があったのである。たとえば、『公事《くじ》方《かた》御《お》定書《さだめがき》』がそれである。

『公事方御定書』。明治以前のわが国における代表的な徳川幕府の法典である。八代将軍吉宗の命により、過去の裁判事例の整理に基づく法典が編纂され、寛保二年（一七四二）完成した。ただしこの法典は、庶民を対象とした刑法中心の法典であった。もともと老中の諮問機関である「評定所」の判断基準として編纂されたものであった。だから、そのメンバーである寺社奉行・町奉行・勘定奉行の他は「不可有他見者也《たけんのものあるべからざるなり》」であった。つまり秘密文書であったのだ。したがって、「評定所」メンバー以外に見ることを許可されていたのは京都所司代と大坂城代だけだった。

この『公事方御定書』のことを一般には『御定書百箇條《おさだめがきひやくかじょう》』と呼んでいる。これに必要事項を付加し、のちに作られたのが『徳川禁令考後聚』である。

いま『御定書百箇條』からいくつかその実例をピックアップしてみる。

たとえば、殺人罪。主人殺しは「二日晒《さら》し一日引き廻し、鋸《のこぎり》挽《び》きの上磔《はりつけ》」とある。親を殺した場合は「引き廻しの上磔」。「辻斬りいたし候もの」、つまり通行人に対する無差別殺人は、「引き廻しの上死罪」。

たとえば放火犯は「火罪」。「火罪」とは、「火炙《あぶ》りの刑」。支柱に罪人の四肢《しし》を縛し、その周囲に茅薪を罪人が外から見えない高さまで積んで火を附ける死刑のこと。「人に頼まれ火を附け候もの」であっても、その罪の重さに鑑みて「死罪」であった。

たとえば性犯罪。「密通いたし候妻」「密通の男」、つまり不倫は男も女もいずれも「死罪」。「幼女へ不義いたし怪我いたさせ候もの」、つまり未成年者を対象とした性犯罪は「遠島」。「縁談決まり候娘と不義いたし候男」は「軽追放」であった。

それでは「遠島」刑に該当する犯罪にはどのようなものがあったのか。

たとえば、過失殺人、殺人の手引き、殺人の手伝い、交通事故による傷害罪、僧侶による女犯、賭博など。いずれも「遠島」である。この「遠島」は、「死罪」に次ぐ刑罰であり、「遠島」

に次ぐものは「重追放」であった。だから「遠島」は決して軽い刑罰ではない。彼らはひとたび流人船に乗ってしまえば、再び家族のもとに帰ってくることはほとんど考えられない。
その上、彼らには「闕所《けっしょ》」という付加刑が課せられた。「闕所」とは家屋敷を始めとする動産・不動産の没収のことである。それは罪人入牢中の食事や島での生活の準備資金に充てられていたという。物語の主人公喜助は「住所不定」であり、もはや係累もないので、闕所によるダメージはまったくない。しかし、彼が受けた刑罰が重罪であることは否定すべくもないのである。

七　高瀬川沿岸風景……京都の町の家々は「黒ずん」でいたか

〈さう云《い》ふ罪人を載《の》せて、入相《いりあひ》の鐘《かね》の鳴る頃《ころ》に漕《こ》ぎ出された高瀬舟は、黒ずんだ京都の町の家々を両岸に見つつ、東へ走つて、加茂川《かもがは》を横ぎつて下るのであつた。〉

高瀬川が角倉コンツェルンの総力を結集して、慶長十九年（一六一四）に完成したことは前に述べた。三年におよぶ工事期間中、その事業を実質的に指揮していたのは了以の子息与一だったと思われる。が、事業主である了以にしてみれば、どんなにかその完成が待たれたことであろう。しかし了以が一番船の就航をその目で確認したかどうか、不明である。

だが、いずれにせよ運河開通のもつ意味は誰の目にも一目瞭然であった。それ故その沿岸は物流拠点、材木・薪炭・米穀等の営業拠点地域として発展していった。運河開通以後まず二条から四条までの地域が発展した。寛文年間（一六六一～一六七三）、四条から五条地域が急激に発展した。その後五条以南の地域の町化が進行していった。物語中の喜助が高瀬舟で大坂に護送されていったのは運河完成後百七十年も経っていた時点である。四条以南の地域の市街化が急速に進行した寛文のころから考えても百二十年後のことであった。

おそらくは三条あたりの舟入《ふないり》から乗船した喜助や庄兵衛の目に、沿岸の風景はどのように見えていたのか。しばらくは川の両岸に立ち並んだ商家の家々しかほとんど視界に入らなかったのではないか。「黒ずんだ京都の町の家々を両岸に見つつ、東へ走つて、加茂川を横ぎつて下るのであつた。」と作品中にある。「黒ずんだ京都の家々」とは、正確にいえば語り手すなわち作者のイメージ中の高瀬川沿いの風景である。だが、われわれ読者は当然喜助および庄兵衛の眼に映っている風景としてその場面をイメージする。

「黒ずんだ」とは、春は薄暮の中、彼らの目に映じている商家の歴史のシンボルカラー、というふうに読める。「黒ずんだ」。たった四文字だが、この言葉のもたらす文学的効果は計り知れず大きい。

そして、その黒ずんだ家々に挟まれた狭い川を、舳先《へさき》に提灯《ちょうちん》をつけた小舟が音もなく静かに下ってゆく。後方に「智恩院の桜が入相の鐘に散る春の夕に、」という表現がある。しかしその智恩院は、おそらくは喜助の目にも庄兵衛の目にもよく見えなかったのではないか。薄暮という時間帯でもあったし、「黒ずんだ京都の家々」にしばしば視界を阻まれていたであろうから。

ところがここに、一つの興味ある事実がある。

ぼくはいま、「黒ずんだ」とは、高瀬川を挟んで立ち並ぶ商家の歴史の色だと書いた。しかしそれはあるいは史実に合わないことであるかもしれないのだ。

古来わが国の大都市がしばしば大火に見舞われている事実は、年表によって容易に確認しうる。たとえば、家康駿河隠居直後、築城まもない駿府城が灰燼に帰したことがあった。

いわゆる「振袖火事」。明暦三年（一六五七）一月十八・十九の両日、火元の異なる火災が合流、江戸市中の六十％を焼き尽くした。のみならず、かなり多くの大名邸や寺社も罹災、江戸城も西丸御殿以外のほとんどを焼失した。この火災で死者十万人以上を出したといわれる。この火事は、江戸の火事としては、大火中の大火であった。また江戸にはそれから四半世紀後にもいわゆる「八百屋お七」の大火があった。

もちろん京都にも戦火以外の大火はしばしばあった。平安末期の安元三年（一一七七）四月二十八日の火事はかの鴨長明氏が『方丈記』に伝えているから夙《つと》に有名である。そして、それからずっと下った江戸時代にも、京都には歴史に残る大きな火災が何度かあった。

たとえば、寛文元年（一六六一）正月、同十一年（一六七一）正月の大火においては、皇居も罹災した。延宝元年（一六七三）五月、宝永五年（一六七七）三月の大火においても、皇居が罹災している。「高瀬舟」の原話である「流人の話」を書いた神澤貞幹は宝永七年（一七一〇）ごろ出生したと思われる。その貞幹は、少なくとも二回は京都大火を経験しているはずである。

天明八年（一七八八）一月晦日未明、現在の東山区から火の手が上がった。火は折からの風にあおられ、二日二晩燃え続け、たちまちのうちに京都全体の八割が焼け野原となった。特に火元に近い鴨川から高瀬川沿いの地域は、筆舌につくしがたい経済的ダメージを蒙った。当時、京都市民生活の基盤を支えていた商家が立ち並んでいたところであるからだ。後述するつもりだが、この大火で禁裏も焼け落ち、都の北方の西陣地区すらもほとんど焼け尽くされた。西陣は京都経済を支える地域だから、幕府もその事後対策には全力をあげて取り組んだ。

鷗外が物語の時代背景として設定した「寛政のころ」すなわち寛政元年（一七八九）はその大火の翌年だ。とすれば、そのころは、被災した京都の災害復興期と推測される。遠近各地から大工をはじめ、屋根屋・建具屋・左官屋といった建築関連職人が京都に集まった。そういう人々による復興の槌音があちこちで聞こえてくる最中であったはずだ。

もう読者諸氏はお解りであろう。おそらく当時の京都は「黒ずんで」などいなかった。それならなぜ作者は物語の時代背景を「寛政のころ」としたのか。その理由は後述する。

八　後悔先に立たず……罪人とその家族の、あきらめきれない理由は？

京都から大坂に護送される罪人を乗せた高瀬舟には、親類代表が同乗を許されている。そのことは典拠となった『翁草』中の「流人の話」にもある。そして舟中での罪人と同乗付添人との間で交わされる話題は、多くは来し方行く末のことに関する後悔談であったという。鷗外はそこのところを「悔やんでも還らぬ繰言」といった。「悔やんでも還らぬ」こととは、もちろん「遠島」となった罪科に関することである。その罪科が、ではなぜ後悔すべきことであるのか。また、そのことがどうして「親戚眷族の悲惨な境遇」に直結するのか。

その理由は、いくつも考えられよう。

まず第一は、その事件そのものが過失によるものだからである。直前のところで鷗外は、「高瀬舟に乗る罪人の過半は、所謂《いはゆる》心得違《こころえちがひ》のために、想《おも》わぬ科《とが》を犯した人であった」と書いている。罪人が、「盗《ぬすみ》をするために、人を殺し火を放ったと云ふやうな、獰悪《だうあく》な人物」だったなら、後悔などするはずがない。そのような、懲りることを知らないホントの悪人は、重々覚悟の上で悪事をはたらいているのだ。自己の犯罪行為が発覚したときどうなるかということを。そのいい例が『翁草』に出ている。

この話は元文三、四年（一七三八～三九）のころの話という。『翁草』の編著者神澤貞幹がまだ役人になって十年にも満たないころのことである。京都の獄舎が修復工事を行った。そのとき、文七という盗賊が入獄していた。彼は、どうせ重罪の者なら命はない、刑を待つのも脱獄して失敗するも同じことだと考えた。そこで牢内の囚人を語らって、土間を掘り、脱獄したというのだ。かつて『大脱走』という大ヒットした外国映画があった。この文七の話はさしずめ、日本版ミニ『大脱走』ともいうべき話である。

第二には、自己の過失犯罪の影響は、決して小さいものではないからである。遠島刑を申し渡された受刑者には、遠島という刑罰だけでなく、その付加刑として「闕所」がある。所有する財産の没収である。家屋敷あるいは家財道具など没収された罪人の家族は、その後どうして生きていくのか。「闕所」という制度の制定目的は、罪科の償いのためというよりも、犯罪抑止の意味が大きかったと思う。が、事後、家族のおかれる境遇を言葉で表現するなら、「悲惨」としかいいようがあるまい。

第三に、罪人の家族および親類の精神的ダメージが非常に大きいということが考えられる。いわゆる世間の目である。封建社会下、世間の目がいかなるものであったかの具体的事例は、同じ作者の『阿部一族』に明らかである。『阿部一族』はその世間の目がもたらした悲劇である。阿部家を襲った悲劇とは、世間の目に自己の生存権を奪われてしまった、その悲劇である。それは武士階級だから起こった特殊な事件ではけっしてない。同じことは「農工商」身分の人々にもじゅうぶん起りうることと思われる。

第四に、いったん島送りになったら、帰還するチャンスは限りなく「0」に近いということがある。

『日本近世行刑史稿』所載の統計数字によれば、「遠島」受刑者のその後の実態はこうだった。統計の対象期間は慶長十五年（一六一〇）から明治四年（一八七一）、つまり「江戸時代」である。

八丈島に流刑になった罪人が千八百八十五人いた。そのうち病死した者が九百三十一人でトップ。次いで赦免になった者六百八十七人。押送途中死亡者七十一人。変死者二十八人。逃亡者二十五人などとなっている。「赦免率」は三十六％である。家族からしてみれば、島での流人生活の良好な成績を期待するしかないわけである。しかしだからといって生きてこの世で再会できるかどうか、保証の限りではないのである。逆にいえば、これが永の別れになる確率の方がはるかに高いわけである。

古記録によれば、遠島刑受刑者の子供が親の行く先確認のため同船することは許可されていた。また受刑者自身、「赦免」を申し渡されても、島に残留することを希望した者も実際いたという。しかしそのような実例がどれほどあったであろうか。

喜助は係累なき身ゆえ、「夜どほし身の上を語り合ふ」こともなかった。彼は独り身だから、むしろ島に送られることを感謝している。が、親子兄弟もあり、親族同行ままならぬ身なら、その身を裂かれる悔いに苛まれるのは自然の情であろう。大坂までの見送りを黙許した京都町奉行のお役人にも、温かい人間の血が流れていたのである。

九　江戸時代の取り調べと裁判……町奉行所「お白洲」はどうなっていたか

「冤罪」という言葉がある。無実の罪のことである。厳しい取り調べと冤罪との関係に、最近は厳しい世間の目が注がれている。

その追求が厳しくて濡れ衣を着せられた罪人は、江戸時代にも実際あったと思う。しかし江戸時代の聴取も、封建社会だからとて、無闇やたらと理不尽な取り調べを行っていたわけではない。当時のルールにしたがって取り調べが行われ、書類送検され、裁判が行われていたのである。

喜助の場合は、弟の懇願を受諾した結果、殺人犯ということになった。事件直後、いつも厄介になっている近所の婆さんが首を出し、状況にびっくりして駈けだしていった。弟が絶息して茫然自失の状態になっている喜助を、年寄り衆が役場へ連れて行った。いまでいうなら世話人同道の上「自首」ということであろう。

それから喜助は数度の取り調べの後、判決を受ける。それまでの流れをいま試みに追ってみる。根拠は笹間良彦氏の『[図説]江戸町奉行所事典』である。

喜助は年寄り衆に伴われて、留置場である「大番屋」で、出張してきた与力によって取り調べを受けた。彼は弟の死に至る経緯を、一部始終包み隠さず申し述べた。そこで同心が、喜助を六角獄舎に入牢させるための証文受け取りに町奉行所に出向く。町奉行所が発行した証文を獄舎に提出し、喜助は入牢する。

その間、奉行所では容疑関係書類を作成し、吟味方与力に廻す。与力はそれをもとに、喜助を町奉行所の白洲に呼び出す。その際、「出牢証文」を持参した同心が獄舎に喜助を呼び出しに行く。呼び出された喜助は町奉行所の「詮議所」といわれる白洲で、与力の取り調べを受ける。取り調べが済み、「入牢証文」を持った同心に伴われてまた獄舎に戻る。

奉行所に呼び出しがあり、町奉行による取り調べが行われる。ただし、奉行は直接喜助と言葉を交わすことはない。ここでも取り調べは与力の仕事である。喜助の裁判はおそらく罪状認否がスムーズに進行したであろうから、奉行取り調べは一回で済んだと思われる。

取り調べを終了した奉行は正式書類を作成し、京都所司代の裁可を仰ぐ。なぜ奉行の一存では審判が下せないか。その理由は、次のような京都町奉行の「専決権」ということがあったからである。

江戸時代の刑罰を重い方から順に並べると、磔《はりつけ》・獄門《ごくもん》・死罪となる。獄門と死罪には引き廻しが付くことがある。このほか火罪と下手人があるが、グレードとしては火罪は獄門と同格、下手人は死罪と同格である。そしてここまでが死刑である。

死刑の次は追放刑である。追放刑でもっとも重いものが遠島である。以下、重追放・中追放・軽追放・十里四方・江戸払（京都＝洛中払、大坂＝三郷払）・所払である。京都町奉行の場合、この所払以上の刑については必ず所司代に伺うことになっており、それ以下の刑については手《て》限《かぎり》（専決権）で処刑することができた。したがって喜助のばあいは所司代の裁可を得て判決申し渡しが行われたのである。

喜助は遠島刑であるから、町奉行が白洲に喜助を呼び出し、「遠島」との判決を申し渡した（ちなみにもし喜助が「死罪一等を宥められ」ず、死罪となっていた場合は次のようになる。裃を着け正装した与力が六角獄舎に出張してくる。牢の前に後ろ手に紐で縛されたまま引き出されてきた喜助に「断罪状」を読みきかせる。それで「一件落着」である。）。それから喜助は「遠島部屋」に移され、大坂に向かうことになる。

十　役人いろいろ……与力・同心にはどんな人がいたか

「高瀬舟」本文中に、同心仲間にもいろんなタイプの人がいたという記述がある。

日本の企業社会にも、プロスポーツの世界のような人事関係が見られるようになった。従来の「年功序列・終身雇用」に代わる、実力・実績・役割等に基づく「契約制度」の普及である。だが、封建制度下の江戸時代にも、一年契約の雇用制度が存在していたという（横倉辰次氏『与力・同心・目明しの生活』、笹間良彦氏『［図説］江戸町奉行所事典』）。戦国時代、戦闘要員のなかにも臨時雇いの兵士がいて、その形態が形だけ江戸の世まで残っていたのだそうだ。

同心は定員制で、薄給だがそれでも株を買って同心になる希望者もいた。だが、仕事がけっこうむずかしい。それでなかなか思うようにつとまらない。ストレスが昂じてせっかくのポストを手放す人もいたらしい。

普通、同心は年末になると上司である与力の家に招かれ、形式的ではあるが来年の雇用契約を結ぶ。勤務上その他の理由により、なにかトラブルがあったりすると、「fire」ということも制度上ではあり得る。しかしそういうケースは現実にはほとんどなかったという。

つまり、「終身雇用」しかも「世襲」である。そのうえ町奉行同心はポケットマネーにも恵まれていたし、けっこう居心地がよかった。いろんなタイプの同心たちが、それぞれに安逸を貪っていたのであろう。

　ところが、そういう役人の世界にも、なぜか、罪人たちからさえ敬慕された人がいたのだ。『翁草』に次のような話が出ている。

　神澤貞幹がまだ現役のころ、自分とはまったく違ったタイプの先輩がいた。一人は舌鋒鋭くハッキリものを言うが、心が直なので人が悪感情をもたない。一人はやたら権力をかさに着る男。そしていま一人は、人の心をよくつかんで誠実に職務を遂行する人。

　この最後の人について、貞幹はこう回顧する。


〈喜右衛門は稀年の老人生まれつき質廉直にして、究めて人和を得たり。是が吟味するを聞くに、先ず始めに白洲へ呼び出したる者どもへ、寒暑の挨拶し、今日庁へ出たることをねぎらい、しかして吟味にかかるに話をするごとし。よって諸人喜右衛門吟味係りと聞きては悦ぶ。蔭にても喜右衛門様と様付けに噂せり。〉


　この喜右衛門の吟味の要諦を一口でいえば次のようなことになろう。

　権力でもって取り調べをすれば、容疑者の心理にマイナスにはたらき決していいことはない。

だからまず、その者の心を素直にさせることが大切である。

そこで、貞幹、「もっともさるべきことなりと思ひて、我もこの知を用ゆとすれども、もとより愚不肖なれば、この老人の真似はならざりしなり」。喜右衛門の人徳に、貞幹、すっかり脱帽している。

だから「世の中」である。ツンとすました顔をした冷たい与力・同心がいるかと思えば、一方には必ず心底同情心に富んだ人がいる。また経歴・罪状はもとより服役中の様子など、たとえ罪人のこととはいえ、獄舎から一歩でも外に出たら守秘義務の遵守に徹しきり、そのプライバシーをかたくなに守り通した筋金入りの与力・同心もいたにちがいない。

十一　作品の時代背景……「寛政のころ」とはどんな時代だったか

〈いつの頃《ころ》であつたか。多分《たぶん》江戸で白河楽翁侯《しらかはらくをうこう》が政柄《せいへい》を執《と》つてゐた寛政の頃《ころ》でもあつただらう。智恩院《ちおんゐん》の桜が入相《いりあひ》の鐘《かね》に散る春の夕《ゆふべ》に、これまで類《るゐ》のない、珍らしい罪人が高瀬舟に載《の》せられた。〉

智恩院の桜、入相の鐘、春の夕べ、なんという艶《なま》めかしい情緒であろう。そしてその情緒に読者を誘いながら、鷗外はここで、物語の時代と季節と時刻と主人公を提示したのである。

鷗外がこの作品を書くにあたって典拠としたのは『翁草』である。いまその実物は、東京大学総合図書館の「鷗外文庫」に納められている。それほど長くはないので、全文引用する（ルビ＝杉本）。

〈流人《るにん》を大阪へ渡さるに、高瀬より船にて、町奉行の同心之《これ》を守護して下《くだ》る事なり、凡《およそ》流人は前《さき》にも記《しる》す如《ごと》く、賊の類《たぐい》は希《まれ》にして、多くは親妻子もてる平人の辜《つみ》に遇《あふ》るなり、罪科決して島へ遣《つか》はさるゝ節、牢屋敷に於て、親戚の者を出呼し引合《ひきあは》せて、暇乞《いとまごひ》をさせらるゝ定法《ぢやうはふ》なり、故に親戚長別して旧里を出る道途《だうと》なれば、已《おの》がどち、船中にて夜と倶《とも》に越方行末《こしかたゆくすゑ》の事を悔《くやみ》て愁涙悲嘆して、かきくどくを、守護の同心終夜聞《きく》につけ、哀傷起《おこ》り、心を痛ましむる事なるに、或時《あるとき》一人の流人、公命を承ると否、世に嬉《うれ》しげに、船へ乗《のり》てもいさゝか愁へる色不見《みえず》、守護の同心是《これ》を見て、卑賤《ひせん》の者ながらよく覚悟せりと感心して、船中にて彼《かの》者に対して称嘆《しようたん》するに、彼云《いは》く常に僅《わづか》の営《いとなみ》に、渇々粥《かつがつかゆ》を啜《すす》りて、露命をつなぎしに、此御吟味《このごぎんみ》に逢候《あひそろ》てより、久々《ひさびさ》在牢の内《うち》、結構なる御養ひを戴《いただ》き、いたづらに遊び暮し冥加《みやうが》なき上に、剰《あまつさへ》此度鳥目《このたびてうもく》二百文《もん》を下され流人に鳥目二百銅づゝ賜事《たまはること》古来より定例《ちやうれい》なりて、島へ遣はさる事、如何《いか》なる果報《くわほう》にて如此《かくのごとく》なりや、是迄《これまで》二百文の銭《ぜに》をかため持たる事、生涯に覚え申さず、加程《かほど》過分の元手有之候《これありさうら》へば、たとへ鬼有る島なりとも、一つ身の凌《しの》ぎはいか様にも出来可申候《まうすべくそろ》、素《もと》より妻子親類とてもなく、苦しき世をわたり兼候《かねさうら》へば、都に名残《なごり》は更《さら》になく候《さうらふ》とて、悦《よろこ》ぶ事限りなし、此者《このもの》西陣高機《たかはた》の空引《そらびき》に傭《やとは》れありきし者なるが、其《その》罪蹟《ざいせき》は、兄弟の者、同《おなじ》く其日《そのひ》を過《すご》し兼《か》ね、貧困に迫りて自害をしかゝり、死兼居《しにかねゐ》けるを、此者《このもの》見付《みつけ》て、迚《とて》も助かるまじき体《てい》なれば、苦痛をさせんよりはと、手傳《てつだ》ひて殺しぬる其科《そのとが》に仍《よ》り、島へ遣はさるゝなりけらし、其所行《そのしよぎやう》もとも悪心なく、下愚《かぐ》の者の弁《わきま》へなき仕業《しわざ》なる事、吟味の上にて、明白なりしまゝ死罪一等を宥《ゆる》められし物なりとぞ、彼《かの》守護の同心の物語なり、〉

「彼《かの》守護の同心」は『翁草』の編者神澤貞幹と同時代の人であろう。この貞幹の歿年について、『翁草』首巻に、「寛政七年二月十一日八十六歳にて身まかられたり」とある。そうすると出生年は宝永七年（一七一〇）ということになる。彼は養父の跡を継いで二十年ほど役人生活をしたが、病気がちだったので退官したと自己告白している。貞幹が「彼同心」から件《くだん》の話を聞いたのは、いつのことだったのか。しかし、この話が貞幹の現役時代のことか、退官後のことかを決定する根拠は、いまのところなにもない。

ただ『翁草』は、安永元年（一七七二）までには、すでにそのかなりの部分の稿が成っていたといわれている。それにさらに百巻が追加され、全体としてはほぼ完成の域に達していた。ところが、突如天明の大火が発生し、その火事でせっかくの著書の過半を焼失してしまったという。そういう事実から推せば、「流人の話」は遅くとも「寛政のころ」より以前の事件であることは間違いない。

にもかかわらず鷗外は、喜助事件の時代を、「江戸で白河楽翁侯が政柄を執つてゐた寛政の頃」とした。それについては、当然それなりの理由があってのことと考えなければならない。しかし実をいえば、鷗外だって、「寛政の頃」と明確に断言できる根拠を持ち合わせていたわけではない。その証拠に「たぶん……だろう」と、まことに心許ないような表現をしている。ならばなぜ鷗外は、時代設定の合理的整合性をもたないまま「寛政の頃」としたのか。

そのことについてぼくはこう考えている。

ここに喜助という「一人の流人」がいる。彼は細民である。「寛政の頃」の時代状況は、そういう喜助の境遇とよくフィットする。それが鷗外自身の判断だったのではないか。

ちょうどそのころ田沼意次《おきつぐ》という有名人がいた。今でいう「斡旋利得」はいうに及ばず、悪質収賄政治家の代名詞みたいに言われ続けてきた人である。

その田沼が紀州の藩士から身を起こし、ついに老中の地位に到ったのは安永元年（一七七二）のことであった。彼は八代将軍吉宗の殖産興行政策を継承し、商業資本の利用など積極政策を推進した。つまり、民間活力の導入による経済社会の活性化を図った。

しかし、その間凶作・疫病流行・大飢饉と、暗い社会状況が続いた。特に田沼が印旛沼干拓に着手した天明二年（一七八二）は諸国大飢饉の初年度であった。いまの静岡県から青森県にいたる太平洋側各地は餓死者が相次ぎ、とりわけ奥羽地方は惨憺たる状況に陥った。いわゆる天明の大飢饉である。

その一方で政界には賄賂が横行、不満が膨脹、結果、田沼の子息意知は刺殺された。『徳川実紀』天明七年十月二日の条に次のようにある。「勤役《きんやく》の中《うち》不正の事ども追々《おひおひ》相聞《あいきこ》へ。如何《いかが》の事におぼしめしぬ。前代御病臥のうち御聴《おきき》に達し御沙汰もありし事により。所領の地二萬七千石を収納し致仕《ちし》命ぜられ。下屋敷に蟄居《ちつきよ》し。急度《きつと》慎み在《ある》べしとなり」。田沼意次の失脚である。

田沼の次に幕政の実権を握ったのは、松平定信だった。彼は八代将軍吉宗の第二子田安宗武の第七子として生まれた。十七歳で陸奥白河藩松平氏を襲い藩主となった。天明の飢饉の際、自領から餓死者を出さなかった政治的手腕を買われて、筆頭老中となった。三十歳だった。『徳川実紀』天明七年（一七八七）六月「十九日松平越中守定信加判の列上座命ぜられ侍従に任ぜらる」とある。

定信を中心に進められた前時代の荒廃した政治・経済・社会の改革を、一般に「寛政の改革」と呼んでいる。ちなみに定信の墓は、白河藩松平氏の菩提寺である東京江東区の霊岸寺にある。

一時代の事実上の政治的最高権力者の墓としては意外に小さい墓である。

しかし、各方面にわたる改革は始まっても、社会・経済不安は依然として続いていた。関東以北の洪水、米価の騰貴、大都市江戸・大坂の「打ちこわし」などである。『徳川実紀』天明七年（一七八七）八月四日の記事にこうある。「近年打《うち》続き五穀実のらず。且《かつ》去年の水害にて費用多ければ、去りし卯年（天明三年）令せられし倹約の年限に拘《かかわ》らず。今年より三年の間殊更《ことさら》に節倹《せつけん》を用ふべし」。

加うるに、天明八年、京都には全市の約八割焼亡という大火があった。このときのありさまは、何人かの人びとが出火から鎮火にいたる経過をかなり詳細に書き残している。そうしたなか、当時八十歳近かった神澤貞幹のコメントはまことに興味深い。貞幹は一方で自分の来し方に満足を表明しながら、一方で、田沼時代の世相を心中苦々しく思っていた。『翁草』に言う。

〈つらつらこれを思ふに、有為無為《ういむい》の間の転変は常なり、変も変にあらず、これに遇《あ》ふを身の不肖《ふしょう》と思ふも違ひなり。畢竟《ひっきょう》善悪は浮世《うきよ》の狂言の種なり。善も悪もこれに深着すべからず、二百年御治世の徳化に誇りて、世に華奢奸曲《かしゃかんきょく》無道の熾《さか》んなる中にも、洛《みやこ》の人の風俗余国に勝《まさ》りて、不正増長《ぞうちょう》せる事、六十年来吾まさに眼前に知る所なり。その邪《よこしま》いまここに重畳窮迫《ちょうじょうきゅうはく》せり。譬《たと》えば水無き薄鍋《うすなべ》を、大火を以て焚《た》き立てるに似たり、その鍋《なべ》既《すで》に破れんと欲するを、天これを扶《たす》けて聖天子上《かみ》に立ちたまひ、東武に賢相《けんしよう》出《い》でたまひて、専《もつぱ》ら善政を以て潤沢《じゆんたく》ありと雖《いえど》も、世人これまでの不正に傚《なら》ひて、実に善政の有り難さ骨髄に徹せず、ここにおいて懲《こ》らしめる為に、貴賤貧富となく洛中隈《くま》もなく焼亡して、今までの風俗を一変し、貧富の差別無き様に平均して、善政の畠を天より拵《こしら》へたまふなるべし、今より後は上下ともに家業に私なく、仮にも邪事《よこしまごと》をせず、正直に世渡り一篇を精に入れば、ついにはいにしへのめでたき都になるべし。〉

大火の原因についての貞幹の申しようは厳しい。要するに、世の中みんなが華美贅沢三昧《ぜいたくざんまい》で、そのことに反省の気持ちも見えない。だから、懲らしめのために焼いたのだ、と貞幹は言う。しかしこの言葉、心中そう思っていてもなかなか口には出せない言葉だ。おそらく自らも焼け出された一人として、決意して書き残したコメントであるようにも思う。あるいはほんとうはもっと辛辣《しんらつ》に言いたかったのかもしれない。洪水・凶作・飢饉・疫病流行・米価の騰貴など、これみなすべて宜《よろ》しからざる人の心のなせるわざだと。「多分江戸で白河楽翁侯が政柄を執っていた寛政の頃」とは、そういう時代の直後の時代であったのだ。

そしてさらに貞幹の言葉に耳を傾けたい。「世に華奢奸曲無道の熾んなる中にも、洛の人の風俗余国に勝りて、不正増長せる事」。なんとまあ、現在の社会状況に酷似していることか。

神澤のこのことばは天明の世の表面をフィルターなしで活写したものである。しかしよく考えてみれば、当時の人々上下こぞって「足ること」を知らなかったということにほかなるまい。いっぽうで経済の混乱をかかえながら、いっぽうで驕奢また偽善が横行する。そうなればその行き着く先はおのずと知れたことだ。無道である。

『高瀬舟』の主人公喜助は言う。

〈なる程島へ往《ゆ》くといふことは、外《ほか》の人には悲しい事でございませう。其心持《そのこころもち》はわたくしにも思ひ遣《や》つて見ることが出来ます。しかしそれは世間で楽《らく》をしてゐた人だからでございます。京都は結構な土地ではございますが、その結構な土地で、これまでわたくしのいたして参《まゐ》つたやうな苦《くるし》みは、どこへ参《まゐ》つてもなからうと存じます。〉

つまり喜助は言いたいのだろう。自分は人間としての最低限度の生活以下の生活経験者だ。だから、そういう経験をとおして、人間のほんとうの苦しみというものがどういうものかよくわかる。言い方を換えれば、人間の幸せというものがどういうものかがよくわかる、と。

「世間で楽をしてゐた人」「これまでわたくしのいたして参ったやうな苦しみ」。この喜助の言葉は、かなりの程度、羽田庄兵衛の心に響いたと思う。なぜならそこには奢《おご》れる者などの思いもよらぬシビアな現実認識があるからだ。この喜助の言葉、社会の最下層に生きる人間の、それとない社会批判・体制批判の言葉であろうか。もし庄兵衛がそう受け取っていたならば、喜助の放つ毫光《ごうこう》はけっして庄兵衛には見えなかったにちがいない。

喜助の放つオーラ、それは、時空を超えてまことに輝かしい。

十二　時間と空間の交錯……「智恩院の桜が入相の鐘に散る春の夕」は、季節と時刻の提示だけの表現か

鷗外はその生涯におびただしい著作を遺した。その中には、本業の医学関係の著述も当然ある。美術関係の著作もある。鷗外が書いた文芸作品には、自作・翻訳を含めた多くの小説はもちろん、史伝もあれば詩も短歌もある。しかし意外に知られていないのは、鷗外が多くの戯曲を書き残したという事実である。鷗外はあたかもそのことが自己に課せられた使命とでも思っているかのように、演劇に並ならぬ愛情を注いだ。そのことは関連の年譜を一目見れば充分に納得できるはずである。

鷗外が戯曲作品を多く書いた理由は、もちろん演劇に対する関心の高さを第一に挙げなければならない。が、その他に、次弟篤次郎の存在も大きかった。

篤次郎は兄鷗外同様本業は医者である。彼は学生時代から演劇の世界にのめりこみ、ために

学業がおろそかになったこともあったという。しかし篤次郎の演劇に関する志向は、大学卒業後においてもいっこうに衰えることはなかった。彼は一人の職業人として自己の本務に携わりながら、演劇に情熱を傾けた。『歌舞伎』を創刊したのも実は篤次郎であった。

当時のわが国の演劇界は、ヨーロッパ文化の影響からまったく自由であることは事実上不可能であった。一方で旧来の芸術観から脱することはわが国の演劇にとってことのほかの難事であったのだ。そういう状況下、彼ら兄弟は互いに刺激しあい影響しあって、その近代化に貢献していたのである。

そういう鷗外の演劇に対する造詣の深さを具体的に示すエピソードを一つだけ紹介したい。明治四十一年三月二十八日の日記に次のとおりある。

〈夕に北里柴三郎予等を偕楽園に招きて、Robert koch を歓迎する方法を議す。〉

コッホ師とは、いうまでもなく細菌学における世界的権威。鷗外はベルリン留学中、北里柴三郎の尽力により、コッホに師事した。その旧師が来日するという。六月十二日の日記に「午前十一時半 Robert koch 及夫人を新橋に迎ふ。」とある。以後、旧師夫妻に対する彼らの歓待は、まことに誠意にあふれたものだった。

六月十六日。「午後二時 Koch 師夫妻を上野音楽学校に迎接し、師の講演を聴く。夕に又二人を歌舞伎座に延いて劇を観す。驟雨あり。雹を降らす。」『細菌学雑誌臨時増刊』(同年八月刊)という書物がある。それによれば、この日の歌舞伎座の演目は「義経千本桜」「夜討曽我」「二人道成寺」であった。その解説を鷗外がドイツ語で書いた。そのパンフレットが来賓および接待者一同に配布された。それを読んだコッホ夫人は、そのみごとなドイツ語に舌を巻いたという。また観劇中においても鷗外は、夫妻に(おそらくはドイツ語で、)劇の内容などを説明した。もっと正確にいうなら日本の歴史・文化を説明した。

しかしそういうことは、その堪能なドイツ語力だけではなかなかなし得まい。それがなし得たについては、鷗外の、自国の歴史・文化に対する造詣の深さが背後になければなるまい。同時に、日本の演劇のみならず、ヨーロッパの演劇にも精進していたからにほかなるまい。この日もし旧師夫妻が歌舞伎という日本の伝統芸能に堪能満足したとするなら、それはひとえに鷗外の力によろう。

「高瀬舟」中のわずか十七文字の「智恩院の桜が入相の鐘に散る春の夕」。この部分の、この小説中における意味は、どう考えてもそう簡単に看過できるほど軽いものではないと思う。理由は直前の「寛政の頃」という時代提示に続いて「春の夕」という季節と時刻の提示があることによる。が、ほんとうをいうと、それよりもはるかに注意すべき重要なことがある。

「智恩院の桜が入相の鐘に散る春の夕」……。この小説の読者はこの表現から、おそらくだれもがある特殊な美的情調の中に己が身を置いているはずである。その因ってきたるところはむろん作者の表現技術にある。つまり、「智恩院」「入相の鐘」「桜が散る」「春の夕」という語句の絶妙な組み合わせにある。

智恩院。正しくは華頂山大谷寺知恩教院という。牛若丸と弁慶で有名な、鴨川に架かる五条大橋の東が清水寺。その北方、京都市東区林下町にある。法然上人をその始祖とする浄土宗の総本山である。現在はその三門・本堂・勢至堂・経蔵などが国指定の重要文化財となっている。近くには素戔嗚尊などを祀った八坂神社、また桜の名所円山公園がある。もともと東山一帯は桜の名所だが、知恩院自体は名所といわれるほど桜が多いわけではない。

入相の鐘。入相という言葉は実にいい言葉だと思うが、いまは死語になってしまった。しかし、平安女流日記にも使われた、「夕暮れどき」をあらわす雅やかな言葉である。『蜻蛉日記』『更級日記』などに見える。「入相」だけで、日没を知らせる鐘の音、すなわち入相の鐘の音の意をあらわすこともある。

つまりこの部分、古都京都の夕暮れ時の、甘やかで、艶やかで、雅やかな情調を表現したものなのである。むろん作者の臨場経験にもとづく実景描写ではない。鷗外のイマジネーションによる表現である。だからおそらく実景よりもはるかに美しいのだ。

どうしてこのような表現が可能なのか。その理由についてぼくは、作者と演劇との深い関わりに注目したいと思っている。

ぼくらは昔から現実よりもはるかに美しい世界を創出する手段を知っている。すなわち芸術である。具体的にいえば、一つには言語芸術たる文芸がある。二つには舞台芸術たる歌舞伎などを含めた演劇がある。三つには写真や映画がある。そうしたなか、ここの表現に見る現実離れした美の世界はどうか。ぼくには、作者の単なるイメージというよりも、芝居の舞台の美を再現した世界であるように思えてならない。ぼくの単純な推測だが、鷗外がこの部分を執筆するとき、芝居の舞台の景がイメージにあったのではないか。背景画の前、舞台中央やや下手に置かれた舟上の二人の頭上に照明を受けて桜の花が舞い散る美しい場面が。そうして言語によって表現された美的情調のもたらす芸術的効果の大きさははかりしれない。それは、細民として生きる人間、遠島刑に処せられた人間を描いた重苦しい雰囲気から完璧に読者を解放する。

十三　「喜助」と「庄兵衛」……登場人物は、なぜ「喜助」と「庄兵衛」か

「高瀬舟」の読者は、第二段落に至ってはじめて作者から「喜助」「庄兵衛」の二人の登場人物を提示される。年齢はそれぞれ三十歳ぐらいと初老、概ね四十歳ぐらいである。しかし、こ

の物語の原話である「流人の話」には、登場人物の名前も年齢もまったく記されていない。つまり「喜助」「庄兵衛」という名の命名者は鷗外だということである。

しかし、ある創作作品の登場人物名が架空の名前であったとしても、それを疎略に考えることはできない。理由はその登場人物名から読者はいろいろなイメージを自由に形成するからだ。新訂増補国史大系正統『徳川実紀』には、二巻にわたり人物索引が付いている。『徳川実紀』は家康から慶喜までの徳川政権のいわば正史である。だから索引にも当然おびただしい数の人名があらわれる。主体は当然武士つまり男である。しかしなかには門跡、あるいは、たとえば〇〇院といった由緒ある女性の名も見える。

そのなかには、元禄の世に江戸の市民を熱狂させた「大石良雄」という人の名も見える。だが彼の登場はあたかもワンポイントである。そして同書全体でいえばそういう人のほうが圧倒的に多数派である。それに対してあの大岡越前守忠相の登場場面は多い。そういう登場場面の多い人は総じてステータスが高い。

「喜助」「庄兵衛」。よくぞ命名したものである。

主人公の罪人は武士ではないから武士をイメージするようなネーミングではまずかろう。護送同心は侍だが、「同心」だから、社会的地位の高い人をイメージしてしまうような名前ではまずかろう。やはり名前を見ただけで、「下愚の者」「下級武士」を読者にイメージしてもらわなければならない。

喜助の「三十歳ぐらい」にも、庄兵衛の「初老」にも、その年齢の設定に、作者の緻密な計算がうかがえる。やはり二人の年齢は、庄兵衛が上で喜助が下でなければサマにならない。同心と下愚の罪人との関係だからである。喜助の三十歳という年齢には、厳しい暮らしの中で社会的経験を積んだ者の「分別」というものが含まれているのだ。そういう喜助だから、ドラマになるのである。

ちなみに、横倉達次氏の著『与力・同心・目明しの生活』には、江戸末期の与力衆の名前が例示されている。また、『月堂見聞集』、『古事類苑』、その他研究書等には流罪者の名前も具体的に何人か挙げられている。『国史大辞典』には、京都町奉行の名前も記載されている。いまそれらの中から無作為に何人か挙げてみる。比較すれば、いかに鷗外のネーミングが絶妙であるかが納得できると思う。

［与力］
小林藤太郎・山崎助左衛門・原定太郎・蜂屋熊之助・蜂屋新五郎・島左太郎・谷村源左衛門・中山源右衛門・松浦安右衛門・中嶋三郎

［流罪人］

小普請方金井六右衛門・奥御医師奥山交竹院・木挽町狂言座新五郎・栂屋善六・堺町狂言座清五郎・後藤手代清助・御留守居番平田伊右衛門・御書院番平田彦四郎・山村長太夫・無宿竹松事三蔵・同伊丹の丑松・儀助事惣兵衛・米太郎弟丈吉・無宿樽屋之弥助・長柄の十右衛門

［京都町奉行］

宮崎若狭守重成・雨宮対馬守正種・能勢日向守頼宗・前田安芸守直勝・井上志摩守正貞・小出淡路守守秀・松前伊豆守嘉広・滝川丹後守具章・水野備前守勝直

十四　牢屋敷から桟橋まで……喜助はどの道を通ったか

富士山が噴火し、山の中腹にせっかくの景観を損ねるような「宝永山」という瘤が出現した。宝永四年（一七〇七）十一月のことであった。翌五年（一七〇八）三月、京都は大火に見舞われ、内裏も炎上、当時の牢獄「小川牢」も焼けた。あの赤穂浪士の吉良邸討ち入りから五年あまり後のことである。

牢獄などなければないにこしたことはない。しかし現実的にはないと困る。そこで宝永六年（一七〇九）八月、京都三条新地に獄舎が新たに建築された。

当時、二条城の南の堀端には東町奉行所があった。その南側、神泉苑の南西の地に六角獄舎はあった。いまその跡地に、わが国初の死体解剖をやった山脇東洋の碑が建っている。また幕末、平野国臣ら政治犯が大量に斬殺された地であると書いた立て札が立っている。しかし、当時を偲ぶよすがとなるものは、右のほか、いまはなにも残っていない。

牢屋敷坪数は千百二坪、約三千六百三十七㎡だったという。ちなみに江戸小伝馬町の牢獄の総坪数は二千六百六十七坪、約八千八百三十四㎡だった。とすれば、六角獄舎は江戸の獄舎の約半分である。めっぽう広い敷地だったわけではない。

その敷地内の構図については清文堂史料叢書『京都御役所向大概覚書』上巻に詳細な図が載せられている。それによると、獄舎敷地の外郭は東西三十八間（約六十九m）、南北二十九間（約五十二m）であった。竹の柵で囲まれ、その中に、東西三十一間（約五十六m）、南北二十四間（約四十三m）の築地が巡らされている。この築地内は本牢、切支丹牢、女牢、上り場、番所、会所など、築地外に賄家食焼所、勘定所などがあった。喜助はこの牢獄に、「去年の秋」のいつごろからか入牢し、今朝まで約四、五ヶ月の間、暮らしていたのだ。

牢屋敷を出た喜助は、「唐丸籠《とうまるかご》」という小さい籠に縛されたまま乗せられた。そして高瀬川のいずれかの舟入《ふないり》まで護送された。この唐丸籠は、そもそも闘鶏用の鶏を飼育するための籠である。重罪人護送に用いる釣鐘形をした形がそれに似ているところから、護送用の籠をそのようにいったものである。

　罪人を護送するときは、籠の外からムシロをかけ、ネームプレートを付けて護送する。中の罪人は手だけではなく、足まで板の「鍵」をかけられているから身動きがとれない。これでは脱走は事実上きわめて困難である。

　では、獄舎から高瀬川まで、喜助はどの道を通って「舟入」に行ったのか。

　この点についてぼくはこれまで次のように考えていた。

　罪人護送という目的を考えた場合、最短距離のコースをとるのが危険度が少ない。したがって、獄舎から現在の御池通もしくは姉小路通あたりを東進する。本能寺の東側に「舟入」があったとするならそこで乗船する。そこに「舟入」がなかったとするなら、少し北に行って「一之舟入」で乗船する。そこらあたりが最も合理的な考え方であろうと、勝手に一人で決め込んでいたのだ。

　ところが、『月堂見聞集』を見るに及んで、この考えはたちまち訂正せざるを得なくなった。それには次のように書かれていたのである。


〈(前略) 右十四人流罪、壱岐島隠岐島両所へ至る、賀茂神主同行惣十七人、三条通より川原町角倉屋敷前に至る、是より船に乗る、(後略)〉

（享保六年（一七二一）二月十五日の記事）

〈三月廿一日、壱岐島へ流罪者六人、牢屋より、四条通へ出、高瀬舟にて大阪へ至る。〉

（享保十一年（一七二六）三月二十一日の記事）

これらの記事によれば、享保六年に島送りとなった賀茂禰宜らは、六角獄舎を出て南に向かった。そして三条通りをまっすぐ東に向かった。三条通りのつきあたりはいまでも河原町であるから、そこに角倉屋敷があったのであろう。そこには舟入があった。また、享保十一年に島に向かった罪人一行は、獄舎を出てさらに南に向かった。そして四条通りを高瀬川まで歩き、その舟入から大阪牢に向った。

そうすると、六角獄舎から高瀬川までのルートは一定していなかったということになる。つまり罪人護送はその時々の諸般の事情によってルートが異なっていたというわけだ。

ではなぜ、その時々にルートが変更されたのか。それは、乗船者数や荷物の量、あるいは舟の運航の都合といった、町奉行所側、舟主側双方の事情によろう。その両者によりその都度交渉が行われ、決められていたからだと思われる。

十五　護送の実態……高瀬舟による護送はどのように行われたか

前項の『月堂見聞集』の引用文に見るとおり、流罪者の護送は通常複数の囚人がまとまったところで行われた。ところが、舟に乗るのは罪人だけではない。監督の与力や護送担当の同心も大阪まで罪人を監視して行かねばならない。監視人が一人では職務遂行上問題があるから、当然複数の同心が同行することになる。それに、罪人が島に着いてからの生活に最低限必要な物資の携行が許可されていた。したがって、それをも積載して行かねばならない。そのあたり、実際はどうなっていたのか。

このことに関連して『月堂見聞集』（享保六年二月十五日の条）に次のような記事が見える。

〈去る二月十五日、賀茂禰宜以下流人船、角倉申渡之覚、
内船七艘、但日覆在之、五艘十七人、壱艘同荷物船、一艘与力肥後守組棚橋八郎兵衛殿、東組本多金五衛門殿、同供者、
右人数十人計、同心十人、此人数上下廿人計、小船一艘組頭先乗り二艘余慶、悲田院の者五十
人程、右昼七ツ過之筈に候へども、取紛候て夜四ツ時乗船也、〉

この記事によってぼくらは高瀬舟による罪人護送の実態のいくつかを知ることができる。

第一は、護送が複数の罪人をまとめて行われたということである。

江戸前期にわたる八丈島流刑者は千八百八十五人あった。年平均にすると約八人である。京都の場合もその人口から推測したとき、事情は似たようなものであったか。だとすれば、先の『月堂見聞集』の記事は特別なケースではなく、それが通常のケースだったと理解できよう。

したがって第二に、高瀬舟による罪人護送は船団を組んで行われたということがある。

高瀬舟の積載能力は、高瀬川という運河の構造上決して高いものではなかったと思われる。ならば、一艘の舟に複数罪人・護送役人・罪人の荷物すべてを載せることは不可能である。舟の数は罪人数によろうが、一応の取り決めとして、罪人数による舟の数が定められていたのではないか。

第三に、舟には日覆いがついていたということがある。

高瀬川はもともと物資輸送用運河であるから、そこに就航する舟も物資輸送用に建造されていたはずである。

しかし大坂奉行所まで輸送するその対象がいかに罪人とはいえ、護送日が雨降りでないという保証はない。護送途中で雨が降りだして役人・罪人ともども難儀をしないともかぎるまい。『武野燭談』に、江戸の将軍も遠島者に対して不憫をかけたという記事が見える。京都奉行所の役人も罪人護送には相当気を遣ったことがうかがわれる。

第四に、罪人護送は主として同心の役目だろうが、その監督者たる与力も任務に就いていたということがある。

原典「流人の話」には、護送役人は「守護の同心」となっている。しかし以上のようなことを考慮すると、瀧川政次郎氏の次に掲げる説も傾耳に値する説ということになろう。

〈「高瀬舟」は、京都町奉行所の与力神沢杜口が安永五年に編した「翁草」に取材した実話小説であって、淀川を下る舟の中で、喜助の身上話を聞く庄兵衛は、杜口通称与兵衛その人である。〉（『日本行刑史』）

ただし、次のことを附記しておく。

貞幹がこの世を去ったのは寛政七年（一七九五）二月十一日である。貞幹が健康を理由に退官したのはかれこれ四十年も前のことであった。滝川説は「流人の話」を遅くとも安永五年（一七七六）以前の事件だとする。同じ事件を「多分江戸で白河楽翁侯が政柄を執っていた寛政の頃」とする鷗外の時代設定と大きくくいちがう。

十六　古都の春宵……喜助の護送はなぜ春の朧夜に行われたのか

鷗外が「高瀬舟」の典拠とした『翁草』中の「流人の話」には、次の件に関し、なんの記述もなされていない。

一、「二人の流人」が高瀬舟で護送されたのがいつのことであるのか、その時代・季節・時刻について。

二、その男が「兄弟の者」を殺したのがいつのことであるのか、その時代・季節・時刻について。

このことは、喜助が春の朧夜に高瀬川を下り大坂に向かったというのは鷗外の創作だということを意味する。それならなぜ鷗外は、喜助が護送されたのを「春の朧夜」のことであるとしたのか。

喜助兄弟が西陣の織場に就職したのは「去年の秋」だった（ただし、この話は江戸時代の話であるから陰暦で考えなければならない）。

「そのうち弟が病気で働けなくな」った。喜助が職場から帰宅するまで近所の婆さんが弟の面倒を見るようになった。そういう期間を考慮すると、「弟殺し」の事件が起こったのは陰暦晩秋の頃ということになろうか。

それから取り調べがあり、裁判が始まった。喜助は「その所行もとも悪心なく、下愚の者の弁へなき仕業なる事、吟味の上にて、明白」だった。したがってその裁判は、遠島という重刑裁判にしてはスピード裁判だった。

喜助はお白洲のムシロの上に据えられ、正装した京都町奉行によって判決を申し渡された。それから喜助は高瀬舟に乗せられて大阪に下った。喜助が川を下ったのは春のことだったという。

とすれば、晩秋事件発生→吟味→判決申し渡し→…、という物語上の時間的経過設定はすこぶる合理的である。

ではなぜ「朧夜」なのか。

喜助兄弟は幼少の頃両親を亡くした。その段階からすでに彼らは不遇であった。そういう彼らが人となったのは、近所の人たちの「哀れみ」の心によるものであった。そして、近隣の人たちの哀れみの心をしっかりと受け止めるだけの気持ちを兄弟は備えていた。だから事件が起きた。

むろん事件の遠因は「貧困」である。現今の言葉でいうなら、「人間としての最低限度の生活」を営むことが不可能であったから弟が病魔に倒れた。その弟の心は美しすぎた。そのために事件が起こった。

しかし、こういう悲惨な事件でさえも、時間は当事者の心から事件のリアリティーを奪い去ってゆく。つまり、時間の経過とともに喜助の心から、事件のなまなましい記憶が薄れてゆく。そして、あの忌まわしい事件でさえ過去の「思い出」となってゆく。

喜助は自分の起こした事件について庄兵衛から問われたとき、こう言った。「跡《あと》で思つて見ますと、どうしてあんな事が出来たかと、自分ながら不思議でなりませぬ。全く夢中《むちゆう》でいたしましたのでございます。」

つまりこの時の喜助には、冷静に事件を判断する精神的余裕があったということであろう。しかしその半面、自分の心から事件の生々しさが希薄になっていたのだ。弟を殺したという「恐ろしい事」も、もはや喜助の意識の中では、「恐ろしい事」ではなくなっているのだ。

喜助は庄兵衛に対し、過去表現と現在表現を巧みに織り交ぜながら、悲惨な事件を自ら語った。

しかし、事件の当事者である喜助自身の心中で、自身も気づかないまま、事件は既に「思い出」となっていた。つまりドキュメンタリーがドラマとなっていたのである。

血まみれの弟が、綿もつぶれて無くなった薄い布団からはみ出してムシロの上に転がっている。剃刀を持った喜助が茫然自失の状態で、うつろな眼をして弟の亡骸《なきがら》をみている。それはまことに陰惨な場面である。しかしそういう陰惨な場面でさえ、「春の朧夜」という一言が、陰惨なムードから読者を救っているのだ。「事件の語り手」ではなく、「物語」の語り手である鷗外のみごとな手腕を思わざるを得ない。

十七　舟上の罪人……喜助はなぜ寝なかったのか

作品本文に次のようにある。

〈夜舟《よふね》で寝ることは、罪人にも許されてゐるのに、喜助は横にならうともせず、雲の濃淡《のうたん》に従つて、光の増したり減《げん》じたりする月を仰《あふ》いで、黙つてゐる。其額《そのひたひ》は晴《はれ》やかで、目には微《かす》かなかがやきがある。〉

当時実際に護送途中の「夜舟《よふね》で寝ることは、罪人にも許されてゐ」たかどうか。喜助・庄兵衛を載せた舟が三条辺の舟入を発ったのは、「智恩院の桜が入相の鐘の散る春の夕」であった。そこでぼくは、参考のため京都気象台に問い合わせた。平成十二、三年ごろのことである。

Q　京都の桜の満開日は、例年、何月何日？

A　ここ三十年の平均では、四月八日。

Q　そのころの日没時刻は、何時何分？

A　平成十二年四月八日の日没時刻は、十八時二十四分。

そうすると、喜助が高瀬川を下ったのは四月八日前後、舟入出発時刻は午後六時ごろのことと推定される。

さて、高瀬川の長さであるが、『角倉文書』の記載によれば次のとおりである。二条から五条＝千七十七間半、五条から丹波橋＝三千四百九十八間二尺、丹波橋から淀川＝千七十二間四尺。合計五千六百四十八間と三尺である。これをメートル法になおすと、高瀬川の総延長約一万二百八十m、約十㎞強ということになる。

それでは高瀬川の終点から大坂までの距離はどれほどか。地図の上では概ね高瀬川の総延長の約三倍半である。「一之舟入」から大坂まで四十五㎞ぐらいだろうか。

舟の運航速度は川の流れの具合にもよろうが、いまその速度を人間の歩行速度と同じぐらいだと仮定する。昔の人は人間の歩行速度を「一里一時間」と言っていたので、いまそれを使って概算する。そうすると「一之舟入」から大坂までの所要時間はおおむね十時間から十一時間ということになる。もちろん実際は舟のほうが人間の足よりずっと早いだろうから、その所要時間はもっと短縮されるだろう。

　庄兵衛が喜助に話しかけたのは、「下京《しもぎやう》の町を離れて、加茂川を横ぎつた頃からは、あたりがひつそりとして、只舳《ただへさき》に割《さ》かれる水のささやきを聞くのみである」状況下である。午後六時ころ漕ぎ出した護送舟が、いまの名神高速の付近を航行中のことということになろうか。大坂到着予定時刻は翌日の午前四時か五時あたりということになる。喜助は京都・大坂間の距離や舟の所要時間を知っていただろうか。仮に知っていたとするならのことである。小舟の上での仮眠は不要と喜助が考えたとしても、それほど見当違いの推測でもないと思う。

　しかしそういう推測は、喜助が舟上で仮眠をとらなかった理由としてはいかにもその根拠とする力に乏しい。なにか強力な根拠となりうるものはないものか、と思っていたら、あったのである。『京都御役所向大概覚書』の記述と、瀧川政次郎氏「「高瀬舟」考證―安楽死思想について―」という論文である。

『京都御役所向大概覚書』の記述は次のとおり。「大阪まで遣はし候儀は流人高瀬舟にて両組与力・同心差し添へ、囚人に手錠打ち、流人一人に悲田院の者一人宛て、この外手明きのもの一両人差し添へ遣はし候事」。

これによれば、喜助は史実の上では少なくとも高瀬舟上でも手錠をかけられたままのはずである。江戸時代の手錠は写真で見る限り、きわめて堅牢であった。しかも手首を交差するようにそれを掛けたから、罪人の動作はそれだけで著しく制限される。したがって、罪人が舟上で睡眠をとることはきわめて困難であるように思われる。

なお悲田院については『徒然草』にも出てくるが、同じ悲田院でも状況が異なろう。ここの「悲田院の者」は、雑役およびトラブル発生時の処理要員だと思われる。

もう一つ、瀧川政次郎氏の「「高瀬舟」考證―安楽死思想について―」。上記の論文には〈六角の牢屋敷からとうまる籠に乗せて高瀬舟に乗せ…。〉とある。

唐丸籠というのは前述したように、もともと闘鶏を飼う籠をいう。形がそれに似ているところから罪人護送用の籠をそういったものである。その規格は、『［図説］江戸町奉行所事典』によれば次のとおりであった。高さ＝約一m、横幅＝約八十五㎝、飯口＝約十五㎝の丸窓、糞落し＝約十五㎝、棒＝約一・八m。護送時には、外側から菰がかけられる。籠の中の罪人は手錠・足枷をかけられて座っている。

なぜ京都町奉行所では高瀬舟上でも罪人に唐丸籠を被せたのか。それは、罪人の護送途中の脱走の危険回避の必要性からだと思われる。当時、高瀬川の川幅は平均約七ｍ強であった。それに水深も浅いという事情もあったと思う。そういう事情に鑑みて、高瀬舟の上でも罪人は籠に入れられたまま舟に乗せられたのだ。

　これでは罪人は身動きがとれない。こんなかっこうでは、仮眠とはいえ、寝られるはずなどありえない。

　これが、喜助がなぜ寝なかったのかという疑問に対する、もっとも真実に近い答えである。

　ちなみに、作品では喜助が「月を仰いで、黙つてゐる」ことになっている。これを当時の史実に合わせると、喜助は飯口窓から月を仰いでいることになる。その上、籠には菰がかけられている。そうすると「喜助の顔が縦から見ても、横から見ても、いかにも楽しさう」は史実と矛盾する。

　さらに作品本文には、喜助が「居《ゐ》ずまひを直《なほ》して」とある。手錠・足枷をかけられている人間が、役人から声をかけられたとて「居ずまひを直」すことなどできるはずもない。

　鷗外はきっとタイムトンネルをくぐってお奉行様にお願いし、特例として縛を解いてもらったのに相違ない。これから島に送られていく罪人が、善良を絵に描いたような「喜助」だから。護送途中逃走するような気遣いはないし、それになによりも、悲惨な来し方行く末を、これから喜助に語ってもらわなければならないからである。

十八　事件の被害者……喜助が殺したのは、兄か弟か

日本の江戸時代を支えていたバックボーンが儒教であったことは、周知の事実である。そのベースとなっていたのが東京・神田の昌平坂学問所である。現在の東京医科歯科大学のあるところにあった。五代将軍綱吉の時代、いまの西郷さんの銅像の辺にあった林羅山設立の私塾を聖堂とともに湯島に移転した。儒学が幕府の官学となったのは、喜助が遠島刑にあった数年後、寛政九年（一七九七）のことである。

儒教の核をなす考え方は、身分や年齢などの上下関係の尊重にあった。「長幼の序」という言葉がそれを象徴している。君臣、主人と奉公人、師弟、親子、夫婦、兄弟の関係における明確な位置づけに基づいて社会が成立していた。そういう考え方が、「法」に反映するのは当然であり、また事実そうなっている。

江戸時代の刑罰にも、財産や金銭問題にからむ刑罰があった。致死罪や傷害罪など人の生命に関わる刑罰もあった。性犯罪など人間関係にからむ刑罰もあった。そのうち殺人に関する刑罰にはどのような刑罰があったか。

『御定書百箇條』には、その背後に儒教思想が明確に存在している。以前の例示と重複する

が、殺人罪に限っていうと具体的には次のようになっていた。

たとえば主人を殺した者は「二日晒し一日引き廻し、鋸挽きの上磔」。鋸挽きは鋸で首を切る刑。古くは実際に鋸で首を切ったが、江戸期には形式だけで済まし、実際は磔だったという。

主人の親類を殺した者は「獄門」。獄門は斬首された首を衆目に晒す刑。

また、商家の子息がその放蕩銭を持ち出しているところを発見、詰られ、カッとなって親を殺したという場合。但し書きのない「引き廻しの上、磔」。但し書きがないということは、情状酌量の余地がないということか。

主人の親類殺害に対する刑罰があったのだから、親の親類殺害の刑罰もなければならない。事実そのようなケースもちゃんと規定されてある。つまり、「舅伯父伯母」を殺せば「引き廻しの上、獄門」。

自分よりも年齢が上の兄弟、つまり兄や姉を殺した場合は「引き廻しの上、獄門」。では、自分より年齢が下の弟や妹、甥とか姪とかを殺害した場合はどうか。条件次第で「遠島」、条件次第で死罪。

このように見ると、被害者が加害者より身分や年齢が上であるほど刑罰の程度が重くなるということがわかる。

『翁草』の「流人の話」には、「一人の流人」は「兄弟の者」を殺したとあるのみである。兄を殺したのか弟を殺したのかは、はっきり書いてない。だが、その「二人の流人」は「死罪一等を宥められ」て流罪となった。したがって流人兄弟は、流人が兄で、流人によって絶息させてもらったほうが弟である。つまり、喜助が兄で自殺未遂の男が弟である。

もう一口補足する。もし喜助と喜助によって殺害された者との兄弟関係が逆なら、喜助は兄を殺したのだから、「引き廻しの上、獄門」である。「一等を宥められ」たとしても死刑は免れないところである。

十九　護送中の会話……庄兵衛と喜助は、本当に話を交わしたか

ぼくは先項で、喜助の弟殺し事件が起こったのは陰暦でいう晩秋のころではないか、と言った。それから、高瀬舟に乗って高瀬川を下っていったのは現在の四月八日前後ではなかったか、と言った。このことについて『大阪市史　第二』の、「第七期寛政六年より天保八年に至る」の項に次のような記述がある。

〈遠島を申渡されたる者、落著以後乗船に至るまで、諸事流人役の取扱にして下役同心東西各々一名を附す。流罪地は大阪堺の分は隠岐島、京・伏見・奈良の分は隠岐壱岐両島に

分遣せしに、享和元年八月、以上五ヶ所の流人を打混じ、人数甲乙無きやう順番に（一）隠岐島肥後天草郡（二）薩摩・肥前五島・壱岐島に遣すべしとの命あり。隠岐島天草郡に遣す年は三月頃船用意を城代に聞し、四五月頃に発船す。〉

文中にある享和元年は一八〇一年である。喜助事件の十年ほど後である。そうすると、喜助の流罪地は隠岐島か壱岐島かどちらかということになる。しかし享和元年以後四、五月ごろに発船していた隠岐島行きの船は寛政元年ころには何月ごろに発船していたのか。もし享和以前も同じころ発船していたのなら次のように考えられる。

昔の四月は今の五月だ。ということは、喜助は一ヶ月ほどの時間的余裕をもって六角獄舎を出発したのだ。理由としては、高瀬舟のチャーターの都合や大坂奉行所および牢での諸手続に要する時間の考慮が考えられる。

そして、そう考えれば史実と小説との間にいささかの矛盾もなく、時間がドンピシャに合う。やはり喜助は「智恩院の桜が入相の鐘に散る」ころに高瀬舟に乗り、穏やかな晩春の海を、たぶん隠岐島に向かったのだった。

さて、桜の花びらが雪のように舞い散る春の朧夜。高瀬舟の上で喜助と庄兵衛は、ほんとうに会話を交わしたか、というのが本項の本題である。そのカギは『憲教類典』の次の記述にある。原文は少し読みにくいので、ぼくが表記を改めた。

〈遠島者申し渡し相済み、牢内に差し置き、人数十人程に相成り、島々へ差し遣はし候に付き、唯今まで永牢致し候者もこれ有り候、向後遠島申し渡し相済み、六七ヶ月程にて、人数何人これ有り候とも、出船仕らせ候よう致さるべく候、勿論七ヶ月に限り候儀これ有り候ても苦しからず候、然れども七ヶ月越し候上、延引致し候儀は如何に候、その節の時宜にもよるべきことに候間、その節々作略あるべく候、〉

要するに本文のポイントは、流罪判決を受けた者が十人程度にまとまったら刑を執行、ということである。しかし、牢の事情もあり、罪人の健康の具合もある。したがって、今度は六、七ヶ月経ったら、人数は十人に満たなくても、刑を執行せよ、ということであろう。死刑とちがって遠島刑の場合は経費がかかる。また船で海を航行するわけだから気象条件なども無視できない。したがって判決が出るたびに刑を執行することはできない。そこで「複数護送」が原則となる。

しかし江戸時代の獄舎の環境は、罪人の健康という観点から考えた場合、決していい環境ではなかった。特に梅雨時から夏にかけての時期は、高温多湿というわが国特有の自然環境下に置かれる。それ故、窓のない、通風の設備を欠いた施設の中で、罪人はほとんど耐え難い苦痛を味わうことになる。そういう意味では、喜助の在牢期間は冬であったから、まだよかったともいえる。

いずれにせよ劣悪な環境下での長期間の在牢は、人間の健康上きわめてマイナスだ。そのことは、当時の役人にも充分分かっていたはずである。だから、その結果在牢期間半年という一応のガイドラインが設けられた。

ということは、次第によっては罪人が一人という場合だってあり得る、ということだ。複数護送の場合、その警固を任とする役人は、罪人との個人的会話は、厳に慎まなければならない。それはいわば職務遂行上の基本的心得である。だが、こと単身護送ということなら、小舟の上という特殊な空間の環境が複数護送の場合とは自ずと異なってくる。

人間は単身でいるときは、長時間の無言にも堪えられる。しかし、複数でいるとき、お互いに無言でいることはそれなりに忍耐が要る。

高瀬舟が京都の三条あたりの舟入から川を下り始め、大坂に着くまでには、どう見積もっても数時間を要する。しかも夜のことである。朧に霞んだ月光と舳先に掛けられた提灯の薄光の中で、それなりの至近距離で会話は交わされたのだ、きっと。

事実、会話が交わされたから「流人の話」が記録に残された。しかし、偶然護送役を仰せつかった同心某氏は、偶然単身護送の役目を負うことになった。そこで流人某と、常ならず最少人数で高瀬川を下ることになった。舟上、なにかのきっかけで会話が始まった。流人某の語る身の上話を聞いて、同心某氏は、心の底からしみじみとした情を覚えた。そして、その話を同心某氏から神澤貞幹は聞いた。その貞幹の「感動」という食材が、後世森鷗外という超一級のシェフの腕によってみごとな料理となった。「鷗外先生のうまさ」以外のなにものでもない。

二十　死罪一等を宥められしもの……喜助の「遠島」判決の根拠は?

事件の裁判や係争の際、その判断の根拠は当然ある。一つは、その時代・社会の法規、一つは、判例である。

「高瀬舟」の主人公・喜助、正確には史実としての「一人の流人」が自分の弟を殺害した事件の裁判の場合も、その判断の法的根拠はたしかにあった。瀧川政次郎氏によれば『御定書百箇條』（七十二）人殺並疵付御仕置之事」がそれである。

一　非分も無之実子養子を殺候親　短慮にて風と殺候はゝ　遠島

但親方之もの利得を以殺候はゝ死罪

右同断

一　弟妹甥姪を殺候もの　遠島

但右同断

（中略）

一　人を殺候もの　下手人

このうち三番目の、「人を殺候もの　下手人」の一条は、弟殺害事件の裁判の審判根拠にはなり得ない。理由は、「実子養子」「弟妹甥姪」と、被害者が明記されている条文が前にあるからである。なお、「下手人」とは、殺人犯で情状酌量の上首を刎ねられた受刑者のことである。

さて、喜助の裁判の判決は「遠島」であった。その根拠を説明するために、「流人の話」を便宜上小説中の喜助事件として話を進めることにする。

喜助が殺したのは、自分の弟である。だから喜助に申し渡される判決は、「遠島」ということになる。

ところがやっかいなことにこの条文には「右同断」が二箇所も付いている。

①　「遠島」の右肩に付いている「右同断」について
その前の条文に付いている「短慮にて風と殺候はゝ」という条件をここでも有効とする、という意味である。
②　「弟妹甥姪を殺候もの」の左脇の「但右同断」について
その前の条文に付いている「利得を以殺候はゝ死罪」をここでも有効とする、という意味である。

この前掲瀧川氏の説くところをぼくの理解するところに従って書き換えてみると、概ね次のようになろうか。

一　「流人の話」によれば、喜助は「苦痛をさせんよりはと、手傳ひて」弟を殺害した。だから、喜助の行為は「自殺幇助罪」は該当しない。普通の殺人罪として理解・取り扱いされた。
二　喜助の「所行もとも悪心なく、下愚の者の弁へなき仕業」であった。つまり「利得を以殺候」ものではなく、下愚の者の「短慮にて風と殺」したものであった。
三　したがって「流人の話」の「死罪一等を宥められ」は、奉行が喜助に情状酌量したという意味ではない。「但右同断」すなわち「利得を以殺候はゝ死罪」という但し書きの部分は、本件に該当しない。そう判断された、ということである。

喜助は奉行の慈悲により「遠島」となったのではない。当時の刑法にしたがい、公正に裁かれた結果が「遠島」だったのであった。

二十一　レジグネイション……強制的居住地指定がなぜ「ありがたい」のか

ぼくには、物語中喜助が何気なく語った次の言葉が、なぜか妙に気にかかる。

〈わたくしはこれまで、どこと云って自分のゐて好い所と云ふものがございませんでした。こん度お上で島にゐろと仰やって下さいます。そのゐろと仰やる所に落ち著いてゐることが出来ますのが、先づ何よりも難有い事でございます。〉

喜助は、というよりも喜助兄弟は、幼いころ両親を亡くした。この幼いころというのが具体的に何歳ごろのことをいうのかは、読者の想像にまかされている。ぼくはおそらく五歳前後ではないかと思っている。その根拠は、弟殺しの事件の顚末を語る中での喜助の、自分の履歴を語っている次の箇所である。

〈初《はじめ》は丁度《ちやうど》軒下《のきした》に生れた狗《いぬ》の子にふびんを掛けるやうに町内の人達《ひとたち》がお恵《めぐみ》下さいますので、近所中《きんじよぢゆう》の走使《はしりづかひ》などをいたして、飢《う》ゑ凍《こご》えもせずに、育ちました。次第に大きくなりまして職《しよく》を捜《さが》しますにも……。〉

司馬遼太郎さんの小説に『菜の花の沖』がある。その主人公・高田屋嘉兵衛は、喜助より概ね十歳ぐらい下の人である。司馬さんの『風塵抄』に、嘉兵衛も貧家の生まれで、十二歳の時、自ら親がかりを拒否して奉公した、とある。喜助兄弟がリクルート活動を展開していたのもおそらくは嘉兵衛と年齢的には大差なかったと思う。たぶん十歳代のはじめのころのことではなかろうか。

だが喜助兄弟は、資本・財産・身分保障がなんにもなかった。だから、常に当時としても「人間としての最低限度」の生活しかできなかった。それでも彼らは自分の力で生きていくしか生きようがなかった。「どこかで為事《しごと》に取《と》り附《つ》きたいと思つて、為事《しごと》を尋《たづ》ねて歩きまして、それが見附《みつ》かり次第、骨を惜《をし》まずに働」くしか生きようがなかったのである。つまり彼らは、精神的にも経済的にも絶えず不安定な状態の中で生きていた。

その不安定状態が、事件を起こしたことによって、はからずも安定状態に転換した。俗な言い方をすれば、タダメシの恩恵にあずかったのである。いままでの喜助の厳しい暮らしから考えれば、不労所得を得ているも同じことであった。働かずにご飯が食べられるのである。喜助は入牢生活を天国の暮らしだと思った。

喜助はそういう生活をさせてくれるお上に対して「済まない」と思った。この「済まない」という感覚は、現今の、自己の生存のためには公的サービスの享受は当然の権利だと考える人の感覚ではない。いかに苦しくとも、自分は他力に頼らず自力で生きていくのが当然だと考える人の感覚である。つまりお詫びと感謝の念である。

ところがその感謝の気持ちは、喜助の場合、それだけでおしまいということにはならなかった。「遠島」とは権力による限定された地域への強制移住命令である。マイナスイメージでとらえるのが当然である。しかし喜助の場合、そういうふうにはとらえていなかった。「ありがたい」ことだと、プラス思考で考えていたのである。

なぜか。「Resignation」である。

「Resignation」とはいかなる意味の語か。「避けることのできないいやなことを穏やかにまた我慢強く自分に容認させること」と、辞書の「Resign」の項に説明されてある（『Longman Dictionary of Contemporary English New Edition』)。この場合、「避けることのできないいやなこと」とは、喜助にとっては、「結構な土地」である京都から「よしやつらい所」かもしれない「島」に強制移住させられることであることはいうまでもない。しかしその「避けることのできないいやなこと」すらも喜助は「ゐろと仰やる所に落ち著いてゐることができますのが、先づ何よりも難有い」として「穏やかにまた我慢強く自分に容認させ」ているのだ。おそらく喜助は「島」について、他の流人が意識するほど忌避すべきものとして意識してはいなかった。むしろ島は自分のような人間にとってふさわしい場所であるとさえ思っていたようにも考えられる。

喜助は自己を殺すことが自己を生かすことだと考えていた。極端な自己抑制こそが自己の生のセーフティーゾーン確保のための最良の方法だと考えていたように思われる。だから居住地の強制的指定でさえもが「ありがたい」ことになるのである。「どんなつらい為事をしたつて」大丈夫だというのは、身体的意味あいだけでない。精神的意味あいをも含んだ喜助の自信である。意識下にある喜助の「Resignation」がその自信の正体だとぼくは思っている。

二十二　牢内の生活……喜助はどんなものを食べていたのか

喜助の話の中に、「お牢に這入つてからは、為事をせずに食べさせて戴きます。」とある。そしてそのことを喜助は「お上に対して済まない事をいたしてゐる」と考えている。不労飲食、それもおおやけの恵みによる不労飲食行為を喜助は一種の罪悪として考えているのである。

それはたしかにお上から支給された食事だった。真面目に働いているときは、食うや食わずのどん底の暮らしだった。その僅かの食べ物をあがなうための借金が消えたことはなかった。それなのに、「飛んだ心得違」から法を犯し、入牢生活をしてみれば、安閑とタダメシが食える。なんだか矛盾しているのではないか。

『日本近世行刑史稿』によれば、食べ物の費用はすべて官費でまかなわれていた。食事は一日二回、原則米飯、百姓には希望で麦飯を支給したこともあるという。

興味深く思うのは、身分、性別、健康状態により、量やメニューに多少の加減が加えられていたということだ。また、江戸でも京都でも、毎年特定の日あるいは時期に特別支給があり、酒も振る舞われていた。

さて、喜助の食事メニューである。前掲『日本近世行刑史稿』に「揚屋及平民の罪囚」のメニューがある。

飯　　玄米五合（白米にすると四合五勺）

菜類　　汁、塩菜、鼓三十目、雑費料銭百文

この場合、菜類の中に含まれている鼓とはなんであろうか。辞典類をあたってみたがよく分からない。ただ鼓草というのがあり、タンポポのことで、食用にもなるという。緑黄野菜の総称ということか。なお「鼓」が「豉」なら「みそ、または納豆」と『和漢三才図会』にある。いずれにせよご飯はともかく、このメニューだとタンパク質もカルシウムもビタミンもほとんどないに等しい。ワンランク上の室の者には豆腐も支給されたとあるが、平民にはそれすらもない。

加えて、獄舎の構造自体が不衛生にできているから病人が絶えない。そういうばあい、罪人同士で看護し合ったようだが、いかに罪人とはいえ、彼らの苦悩の程がしのばれる。

ちなみに、江戸牢獄の死者数は「江戸後期において」「一年平均千五六百人」だった（瀧川政次郎『日本行刑史』）。ほとんど信じがたい数である。

その原因について氏は、制度の欠陥を指摘している。しかし、食事のメニューを見れば、いかに健康な者とはいえ、これでは病気にならないほうがおかしい。

そんななかで喜助は病気にもならずに出獄したのである。「よくぞ」と喜助に拍手を送りたく思うのは、ぼくだけではないと思う。

二十三　島への所持品……流人はどんなものを島に持っていったか

流刑は権力による強制移住であるうえに、生活保障はまったくない。もしくは限りなく「0」に等しい。

だからといって持ち物がなんにもなくては島での暮らしが始まらない。そこでお上もある程度の生活物資の持ち込みを許可した。このことについての『刑罪大秘録』の伝えるところは次のとおりである。

持参品には大別して二種類ある。一つはお上からの餞別である。もう一つは流人の身寄りの者からの届け物である。

お上からの餞別は「銭」で支給された。江戸時代の通貨は金・銀・銭である。銭とは鉄など金属製の少額コインのことで、その額は牢内の「房」のランクにより差が設けられた。一人宛支給額は、雑人＝金二分、揚屋者＝金一両、揚座敷者＝金二両であった。ちなみに雑人とは身分の低い者のこと。揚屋とは大名の家臣・将軍直参だが将軍に謁見する資格のない者（＝御家人）・一般僧侶・医師などが収容される「房」のこと。揚座敷とは、直参のうち将軍謁見有資格者（＝旗本）・ハイランクの僧侶・神主らが収容される「房」のこと。江戸時代は身分制社会だから、流刑者に対する餞別まで、その待遇に大きなひらきがある。

身寄りの者からの届け物は許可制になっていた。まず「持参金品許可申請書」とでもいうべき持参品リストが記載された書類が身寄りの者から提出される。それが町奉行のチェックを受けて牢屋敷に廻される。ただし許可される持参金品の数量には制限があった。たとえば米＝二十俵まで、麦＝五俵まで、銭＝二十貫文まで、金＝二十両まで（ただし銭になおす）である。これら上限を越えることは「不相成（あいならざる）」ことであった。

しかし、持参品リストを作成し、申請書を提出すればすべてが許可されたかというとそうではない。許可されなかったものも当然あった。『刑罪大秘録』はその三つを記している。一つは刃物、一つは火道具、一つは書物であった。

さて、このように見てきたとき、喜助の場合は実際どうであったのか。『刑罪大秘録』所載のルールによれば、喜助は自分の所に届け物をしてくれる身寄りもない。したがって、お上から支給された金二分しか持参金品がないことになる。一方では米二十俵も持って行く者があるというのに、これではあまりに不公平ではないか。

その件について、『月堂見聞集』に次の記載がある。ただこの記事は正徳三年（一七一三）、喜助事件の約八十年も前の記事である。したがって、喜助がこの記事と同じ処遇を受けたかどうか、にわかには断定し難い。

〈京都牢獄の者十八人隠岐の国へ流罪、一人前に金子一分、布子一つ、帯一筋、下帯一筋、渋紙一枚、細引一筋、竹子笠一がい、杖一本づゝ被下候、〉

元禄時代、松尾芭蕉は「痩骨の肩にかかれる物」に苦しめられながら『奥の細道』の旅に出た。持ち物は「紙子一衣は夜の防ぎ、ゆかた・雨具・墨・筆のたぐひ」、その他必要最小限度の物だった。それに対して流人は島到着後、さしあたり雨露をしのぐ住居も確保されているかどうかわからない。そういう「者」への最後のお上のお恵みがこれらの品々である。

二十四　流人の健康管理……喜助は島で元気に暮らしたか

喜助は庄兵衛に、来るべき島での流人生活も達者で過ごせるだろうと自信のほどを語った。その自信の根拠は「つひぞ病気をいたしたことはございません」という、喜助の過去の健康状態だった。

遠島も原則的には、権力による強制的住所変更命令である。しかし遠流と遠島とでは刑の重さの点でかなりの開きがある。なぜなら遠流のばあいは刑場が孤島ではない。だから孤絶意識の点で遠島とは比較にならない。そういうことを想像するにつけ、南海の孤島鬼界が島に置き去りにされた俊寛僧都の胸中はいかばかりであったか。

彼は孤島で硫黄を採取し、九州の商人との間で物々交換し、食物を得ていた。漁民に懇願して魚を貰い、貝を拾い、海草を採って食べ、それで命をつないでいた。しかしその程度の食生活で健康が維持できるはずもない。僧都は三十の半ば過ぎでこの世を去った。

それから四、五百年後、江戸時代の流人たちは「島」でどう暮らしたか。

一口に流人といっても彼らの受刑以前の身分はさまざまだ。侍もいれば僧侶もいる。医者もいれば神官もいる。稀には大名もいれば反対に喜助のような男もいる。

しかし、受刑以前のステータスは、島に行ってもそのまま生きていたケースはかなりあったらしい。たとえば侍ならば、島の子供に読み書きそろばんを教えた。医者ならその知識技術が島民から高い期待度をもって迎えられた。だからその経済生活は喜助のような人間とは始めから比較にならない。

これはあくまでぼくの想像だが、喜助の島での暮らしはすこぶる厳しかったと考えざるをえない。喜助の送られた先は、隠岐の島か壱岐の島、ぼくは隠岐の島だと思う。へたをすれば俊寛僧都と大差ない状態に陥っていた可能性は、否定できない。というよりも、かなり高い。

島に送られた人々の生活がどんなであったかは、後述する。が、先にも示した江戸期を通じての八丈島における次の統計数字は、喜助の将来を暗示しているように思われてならない。

自殺者　　　十二人（全体の約〇・六％）
餓死者　　　十五人（全体の約〇・八％）
病死者　九百三十一人（全体の約四十九・四％）
変死者　　二十八人（全体の約一・五％）

『日本近世行刑史稿』

遠島は原則的には終身刑である。だが、喜助が島に向かった「寛政のころ」以後、慶事および仏事等による特赦が行われたという記事が年表などに見あたらない。そのことを根拠にすれば、慶事や仏事等によって喜助が帰還した可能性はきわめて薄いといわざるを得ない。

二十五　島での生活……喜助は島でどんな生活をしたか

流人を乗せた船が島の船着き場に着く。必要手続を済ませて島での生活が始まる。先述のとおり喜助はステータスの持ち合わせがないから、農業・漁業に携わった可能性は否定しきれない。あるいは喜助は西陣で空引きの仕事に従事していたので、その技術を生かして織布の仕事をしたかもしれない。ただし「島へ往《い》つて見ますまでは、どんな為事《しごと》が出来るかわかりませんが、わたくしは此《この》二百文《もん》を島でする為事《しごと》の本手《もとで》にしようと楽《たのし》んでをります」という喜助の夢が実現した可能性はそう高いとは考えにくい。彼の携行した資本金の額二百文は、米三升あまり（『鷗外歴史文学集』第三巻の注）だというから。いまのお金に換算すれば千五百円ぐらいだ。

『古事類苑』の「法律部」に「遠島」の項があり、当時の記録類から関係箇所が抜粋されている。その中に、流人の生活を語る際によく引用される資料類がある。『伊豆海島志』『伊豆七島日記』『井上正鐵翁在島記』である。それらによれば、江戸の流人の、たとえば喜助のような資力に乏しい者の現地生活は、かなり厳しかった。

まず、流人にはどのような人たちがいたか。『伊豆七島日記』はいう。

「尋常ならぬ人もあり、また世のおぼえめでたく時めきたりし人もあり、また一山一寺をしりたる法師もあり、また富有に人と成りて、世の憂き目知らぬ人も」いた。つまり士農工商身分の貴賤を問わず、富める者も貧しき者も、老いも若きもいろんな人間たちがいた。

そうした中、『伊豆海島志』は「世のおぼえめでたく時めきたりし人」の例として宇喜多秀家を挙げている。彼は備前國の大名で、豊臣政権下、五大老の一人に数えられた。関ヶ原に敗戦した秀家は慶長六年（一六〇一）八丈島に配流となり、そこで生涯を終えた。享年八十一。

秀家が遠島刑となったのは彼が二十八歳の時であった。だから身体的にも充分力があった時だと思う。しかしその秀家でさえ次のような次第であった。「島人嘲哢しなぶりにくむ。あまりの艱苦の堪へ難さに曰く、存生のうち、いま一度花房志摩が所へ行きて米の飯食ろふて死しなば、生前の思ひでならんと」。

しかしこの話はおそらく秀家が配流となった直後のことで、その後彼は五十年も生きた。関ヶ原前の彼を思えば、流人仲間の間で年とともに頭角を現わしていっただろうことは充分推測可能である。もしかしたら彼はついに「流人頭」となったのではないか。その秀家でさえ、流人生活当初はいたくプライドを傷つけられ、肉体的精神的にかなりのダメージを受けたというのだ。

しかし、そうはいっても秀家はまだおそらくは恵まれていたほうだった。実はそうでない流人のほうが圧倒的に多かった。『伊豆海島志』はいう。

「もとより卑賤の業に習ひ、筋骨強き者は漁猟を助け、また山に入りて木を伐り、凍餓の患ひを免るれども、富貴人、また農商にても、荒き働きのならざる者、春は鹹草、虎杖、槖吾藍等を摘み食とし、夏秋はえもなれぬ引網を少しずつ手伝ひて、少しの魚を乞ひ、直に海水を以て煮て飢えに充つ。故に歴々ほど困憊憔悴してその天年を終はることを得ずして薨ると云ふ」。

つまり彼らの食生活は四、五百年前の、あの俊寛僧都と同じだった。

さて、それでは彼らの住生活はどうだったか。『井上正鐵翁在島記』にいう。

「流人の中にも一軒の世帯を持つ者は、水汲女と云ふ者を抱へ、これを妻とし定むる例なれども、別住の資力に乏しき者は、小屋と称して、上代にいはゆる穴居のごとき有状なる所を住居となし、昼は山に登り、海に投じて、わづかに一日を送」っていた。またある者は「地を借り、小茅屋を造り住」んでいた（『伊豆海島志』）。

こんな暮らしであるから、「おほかたは痩せ衰へ、色青ざめて、この世の人とも覚えぬばかり」（『伊豆七島日記』）。その実態は「流寓人の辛苦、生を欲して生もやられず、死を欲して死もやられぬ境界を想像」（『伊豆海島志』）すればよろしい、ということになる。先に挙げた、流人の死因とその数に関する統計数字が俄然リアリティーを帯びてくる所以である。

しかし、流人の暮らしのおおかたはこれが現実であったにもかかわらず、ぶっても蹴っても叩いても、それでもなお生き抜く者はいつの世にもいる。彼らの実態は「些少の事にも闘争殴打をなし、夜に入れば飲酗賭博暴淫など、常に珍しからぬほどにて、別世界の趣をなせり」だった。

喜助は自分の健康や今後の生活にかなりの自信と楽観的な観測を示している。が、どこの世界にも新参者の古参者に対する「振舞」（今後のための付け届け）の慣習はあるものだ。「右の振る舞い等出来申さず候者は、持参致し申し候諸道具衣類まで、流人頭取り上げ、諸勘定致し、その上流人小屋へ下げ申し候ことに御座候」というのがおおかたの現実だ。

喜助はたった米三升分、千五百円ぐらいしか持っていない。その千五百円も「流人頭」に巻き上げられたとしたら、そのあとどうしただろう。春の朧夜に高瀬川を下った喜助は、おそらく梅雨前には島に着いた。しかしまもなく絶海の孤島に日本海の荒波は容赦なく打ち寄せたと思う。喜助のその後の暮らしは果たして…。

二十六　同心の生活……庄兵衛のくらし向きは？

江戸時代、武士のサラリーには知行・蔵米・扶持の三形態があった。知行は支配する土地を与えるものであるが、その支配する土地で生産される米の生産高がサラリーとなる。いずれにせよ原則は「米」による支給だった。「米」が暮らしの基本だった。

京都町奉行所は幕府の出先機関である。そのトップは所司代の監督・指導のもとにあるとはいえ、れっきとした中央政府の高官である。その「お奉行様」の額面サラリーは、その社会的ステータスが高いぶん、高給だった。

では庄兵衛のような地位にある武士はどうだったか。

武士を軍団として見た場合、同心は最前線の戦闘要員である。世が世なら、手柄次第である程度の経済保障は期待できたかもしれない。しかし、平和な社会の中にあっては、同心のサラリーは、はじめから「町奉行」などの高官の比較の対象外である。つまり薄給である。京都町奉行同心の年間給与は『大概順』に「現米十石三人扶持」とある。十石とは二十五俵、すなわち千五百kgである。そのうちの半分が食費の現物支給、残り半分がその他の生活費分だと仮定する。一俵一万六千円×二十五俵、締めて四十万円では暮らしが立つはずがない。同心は江戸も京都も基本的にはほとんど同一給であった。だから、通常の場合、彼ら同心は江戸・京都を問わずせっせと内職やアルバイトに精を出していたのではないか。というよりも精を出さざるを得なかったのではないか。

羽田家は七人家族である（余談だが、『高瀬舟』執筆当時、作者の森家も七人家族であった）。ほとんどケチといわれるほどの極端な倹約生活をして、それでも暮らしが立たないこともある。そういう時には女房が実家から内諸で工面してもらって帳尻合わせをする。

だが、庄兵衛のサラリーから考えれば、それは珍しいことでもなかったと思う。幸か不幸か庄兵衛の妻は「好い身代の商人」の娘であった。実家の身分は「士農工商」の最下等だが、家計は「士」の羽田の家よりはるかに裕福だった。庄兵衛は実家の助力を仰いでいる女房になにかとクレームをつけていたと作品にある。が、主人から「借財禁止令」が出ている以上、女房としてはそうしなければ一家の暮らしが成り立たない。だから、ほんとうをいえば庄兵衛は女房に対してクレームなどつけられた義理ではないのだ。

しかし、一書によれば、江戸町奉行所同心の暮らし向きは、他の同心に比べ、相当楽だったらしい。その理由は、町奉行同心には、町奉行所への付け届けの分配臨時収入があったからだという。また事件発生時の便宜料としての同心個人に対する付け届けという臨時収入があったからだという。

現今の社会では「付け届け」はもはやタブーであり、その言葉自体死語になりつつあるとすら思える。しかし、江戸時代においては、いい意味で社会の潤滑油としてそれは十二分に機能していたのである。そして、もしそういう社会の習慣が京都においても生きていたとしたらの話である。羽田庄兵衛一家の暮らし向きは、もう少し楽であってもよいような気もする。

二十七　「毫光」……喜助の頭からさす毫光とは、どんな光か

作品本文に次のようにある。

〈此時《この》庄兵衛は空を仰《あふ》いでゐる喜助の頭から毫光《がうくわう》がさすやうに思つた。〉

『日本国語大辞典』（小学館刊）には、「毫光」という言葉の意味を次のように説明してある。

「仏の白毫から発する光。光毫。」

ついでにその「白毫」という言葉を同辞典で調べてみる。「仏の眉間にある白い巻き毛。右旋していて光を放ち、無量の国を照らすという。」とある。

作品本文に「此《この》時庄兵衛は空を仰《あふ》いでゐる喜助の頭から毫光《がうくわう》がさすやうに思つた」とある。毫光という言葉の意味がそういう意味ならば、庄兵衛の目に喜助が神仏のように見えた、ということになろう。言い換えれば、そのとき庄兵衛には、喜助がこの上もなく尊い存在に見えたということである。

では庄兵衛は喜助のどういうところが尊いと思ったのか。

江戸時代の中期、宝暦十年（一七六〇）ごろ出生。一年置いて弟出生。明和四年（一七六七）ごろ、両親相次いで死去。幼い兄弟が孤児となる。以後近所の人たちの走り使いなどしながら、その温情によって成長。定職に就くことはできなかったが、常に兄弟相協力して暮らす。天明八年（一七八八）ごろの秋、西陣の織り場に弟とともに就職、空引きの仕事にたずさわる。一、二ヶ月の後、弟が病魔に倒れ、近所の老婆の看護を受けながら自宅療養に専念する。快復の見込み立たず。晩秋の頃、弟が兄を困苦から解放しようと自害を図るが死にきれない。帰宅した兄は弟を苦痛から解放しようと弟の請願を聞き入れて、のどに刺さった剃刀を抜き、弟を絶息せしめた。その罪により、遠島に処せられる。島に向かうため、春の朧夜に高瀬川を下っていった時、年齢三十歳ぐらい。

以上がぼくの推測する喜助の生育暦および履歴である。しかし、彼らの置かれた現実は、生育暦・履歴などという美しい言葉とはほとんど無縁の厳しい現実であった。彼らは生まれながらの細民であった。そういう境遇から脱出するための才能や手段は、残念ながら彼らには当初から賦与されていなかった。

そういう厳しい生活環境が、彼らの人間形成に、何らかの影響を及ぼさないはずはない。彼らは幼少期に両親を失っているから、人として行動するための他律的抑制力を欠いていた。だから、何かのきっかけで自己放棄し、人倫にはずれた道に走る可能性を充分にはらんでいたといってよい。

ところが彼ら兄弟に限ってその心配は無用であった。近所の人々の彼らに対する慈しみの心が兄弟の自立的生活力に転化されていたのだ。簡単にいえば、恩に対する感謝の気持ちが、彼ら自身も気づかぬうちに彼らの心の中に育まれていたのである。

その感謝の気持ちは弟の場合、病という状況の中で、兄に「一人で稼がせては済まない」という気持ちをいだかせた。それが「どうせなほりさうにもない病気だから、早く死んで少しでも兄きに楽がさせたい」という気持ちに発展する。そして自ら命を絶とうとする。弟は剃刀で自分ののどを切った。だが死にきれなかった。のどに刺さった剃刀を抜いてくれれば自分は死ねるから抜いてくれと、弟は兄に訴えた。苦痛にあえぎながら懇願する弟を見るに見かねて、弟の肉体的苦痛を解放するために、兄は「夢中で」剃刀を抜く。

繰り返しになるが、その行為の目的は、弟の肉体的苦痛の解放だった。その時の兄の状態は「夢中」だった。

喜助はそのことを「役場で問はれ、町奉行所で調べられる其度毎に、注意に注意を加へて浚つ」た。入牢手続きがとられ、六角獄舎に収監されることになった。以後喜助はお上に対し三つの意味で感謝の気持ちを自覚する。

一つは不労無銭飲食である。いままで仕事が「見附かり次第、骨を惜《をし》まず働」いても借金が絶えなかった。それが入牢したことで、思いがけず、「タダメシ」を食むことになった。「お上に対して済まない」と思った。

一つは「お上のお慈悲で、命を助けて島へ遣つて下さ」った、そのことに対してである。

一つは「こん度島へお遣《や》り下さるに付きまして、二百文の鳥目を戴」いた、そのことに対してである。喜助は「此二百文を島でする為事の本手にしようと楽んで」いるのである。

喜助が無欲で「足ることを知つてゐる」のは、金銭に対してだけではない。自分の置かれている境遇、いわば自分の人生に対して「足ることを知つてゐる」のである。

どんなに辛くても苦しくても逃避することなく、自己の置かれた境遇に感謝しつつ誠実に精一杯生きる。そういう人が仏でなくて、だれが仏であろうか。庄兵衛の目には、喜助その人がまさしく仏そのものに見えたのだった。毫光とは喜助がすべての人々に向かって放ち続ける心の光そのものなのだった。

二十八　やさしい語りかけ……作者は庄兵衛をどのように描いたか

作品本文に「庄兵衛は喜助の顔をまもりつつ又、「喜助さん」と呼び掛けた。」とある。

身分・職掌・年齢等、日常生活全般にわたり、人と人との上下関係の存在を社会通念として認めていた江戸時代。警固・護送の役人が、護送罪人を敬称付で呼ぶことがいかに不穏当なことであったかは言を要しない。にもかかわらず、庄兵衛は喜助に対して思わず「喜助さん」と呼びかけた。それは「喜助の頭から毫光がさすやうに思つた」庄兵衛の、喜助に対する親近感の表明であった。

作品冒頭、護送同心に三つのタイプがあることを作者は述べた。庄兵衛はこの分類にしたがえば、同情心の厚い、もしくは涙もろいタイプに属する人物である。庄兵衛は、喜助が通常見慣れている罪人とは全然趣を異にすることに気づき、よく注意して喜助を見ていた。そして、自分が始終無言でいることに堪えられず、ついに喜助と言葉を交わすことになった。

　護送の役人と罪人が直接言葉を交わした事実を証明する文書はたぶんない。しかしそういう場面が実際あったとして、両者の会話が成立するためにはそれなりの条件が必要となろう。その第一の条件は、護送役人の人間性に大いにかかわる。換言すれば、護送役人が個性の強い、しかも抑圧・命令型の人間なら、そういう会話はハナっから成立しまい。史実としての「一人の流人」を護送した役人もそうしたタイプではなかったのであろう。だからこの実話が神澤貞幹の耳に入り、記録された。

　そして作品中の庄兵衛も、そういう抑圧・命令型の役人ではすくなくともない。つまり鷗外はそのような抑圧・命令型の役人として庄兵衛を人物形象しなかった。

　そういう人間をヒューマニストと呼んでいいかどうかはにわかに即断できない。が、ぼくは、罪人にさえ呼び捨てにすることに抵抗を感じている庄兵衛は相当繊細な神経の持ち主だと思う。

　作品中の喜助は唐丸籠には入れられておらず、縛も解かれているような印象を受ける。が、もし喜助が縛されたまま唐丸籠に入れられていたとしたらどうだろう。庄兵衛はさだめしそのことだけで密かに心を痛めるような、そういうタイプではあるまいか。他人の痛さをその分量以上に自分の痛さとして感じてしまうような。

では、プライベートな面での庄兵衛はどうか。

彼は生活自体が堅実である。限りある収入の範囲内で暮らしを立てることを考える。収入が多いわけではないから蓄財もないが、かといって借財もない。家庭内では夫婦親子の間にトラブルがまったくないわけではないが、総じて家内円満である。

そういう人間像をいかにして鷗外が造型したか。

原話の「流人の話」には「庄兵衛」（護送同心）は直接登場しない。つまり庄兵衛は鷗外の創作した人物である。庄兵衛は喜助の話の引き出し人であり、聞き役であり、話に対するコメンテーターでもある。つまり主役を引き立たせる重要な任務を負っている人物である。それだけに、作者としてはよくよく留意してその人物を描かなければならない。その結果であろうが「高瀬舟」の場合、主人公以上に作者の庄兵衛に対する感情移入があるように感ずる。

それでは、庄兵衛のどういうところに作者の感情移入が認められるか。

第一に、下級役人としての庄兵衛に対してである。仕えの身として没個性であることを半ば強制されて生きなければならない人間の哀感が庄兵衛には漂っている。下級役人は、自分の上にいる「オオトリテエ」（＝権威者）の存在を、四六時中意識しながら生きなければならない。そういう人間に対する作者の共感である。

第二に、低所得サラリーマンとしての庄兵衛に対してである。もちろん鷗外自身は庄兵衛のように万年低所得サラリーマンというわけではなかった。しかし自身もサラリーマンのひとりであってみれば、その哀感も体験上分っていたのではないか。つましく生きる庄兵衛を、作者はサラリーマンである自身の分身として描いた。

第三に、属性にとらわれない人格者庄兵衛に対してである。人間はしばしば上位者に弱く下位者に強いという傾向を示す。しかし鷗外自身はそういう人間ではなかった。

それにつけても現実として最近、庄兵衛のようなこまやかな心遣いの美しさに接する機会がめっきり減った。そういうことを感ずるにほとんど日を措かないほどである。ぼくの単なる気のせいであろうか。

二十九　飛んだ心得違い……喜助に殺意はあったか

〈喜助はひどく恐れ入つた様子で、「かしこまりました」と云《い》つて、小声で話し出した。／「どうも飛《と》んだ心得違《こころえちがひ》で、恐ろしい事をいたしまして、なんとも申し上げやうがございませぬ。跡《あと》で思つて見ますと、どうしてあんな事が出来たかと、自分ながら不思議でなりませぬ。全く夢中《むちゆう》でいたしましたのでございます。〉

春の朧夜に高瀬川を下る護送船の中で、喜助は庄兵衛から弟殺しの顚末を語るよう求められた。それに対し喜助はその冒頭で、自己の行為について、「飛んだ心得違」だったと総括した。「飛んだ心得違」とは、自分の行為がはなはだしい不法もしくは不道徳行為だったということであろう。しかし、そのように総括した当の喜助自身は、ほんとうにそのように考えていたのだろうか。

なぜそのようなことをここで問題にするのか。その理由は、それが次のようなことにむずかしい問題と深く関わっているように思うからである。

すなわちその一つは、喜助に対する判決は本当に正しかったかどうかという問題。そしてもう一つは、安楽死は是か非かという問題である。判決についての正当性、あるいは安楽死についての話は後ほど触れる。したがってここではその前段階として、事件当時から事件後に至る喜助の心理をまず整理しておきたい。

もはや三十年も前のことになろうか。日本国民の多くが「中流意識」をもっているといわれたことがあった。一方、その満足感が物質的豊かさによる満足感であって、精神的なそれではないという指摘もなされた。

そういう現今のわれわれの暮らしを基準にすれば、事件発生以前の喜助の境遇は「悲惨」の一語に尽きる。彼は「京都は結構な土地ではございますが、その結構な土地で、これまでわたくしのいたして参つたやうな苦みは、どこへ参つてもなからう」と言った。具体的にいえば、「骨を惜まず働」いて「貰つた銭は、いつも右から左へ人手に渡さなくてはなりませなんだ。それも現金で物が買つて食べられる時は、わたくしの工面の好い時で、大抵は借りたものを返して、又跡を借り」なければ食べていかれなかった。そういう生活をこれまでずっと続けてきた。そういう経済的極限状況が、さらに悲惨な「弟殺し」事件を惹起した遠因であることは疑いをいれない。

殊勝な弟は、兄によけいな苦労をかけるのは済まないと言う気持ちから自殺をはかった。だが死にきれなかった。強烈な肉体的苦痛が弟を襲ったが、もはや自力ではいかんともなし得なかった。一日の労働を終えて帰宅した兄は、血まみれになって苦しんでいる弟を発見した。そのとき、驚くべきことに……普通なら仰天して取り乱してしまうであろうのに……、こんな異常事態の中においてさえ、喜助の状況に対する冷静な判断力はいささかも失われることはなかった。それが証拠には、喜助は弟の弁明を聞いた直後に、弟ののどの創口をのぞき、その状況をよく確認している。そしてその上で医者を呼んでこようとしている。目の前の事態に対する対処の段取りがいたって的確である。自殺による血だらけの現場を見て気が動転していたのなら、こんな冷静な行動がとれるわけがない。

喜助は弟の自殺未遂現場を発見したときでさえそのぐらいの冷静な対処をしている。その人間が、一時の感情や衝動によって犯罪行為を惹き起こすような、そういう人間だとは考えにくい。まして、これまで「職を捜しますにも、なるたけ二人が離れないやうにいたして、一しよにゐて、助け合つて働」いてきたその弟を殺害するなど、とうてい考えられないところだ。つまり、喜助の行為は、殺害という目的を持った意識的行為ではない。

しかし、苦痛からの解放を言葉のみならず目によって訴えている弟を見ているうちに、「わたくしの頭の中では、なんだかかう車の輪のやうな物がぐるぐる廻つてゐるやう」になった。そんな状態の中で喜助は「しかたがない」という判断を下して弟の懇願を受諾した。この喜助の判断と行為とが、いわゆる「Euthanasie《ユウタナジイ》」（＝安楽死）である。

喜助は決断した。この際、弟の願いを聞き届けてやることが最善の行為であると。「しかたがない」は、それ以上の決断はないという最善の決断であることを意味する。

だが、そうはいっても自分がこれからやろうとしている行為の結果ははっきりしている。それだけに、いっかな喜助でも心の平静を保つことはできなかった。彼はその行為を「夢中でいたし」た。弟の絶息後も「剃刀を傍に置いて、目を半分あいた儘《まま》死んでゐる弟を見つめてゐた」。だから、そのときの自分を回顧したとき、「どうしてあんな事が出来たかと、自分ながら不思議」だった。

明確な目的意識をもたない犯罪行為に罪悪観念が伴わないのは当然である。もし喜助に自己呵責の念があるとすれば、自分が剃刀を抜いたことで弟が絶息したその事実についてだけであろう。強烈な罪悪観念に苛まれている人間が、時間の経過を考慮に入れたところで果たして「晴《はれ》やか」な気分になれるものかどうか。はなはだ疑問に思われるからである。

事件後の喜助の心中には、常に一種の諦念が存在していた。「しかたがない」「やむを得ない」という意識である。したがって、庄兵衛の求めに対して自己の行為を「飛んだ心得違」と言ったのは、決して自己反省の言葉などではない。役人庄兵衛に対する単なる儀礼的言葉である。

三十　西陣の高機……喜助はどんな仕事をしていたのか

『翁草』の「流人の話」に「此者西陣高機の空引に傭れありきし者なるが」というくだりがある。その部分を鷗外は作品化するに際して、次のように喜助自身にその履歴を説明させた。

〈西陣の織り場に這入りまして、空引と云ふことをいたすことになりました。〉

ぼくは「高瀬舟」と『翁草』の「流人の話」の両方を読んだとき、素朴ではあるが二つの疑問をいだいた。一つは「高機」とはどのようなものか、二つめは「空引」とはどのようなものかという疑問である。

もともと京都という都市は、政治都市として開かれた都市であった。その京都の一地域がどのようにして織物の町になっていったのか。そもそも西陣とは京都のどのあたりに位置する地域なのか。

『都名所図会』には、西陣について次のような説明がなされている。

「西陣といふは、明徳の頃、山名細川の両執権、洛中において数度合戦ありし時、堀川の西一條より北に屯するを西陣といひ、堀川より東を東陣といふとぞ」。

引用のとおり、『都名所図絵』の記者の地理説明はいたって明快であった。西陣とは山名・細川の戦いの際、宗全が本拠を置いたところが地名として残ったものだというのだから。

当時、山名宗全邸は現在の堀川今出川交差点の北側にあった。したがって当時は西陣と呼ばれる区域もそれほど大きくなかったと思われる。手許の『都名所図会』付録の「天明七年版京都古図」にも、西陣の位置が表示されている。それを見ると、北野天満宮の東、今出川通りと一条通りに挟まれたごく小さなエリアが「西陣」になっている。しかし、時とともにそのエリアは拡大していった。そして江戸中期には、町数も一六八町になっていた（『京都御役所向大概覚書』）。

その西陣が、いつのころから織物工業地帯となっていったのか。『日本産業史大系』（東京大学出版会）の説明するところはこうである。

応仁の乱終息後の文明年間から永正年間（一四八〇年前後から一五一〇年前後）のころのことであった。西陣地区に大舎人座という紋織物機業グループが出現した。彼らは宮廷貴族や上級武士たちの華美を求める心理を巧みにとらえた。朝廷や幕府の保護のもとに、独占産業地としての地歩を築いていった。そして関ヶ原のころには、彼らの生産した製品は、身分を超えた経済力所有者たちにもてはやされるようになっていった。

そういう発展過程のなかで、かつて織屋で働いていた従業員（奉公人）が次第に独立するようになった。やがて彼らは手工業経営者となっていった。江戸中期、十八世紀初頭には織屋軒数二千以上にもなっている。享保十五年（一七三〇）の西陣の大火のころには三千軒にも膨れあがり、織機の稼働台数も七千を超えていた。

その織機も地域の発展とともに工夫・改良が加えられ、複雑・高級な織物の生産が可能な機械が使われるようになっていった。これが高機である。

次にぼくは喜助が従事していた空引きという仕事がどのような仕事であったかを何とか知りたいと思った。『都名所図会』のなかにそれは描かれていた。その図は、織機の中台に乗って織機の上（空）から糸を操っている（引）空引きの仕事をしている図だった。

そこでぼくはその図をある人に見せた。その人は織布業に従事したことのある人だった。その人はその図を見て、いろいろな織布にかかわる話をぼくに聴かせてくれた。ぼくはその話を聴きながら、空引きという仕事は、想像以上に重労働だったのではないかと思った。むろんそういうぼくの想像は、単なる推測に過ぎない。しかしそうは思いながらも、ぼくの推測はそれほど間違ってはいないのではないかと、そう考えている。

しかし、こんなふうにして発展してきた西陣も、江戸時代、二度にわたる大火に見舞われたのであった。

その一回目は享保十五年（一七三〇）六月二十日の大火であった。このときの大火は「西陣焼け」といわれるほど、西陣一帯が大きな被害にあった大火であった。

にもかかわらず、復興も急ピッチで進んだ。ところがそれから六十年後の天明八年（一七八八）一月晦日、西陣はまた大火に見舞われた。いわゆる天明の大火である。当時火災は江戸・京都・大坂など、大都市においてもしばしば発生していた。が、このときの大火は江戸時代を通じて最大級の火災で、京都のほとんど八十%が焼亡した。京都を襲ったこの火災のことは、『天明大変実録』『徳川実紀』に『甲子夜話』からの引用として記されている。

火元は四条川東団栗図子新道東南角近江屋善兵衛という人の居宅裏であった。それから火は二日二晩燃え続けた。その実態を「凡そ京中九分通りの焼にて御座候」と、『伊藤（俊）家文書』は記録した。そしてさらに同文書は、次のようにその統計数字を後世に伝えている。

一、焼失家数　　　三万九千七百弐拾軒
一、京都惣町数　千九百六十七町之内　千四百廿四町焼失
一、寺焼失　　　百九十三ヶ寺
一、土蔵数　　　八百六拾九ヶ所
一、死人　　　千八百余
　　右之通御役所へ届有之

この大火により、西陣地区ももちろん大打撃を受けた。災害により職場を失った人々は、新たな就職先を求め、西陣を去った。しかし、経営者たちの災害からの復興意欲は高かった。そして復興・再建の必要条件である従業員の確保のために、なりふり構わぬ努力がはらわれた。京都中は焼け野原となった。生業活動も常ならぬ状態に陥った。そんなとき、喜助のような男を雇ってくれるところは、西陣ぐらいしかなかったのであろうか。そうしたなか喜助兄弟は、低賃金、重労働という悪条件にもかかわらず、愚痴一つこぼさずただ黙々と働いた。そしてその結果は、こともあろうに「遠島」刑だった。

三十一　住所不定の男……喜助はどこに住んでいたのか

「高瀬舟」の原典「流人の話」には、喜助の生業について、詳細は語られていない。「此者西陣高機の空引に傭れありきし者なるが」とあるのみである。喜助の住所、通勤事情、賃金・超過勤務等の勤務労働事情や条件等についてはは何の記述もない。

それに対して鷗外はある程度、喜助の口を通してその生活を具体的に説明している。

喜助は、自分たちは「北山の掘立小屋同様な所に寝起を」していたと、その住所を明らかにした。ところが物語の初め作者は、主人公の喜助は「住所不定の男である」と紹介した。ということは、北山の住まいも、その所有権者は喜助ではないと考えてよかろう。「掘立小屋同様」の家も近所のだれかから借り受けたものにちがいない。おそらく家賃も無料であったにちがいない。

そういう喜助の小屋のあった北山は、具体的には衣笠山・船岡山など京都市外の北側に位置する山々を総称して言った北山だと思う。

さて、作品中喜助は、事件の顚末を語った話の中で、当時の生活の様子の一端を説明している。「紙屋川の橋を渡つて織り場へ通つてをりましたが」というくだりである。ならば喜助の住所の北山は、西陣に通勤するために紙屋川を渡るという条件を満たす北山でなければならない。そうすると、いま挙げた山のうち、船岡山はまず消える。残りは衣笠山であるが、手許の地図で見ると近くに大北山という山がある。しかし勤務地の西陣はおおむね北野天満宮の東側に位置するところである。居住地が大北山辺だとすると、勤務の所要時間の関係で、居住地断定にはすこし不合理があるように思われる。やはり、喜助兄弟の居住地は衣笠山のあたりだとするのが最も合理的である。

喜助が毎日渡っていた紙屋川は、その昔、近くに紙屋院があった関係でその名が付いたといわれる。紙屋院とは、昔、朝廷の紙を製造していたところ、という意味である。

ぼくは以前、タクシーで紙屋川の源流付近まで行ったことがあった。山裾を流れる小川の水は冷たく澄んでいた。ところが天満宮付近になると、川が下っているにしては水量も多くなく、川幅も狭い。今はこの川を天神川と一般に呼んでいるそうだ。タクシーのドライバー氏の案内で、川に架かった小さな橋に「紙屋川」の文字をみつけたときは感動だった。もしかしたら喜助はここらあたりに架かった橋を渡って西陣に通っていたのではないか、と勝手な想像をした。

ところで喜助兄弟が寝起きしていた掘っ立て小屋同様の家とはどんな家だったのか。

掘っ立てとは通常、家を建てるとき、土台石を置かずに柱を立てることをいう。掘っ立て小屋とは、そうして立てられた小屋のことである。したがって、そういう建築方法からしてすでに簡易建造物であることはたしかだ。

　喜助のねぐらがどんなであったかをイメージする際参考になるのは隠者の庵であろう。が、ぼくはまだ良寛の五合庵にも吉野山の西行庵にも行ったことがない。

　ぼくが生まれた家はたぶん明治のいつごろかに建てられた家であった。昔の農家だから土間があり、縁の下に薩摩芋などを貯蔵する穴蔵があった。建坪は小さく、間数も少なかった。

　そういう生活経験を基にした喜助兄弟のねぐらのイメージは、建坪五坪程度、家の中は壁が土の粗壁。もしかしたら家の外壁は茅壁、二坪か二坪半の土間があり、そこに浅い穴を掘って煮炊きをする。土間と部屋との間の戸や障子などはもちろんない。部屋といっても床が土間よりも少し高くなったいるだけで、ムシロ敷きである。つまり、静岡市登呂に復元された古代遺跡の住居と大差ない。

　家財道具は一つの鍋と木製のお玉とお椀、箸は裏山の木を折って削って作ったもの。それに小さな鉄瓶でもあればじゅうぶんである。布団はあったとしてももう何年も干してない。綿もぺしゃんこに圧しつぶされた薄っぺらなそれであること、申すまでもない。

　いくらなんでもこんな暮らしでは、喜助がかわいそう過ぎると思われる向きもあろう。そういう方は、辞書の「土間《どま》」「草鞋《わらじ》」という項をぜひ開いてほしい。今はもう両語ともほとんど死語になったが、戦後昭和二十年代後半まで立派に生きていた言葉だ。ぼくも土間で藁を打ち、草鞋を履いて暮らした記憶がいまだに鮮明である。辞書には「藁蒲団《わらぶとん》」などという言葉も立項されている。羽毛蒲団などではない。文字通り藁を中に入れて作った蒲団のことである。「近代」とはいえ、明治の社会にあっても現在のわれわれからは想像もできないような貧困生活はいくらもあったはずだ。明治の世に、喜助の「小屋」同然の家で家族肩を寄せ合って生きていた人々は、決して珍しくはなかった。

三十二　安楽死……作者がわれわれに投げてよこした問題とはなにか

明治四十一年に、作者鷗外の家にすんでのところで「安楽死事件」になるという出来事があった。そのことは、鷗外の子供たちが証言している。鷗外自身も「金比羅」という作品の中で、そこに至る前の状況を語っている。そしてそれが「高瀬舟」という美しい作品のモチーフになっていることも事実である。

明治四十一年正月十一日、越年出張から新橋駅に着いた鷗外は、末弟潤三郎と医科大学解剖室に直行した。前日死亡した次弟篤次郎の解剖に立ち会うためであった。そして帰宅後、次男不律が三日前から咳き込んで止まらないことを聞かされた。長女茉莉の百日咳が伝染したのである。二月五日夕、不律死亡。享年六ヶ月。

二人の子供の看病がいかに大変だったかは、鴎外日記の記述によってうかがい得る。この間における日記は、その記述文量僅少、極めて不規則である。

不律の死後茉莉の病状は、看病する者の顔をおのずから覆わしめるほどであった。鴎外の母峰子は見るに見かねて、茉莉にモルヒネ注射することを勧めた。「安楽死」である。その勧めを拒否できなかったほど、鴎外夫婦は疲労の極致にあったのだった。いまやまさに注射がうたれようとしていたそのとき、妻茂子の父が病室に入ってきた。荒木博臣の制止によって注射は中止された。やがて茉莉の病状はしだいに快復の方向に向かっていった。

鴎外はこの出来事が起こる以前から、西洋では夙に議論のテーマになっていた安楽死について考えていた。西洋の医学専門誌を鴎外が購読していたからだといわれる。わが国において安楽死に関心を示し、思考を巡らしていたのは、鴎外が最初ではないかと指摘する人もいる。そして実際自分自身がその当事者となって、問題の深刻さを思い知ることになったのである。

ただ、作品の主題が作者の実体験に基づくものだということ自体は「高瀬舟」の場合さほどの重要事ではない。重要なのは、作者が人間にとってまことに解決困難な問題に果敢に挑んだそのことである。その問題とは、畢竟人間の欲望や人間の生命の尊厳という問題である。「高瀬舟」が名作といわれる所以も実はそのことにある。

作者は当時、わが国はまだだれも注目していなかった「安楽死」という問題を提起した。併せて、財産の観念、すなわち人間の欲望という問題を提起した。
だから「附高瀬舟縁起」の次の一節は、次のように解釈すべきである。極度に抑制・客観化された作者の、不特定多数の人々に向かって投げかけられた悲痛な叫びであると。もしくは作者の、人間社会に向かって投げかけられた深刻な問題提起であると。

〈今一つは死に掛かつてゐて死なれずに苦《くるし》んでゐる人を、死なせて遣《や》ると云《い》ふ事である。人を死なせて遣《や》れば、即《すなは》ち殺すと云《い》ふことになる。どんな場合にも人を殺してはならない。翁草《おきなぐさ》にも、教《をしへ》のない民《たみ》だから、悪意がないのに人殺しになつたと云《い》ふやうな、批評の詞《ことば》があつたやうに記憶する。しかしこれはさう容易に杓子定木《しやくしぢやうぎ》で決してしまはれる問題ではない。こゝに病人があつて死に瀕《ひん》して苦《くるし》んでゐる。それを救ふ手段は全くない。傍《そば》からその苦《くるし》むのを見てゐる人はどう思ふであらうか。縦令《たとひ》教《をしへ》のある人でも、どうせ死ななくてはならぬものなら、あの苦《くるし》みを長くさせて置かずに、早く死なせて遣《や》りたいと云《い》ふ情《じやう》は必ず起《おこ》る。こゝに麻酔薬《ますゐやく》を与へて好《よ》いか悪いかと云《い》ふ疑《うたがひ》が生ずるのである。其薬《そのくすり》は致死量《ちしりやう》でないにしても、薬を与へれば、多少死期を早くするかも知れない。それゆゑ遣《や》らずに置いて苦《くるし》ませてゐなくてはならない。従来の道徳は苦《くるし》ませて置けと命じてゐる。しかし医学社会には、これを非《ひ》とする論がある。即《すなは》ち死に瀕《ひん》して苦《くるし》むものがあつたら、楽《らく》に死なせて、其苦《そのく》を救つて遣《や》るが好《い》いと云《い》ふのである。これをユウタナジイといふ。楽《らく》に死なせると云《い》ふ意味である。高瀬舟の罪人は、丁度《ちやうど》それと同じ場合にゐたやうに思はれる。私《わたくし》にはそれがひどく面白い。〉

文中最後の「私にはそれがひどく面白い」という一句には、鷗外の特別な感情が込められているように思う。そして鷗外がぼくらに投じてよこしたこの難問は、鷗外から一世紀後の今日いよいよ重大な問題となっている。いやむしろこれから将来に向かって、ますます深刻な問題となることは必定である。

安楽死は医学の問題ではあるが、医学だけの問題ではない。喜助の話を聞いた庄兵衛にとって喜助の提示した問題は自分の思考能力の範囲を超えた問題だった。所詮お奉行様の考えを自分の考えとせざるを得なかった。それは、この問題が特に法的な意味で難問だったからだろう。作者鷗外自身もこの問題の直接体験者であるにもかかわらず、明快な回答を出し得なかった。おそらく同じ理由によるものと思われる。

しかし、鷗外の時代にはこの問題に対する解答を出すのにまだ多少の時間的余裕があった。社会全体がまだ「安楽死」という考え方があることを知らなかったからである。と同時に、この問題に直面するケースも、それほど多くはなかったと思われるからである。

だが現今の社会はその結論を先送りする時間的余裕もないし、またそういうことが許されない社会でもある。

たとえばケース1。病気・事故等により人間としての活動が事実上不可能な状態に陥り、快復の見込みがまったくない場合。

親族との合議の上で、医師が、人の生命維持装置の作動を停止させることは、犯罪行為か。

たとえばケース2。病気・事故等により、患者本人の肉体的苦痛が甚だしく、適切な治療方法もない場合。

その苦痛の長時間継続、および親族の甚だしい精神的苦痛のため、親族の申し出により、医師が患者を死に至らしめることは、犯罪行為か。場合によっては患者本人のあまりの肉体的精神的苦痛により、自分にかけられた生命維持装置を患者自身が外すことは充分あり得よう。

人間は人間である以上、最期を迎えたとき、もっとも人間らしく尊厳でなければならないことは論をまたない。しかし、現実はそう理想通りにはならないのが通例である。高齢化社会とは、人口ピラミッドが逆さになるという、ただそれだけのことではない。そこに限りなく悲劇の可能性を秘めているというところが問題なのである。

鴎外は自己の苦しみを礎として、その問題を物語の上で、客観化して見せた。鴎外没後九十年。「高瀬舟」の問題提起をもう一度真剣に考えるべき時に、いまぼくらは置かれているのではないだろうか。

三十三　喜助の「遠島」刑……判決は正しかったか

われわれは、テレビや映画を通じ、大岡越前守忠相や遠山左衛門尉景元の名をよく知っている。彼らは明快な判決言い渡しによって現代人にまで人気を博している。実際大岡は江戸時代における人気No.1の名裁判官だった。しかし、その名裁判官の名をほしいままにした人は、実は大岡よりもかなり前にいたのだ。

その人の名は板倉勝重とその子重宗。板倉父子は京都に所司代が置かれた当初から、半世紀にわたってその重職をつとめた。彼らの裁判がいかに当時の人々に支持されたかは、『醒睡笑』等にも「板倉政談」として判例が描かれている。たとえば同書にはこんな話が出ている。

ある家で屋根の葺き替えをした。家主の女房は屋根に上がって作業していたが誤って屋根から下に転げ落ちた。たまたま下に隣の家の女房がいて、落ちてきた家主の女房に首の骨をしたたかに打たれて死んでしまった。その夫が「殺意があって意識的に転落したのだ」とエキサイトして所司代に提訴した。勝重は提訴した男に言った。「落下した女をお前の女房がいた位置に立たせ、お前が上から落下し、隣の女房を殺したらよかろう。」

こういう裁判が庶民受けする理由は一つしかない。理論が明快で万人の感情に逆らうところがないからだ。悪いものは悪いと判断し、その上で人の情を加味する。テレビの『水戸黄門』が長寿であったのもおそらく同じ理由だろう。

しかし裁判は江戸時代といえども単純に判決が下せるものばかりとは限らなかった。奉行所では判断がつかなくて、結局江戸の評定所の判断を仰がなければならないものもあった。また、裁判が長期におよんだものも実際あったようだ。それでは喜助の場合はどうであったか。

京都町奉行および所司代は喜助の行為を殺人行為と認定した。その結果、「遠島」とした。根拠は「其所行もとも悪心なく、下愚の者の弁へなき仕業なる事、吟味の上にて、明白なりしまゝ」だった。「死罪一等を宥め」られたのだった。そういう判決に対してなにか釈然としないものを感じていたのはあるいは庄兵衛だけではないかもしれない。

現代の法律用語に「未必の故意」という言葉がある。『日本国語大辞典』はこの語義を「行為者が、犯罪事実の発生することを積極的に意図したわけではないが、自分の行為からばあいによってはその結果が発生するかも知れないし、そうなってもしかたがないと思いながら、なおその行為に及ぶときの意識。たとえば、積極的に人を殺すつもりではなかったが、なぐり方や打ちどころによっては相手が死ぬかもしれないが、それもやむを得ないと思いながらなぐりつけたところ、結局相手を死亡させてしまったというばあい」としている。今日の刑法では未必の故意は故意と同等に認定されるという。

　喜助の行為を現代の法律に当てはめた場合、これに該当するのかしないのかは、ぼくには判断できない。あるいは作者鷗外と同じように喜助の場合を「安楽死」事件と考えたとして、それをどのように考えるべきか。おそらく読者諸氏にも安楽死是か非か、賛否両論あるだろう。概念としてはぼくは安楽死を肯定的に考えたいが、ことはそれほど単純ではあるまい。そうしたとき、喜助と同じ状況にあるものを、現代の法はどのように裁くのか。

　喜助の話は遠い過去の話だが、鷗外によって提示された問題は、決して物語の上だけでの問題ではない。いまわが国は、世界に例を見ない高齢化の問題に直面している。そういう現実の中で、本作品に提示された問題はきわめて現実的かつ切実な問題だと、ぼくは真剣にそう思っている。

　最後になったが、江戸時代、「喜助事件」は神澤貞幹という下級役人の心をいたくえぐった。この事件を仮に「現代の法」で裁いた場合、どういう判決が下されるのか。法解釈はいくつか可能だろう。また論文執筆時と平成二十四年の時点では、当該刑法に関する事情も自ずから異なろう。が、次の論文は、喜助事件を「現代の法」で裁いた場合を論じた、ぼくの目に触れた唯一の論文である。『関西大学法学会誌』創刊号（昭和三十一年一月二十五日印刷）掲載の論文である（「高瀬舟と安楽死」）。筆者は「法学部三年次生　名倉嘉明」氏である。紹介して、「高瀬舟」の章を「了」としたい。なお、引用するにあたり、漢字や仮名を現代表記に改めた。

〈私は、この庄兵衛の疑問を現代の法律的見地から解剖して、彼の疑問をといてやろうと思う。喜助が殺したといわれる当時の状態を想像してみると、

（一）、弟は不治の病気であつたこと。

（二）、死期が切迫して、出血多量の弟の苦悶は真に見るに忍びなかつたこと。

（三）、喜助の行為は、弟の明示で真摯な要求にもとづいて為されたこと。

（四）、弟の苦痛を軽減又は除去する目的であつたこと。（即ち喜助の行為は治療行為であつたこと。）

（五）、その目的に適当な方法を講じたこと。（如何に真摯な要求に因っても、絞殺するが如きは適当な方法とは云えない。）尚、前述した如く、今日安楽死を施用する者は医師のみに限られないことは多数説の承認するところである。

以上の点から検討すれば、当時の罪人喜助の行為は、現代の法律的見解よりすれば、それは、殺人（第一九九条）・自殺幇助（第二〇二条前段）・及び嘱託殺人（第二〇二条後段）でもなく、安楽死の要件を具備した正常行為（第三五条）であつたと云える。勿論、喜助の行為は違法性を阻却され無罪であることは云うまでもない。〉

心安らぐ論文であると同時に、深く考えさせられる論文である。

「興津彌五右衛門の遺書」の世界

殉《じゅん》死《し》

人は、どう生きるべきか

序　鷗外最初の歴史小説はこうして書かれた

東京都港区赤坂八丁目。

外苑東通りと赤坂通りの交差するその角地に、旧乃木邸はある。現在は交差点角に乃木公園があり、赤坂通りに面した公園の下に乃木会館、その奥に乃木神社がある。旧邸宅はちょうど公園・会館・神社に囲まれるように、いまもほぼ当時のまま保存されている。

ぼくが初めて乃木邸を訪れたのは、平成十年十二月二十八日の午前だった。ぼくがいた一時間ぐらいの間、施設の管理職員二、三人と、敷地内を通行する人の外、訪問者はなかった。

いま、邸宅の内部に入ることは通常できない。家の外壁に沿ってその二階部分に回廊が設置されている。そこからガラス窓越しに二階南側室内を見ることができる。乃木関連の史料には、新聞を手にした乃木と卓脇に起立した夫人の写った写真が必ず出てくる。その大きなテーブルや椅子《いす》もガラス越しに見ることができる。もちろん乃木とその夫人が、日本近代史中最大のセンセーションを巻き起こしたその部屋も見ることができる。その部屋には、当時の夫妻の「位置」がわかるように立て札が置かれている。

明治という時代が近代日本の黎明期《れいめいき》であるという指摘におそらく異論の余地はない。「激動の時代」とは明治を指していうにもっともふさわしい称呼である。激動しながら約半世紀かかって近代日本の礎《いしずえ》は形成されていった。その意味で、明治はまことに偉大な時代であった。

その日本の明治という「時代」の終焉が、まさしくこの部屋で告げられたのだった。それはわれわれ日本の国民にとって、いろいろな意味でまことに重大な「出来事」であった。一言で言えば、その部屋で「殉死」という儀式が執り行われたのであった。

大正元年（明治四十五年）九月十三日、明治天皇のご大葬が東京・青山練兵場（現・神宮外苑）で行われた。その日午後八時、天皇を載せた轜車《じしや》が宮城をご出発になった。合図の号砲は東京の夜空に轟《とどろ》いた。その瞬間が、陸軍大将乃木希典夫妻の、現世との決別の時であった。そしてその同じ時、夏目漱石は、早稲田南町の板敷きに絨毯《じゆうたん》を敷いた書斎の机の前に端座《たんざ》していた。その音を聞きながら、己の心中に起こるある特殊な感情をはっきり意識していた。そして、宮城《きゆうじよう》に向かい、静かに頭を垂れていた。

江戸時代の初期、肥後熊本の細川家に仕えた興津彌五右衛門景吉《おきつやごゑもんかげよし》という武士がいた。景吉の祖父興津右兵衛景通は今川義元の臣として興津・清見関（静岡市清水区）に住した。永禄三年（一五六〇）今川に従軍、桶狭間に戦死した。そのため一家はやがて興津を離れた。彌五右衛門は長じて細川忠興の臣となった。その三回忌の法要が正保四年（一六四七）十二月二日、京都紫野《むらさきの》大徳寺で催された。その日彌五右衛門は、同寺の西方船岡山の西麓で切腹して果てた。殉死であった。墓は大徳寺高桐院《こうとういん》にある。

その日、京都紫野《むらさきの》付近は異様な雰囲気につつまれたらしい。洛《らく》内外から見物人が雲霞《うんか》のごとく集まり、たいへんな混雑だったという。落首《らくしゅ》も行われた。曰く「おきつねったくみし腹をきるときは彌五右《やごゑ》をあげて誉《ほ》むる見物」。曰く「比類《ひるい》なき名をば雲居《くもゐ》にあげおきつ彌五右《やごゑ》をかけて追腹《おひばら》をきる」。

明治天皇のご大葬の夜、鷗外は轜車に扈随《こずい》していた。午後十一時から始まった葬儀は翌九月十四日の午前二時に終了した。帰宅途中鷗外は乃木夫妻の死を知り、半ば耳を疑った。夜明け後、出勤途上に乃木邸を訪問、その後十六日の納棺式にも列席した。十八日、青山葬儀場で執行された夫妻の葬儀には、たぶん陸軍軍医総監・陸軍医務局長として参列した。乃木の墓は東京・青山墓地内にある。

乃木は死に臨んで十数通の遺書を遺した。その中に、連名の形で湯地定基、大館集作、玉木正之、静子に宛てた遺書がある。世上有名な「遺言條々」と題する遺書である。それは自刃の時、天皇御真影の前に置かれていた。

この遺書は、公式発表されるまでにいささかの紆余曲折《うよきよくせつ》を経た。したがって、鷗外がこの遺書全文を、いつ、どういう手段で目にしたか、まったく不明である。しかし、たぶん新聞号外でそれを読んだ時、鷗外の脳裡に、かつて読んだ『翁草』の一文がたちまち蘇った。乃木殉死に対する批判が諸方から耳に届くなか、鷗外の手に握られた筆は勢いよく走り出した。遺書形式で綴られたこの作品は、「興津彌五右衛門の遺書」と題し、夫妻葬儀の日、『中央公論』に寄せられた。そして大正元年十月、同誌第廿七年第十号に、「鷗外」の署名で掲載された。鷗外歴史小説の第一作である。

乃木と鷗外との親交は彼らのドイツ時代に始まった。以来四半世紀にわたる互いに互いを知ったよい交際だった。彼らは「明治の精神」という得体の知れない荒波をまともにかぶりながら、明治という時代を必死に生きた。

乃木にとって明治天皇崩御は、まったく特殊な意味をもった、まさしく「御大変」であった。天皇崩御後、乃木は乃木の信ずる所にしたがって行動した。死ぬことが永遠に生きることだと信じて疑わなかった。そういう乃木の、鷗外はよき理解者であった。

そして夏目漱石も同じ乃木殉死事件をモチーフにして小説を書いた。「こころ」である。その主人公の「先生」は、「乃木さんの死んだ理由が私によくのみこめない」と言っている。そして、しばしばその作者である漱石もそこをもって乃木批判者と目されている。しかし実は漱石も、深いところで乃木のよき理解者の一人であった。

鷗外は「興津彌五右衛門の遺書」などを「殉死小説」という言葉でくるめている。しかし、同作品が単純な「殉死小説」などでないことは言うまでもない。「明治の精神とはなにか」「生とはなにか」という太い幹（テーマ）がある。その幹が「歴史小説」という大きな葉に覆い隠されている、そういう仕掛けの小説なのだ。

だがぼくはいま、作品の全貌を明らかにすることを本稿執筆の目的としていない。本稿の目的とするところは作品の主題の基礎をなす舞台裏を垣間見ることにある。

乃木夫妻の葬儀の日に書肆《しょし》に寄せられた本作品が乃木殉死をモチーフにしていることは先述したとおりである。そうであれば、ことの順序として、その経緯あたりから起筆するのが妥当と思う。まずは作品本文を示すとともに、明治四十五年の「夏」まで、時間を遡《さかのぼ》る。

なお、作品本文は、日本近代文学館所蔵、『中央公論』第廿七年第十号に拠った。用字は現代表記に改めた。その作品本文、また「解説編」のルビは杉本による。

「興津彌五右衛門の遺書」（初稿）本文

某《それがし》儀《ぎ》今年《こんねん》今月《こんげつ》今日《こんにち》切腹《せつぷく》して相果《あひはて》候《さうらふ》事《こと》奈何《いか》にも唐突《たうとつ》の至《いたり》にて、彌五右衛門《やごゑもん》奴老耄《めろうもう》したるか、乱心《らんしん》したるかと申《まうし》候《さうらふ》者《もの》も可有之候《これあるべくさうら》へ共《ども》、決《けつ》して左様《さやう》の事《こと》には無之候《これなくそろ》。某《それがし》致仕《ちし》候《そろ》てより以来《いらい》、当国《たうこく》船岡山《ふなをかやま》の西麓《せいろく》に形《かたち》ばかりなる草庵《さうあん》を営《いとな》み罷在《まかりあり》候《さうら》へ共《ども》、先主人《せんしゆじん》松向寺《しようかうじ》殿《でん》御逝去《ごせいきよ》被遊《あそばされ》て後《のち》、肥後国《ひごのくに》八代《やつしろ》の城下《じやうか》を引払《ひきはら》ひたる興津《おきつ》の一家《いつか》は、同国《どうこく》隈本《くまもと》の城下《じやうか》に在《ざい》住《ぢゆう》候《さうら》へば、此遺書《このゐしよ》御目《おんめ》に触《ふ》れ候《さうら》はば、甚《はなは》だ慮外《りよぐわい》の至《いたり》に候《さうら》へ共《ども》、幸便《かうびん》を以《もつ》て同家《どうけ》へ御《お》送届《おくりとどけ》被下度《くだされたく》、近隣《きんりん》の方々《かたがた》へ頼入候《たのみいりそろ》。某《それがし》年来《ねんらい》桑門《さうもん》同様《どうやう》の渡世《とせい》致《いたし》居候《をりさうら》へ共《ども》、根性《こんじやう》は元《もと》の武士《ぶし》なれば、死後《しご》の名聞《みやうもん》の儀《ぎ》尤《もつとも》大切《たいせつ》に存《ぞん》じ、此遺書《このゐしよ》相《あひ》認《したため》置《おき》候《さうらふ》事《こと》に候《そろ》。

当庵《たうあん》は斯様《かやう》に見苦《みぐる》しく候《さうら》へば、年末《ねんまつ》に相迫《あひせま》り相果《あひはて》候《さうらふ》を見《み》られ候《さうらふ》方々《かたがた》、借財《しやくざい》等《とう》の為《た》め自殺《じさつ》候《さうらふ》様《やう》御推量《ごすいりやう》被成《なされ》候《さうらふ》事《こと》も可有之候《これあるべくさうら》へ共《ども》、借財《しやくざい》等《とう》は一切《いつさい》無《な》き某《それがし》、厘毛《りんもう》たりとも他《た》人《にん》に迷惑《めいわく》相掛《あひか》け不申《まうさず》、床《とこ》の間《ま》の脇《わき》、押入《おしいれ》の中《なか》の手箱《てばこ》には、些少《させう》ながら金子《きんす》貯置《ためおき》候《さうら》へば、茶《だ》毘《び》の費用《ひよう》に御当《おあ》て被下度《くだされたく》、是亦《これまた》頼入候《たのみいりそろ》。前文《ぜんぶん》隈本《くまもと》の方《かた》へは、某《それがし》頭《かしら》を剃《そ》りこくり居候《をりさうら》へば、爪《つめ》なりとも少々《せうせう》此遺書《このゐしよ》に取添《とりそ》へ御遣《おつかは》し被下候《くだされさうら》はば仕合《しあは》せ可申候《まうすべくそろ》。床《とこ》の間《ま》に並《なら》べ有之《これあり》候《さうらふ》御位牌《おゐはい》三基《さんき》は、某《それがし》が奉公《ほうこう》仕《つかまつ》りし細川越中守忠興入道宗立三齋殿御事《ほそかはゑつちゆうのかみただおきにふだうそうりふさんさいどのおんこと》松向寺殿《しようかうじでん》を始《はじめ》とし、同越中守忠利殿《どうゑつちゆうのかみただとしどの》御事《おんこと》妙解院殿《めうげゐんでん》、同肥後守光尚殿《どうひごのかみみつなほどの》御三方《おさんかた》に候《さうら》へば、御手数《おてすう》ながら粗略《そらく》に不相成様《あひならざるやう》、清浄《せいじやう》なる火《ひ》にて御消滅被下度《ごせうめつくだされたく》、是亦頼入候《これまたたのみいりそろ》。某《それがし》が相果候《あひはてさうらふ》今日《こんにち》は、万治元戊戌年十二月二日《まんぢぐわんぼじゆつねんじふにぐわつふつか》に候《さうら》へば、去正保二乙酉十二月二日《さるしやうほうにいついうじふにぐわつふつか》に御逝去被遊候《ごせいきよあそばされさうらふ》松向寺殿《しようかうじでん》の十三回忌《じふさんくわいき》に相当致居候事《さうたういたしをりさうらふこと》に候《そろ》。

某《それがし》が相果候《あひはてさうらふ》子細《しさい》は、子孫《しそん》にも承知為致度候《しようちいたさせたくさうら》へば、概略《がいりやく》左《さ》に書残《かきのこ》し候《そろ》。

最早三十余年《もはやさんじふよねん》の昔《むかし》に相成候事《あひなりさうらふこと》に候《そろ》。寛永元年五月《くわんえいぐわんねんごぐわつ》安南船長崎《あんなんせんながさき》に到着候節《たうちやくさうらふせつ》、当時《たうじ》松向寺殿《しようかうじでん》は御薙髪被遊候《ごていはつあそばされそろ》てより三年目《さんねんめ》なりしが、御茶事《おちやじ》に御用被成候《おもちゐなされさうらふ》珍《めづ》らしき品買求《しなかひもと》め候様被仰含《さうらふやうおほせふくめられ》、相役《あひやく》と両人《りやうにん》にて、長崎《ながさき》へ出向候《しゆつかうそろ》。幸《さいはひ》なる事《こと》には異《こと》なる伽羅《きやら》の大木渡来致居候《たいぼくとらいいたしをりそろ》。然処其伽羅《しかるところそのきやら》に本木《もとき》と末木《うらき》との二《ふた》つありて、遥々仙台《はるばるせんだい》より被差下候《さしくだされさうらふ》伊達権中納言殿《だてごんちゆうなごんどの》の役人《やくにん》是非共本木《ぜひともともとき》の方《かた》を取《と》らんとし、某《それがし》も同《おな》じ本木《もとき》に望《のぞみ》を掛《か》け、互《たがひ》にせり合《あ》ひ、次第《しだい》に値段《ねだん》を附上《つけあ》げ候《そろ》。

其時相役申候《そのときあひやくまうしさうらふ》は、仮令主命《たとひしゆめい》なりとも、香木《かうぼく》は無用《むよう》の翫物《ぐわんぶつ》に有之《これあり》、過分《くわぶん》の大金《たいきん》を擲《なげうち》候事《さうらふこと》は不可然《しかるべからず》、所詮本木《しよせんもとき》を伊達家《だてけ》に譲《ゆづ》り、末木《うらき》を買求《かひもと》めたき由申候《よしまうしそろ》。某申候《それがしまうしさうらふ》は、某《それがし》は左様《さやう》には存《ぞん》じ不申《まうさず》、主君《しゆくん》の申《まうし》附《つ》けられ候《さうらふ》は、珍《めづ》らしき品《しな》を買求《かひもと》め参《まゐ》れとの事《こと》なるに、此度渡来候品《こたびとらいさうらふしな》の中《なか》にて、第一《だいいち》の珍物《ちんぶつ》は彼伽羅《かのきやら》に有之《これあり》、其木《そのき》に本末《もとうら》あれば、本木《もとき》の方《かた》が、尤物中《いうぶつちゆう》の尤物《いうぶつ》たること勿論《もちろん》なり、それを手《て》に入《い》れてこそ主命《しゆめい》を果《はた》すに当《あた》るべけれ、伊達家《だてけ》の伊達《だて》を増長為致《ぞうちやういたさせ》、本木《もとき》を譲《ゆづ》り候《そろ》ては、細川家《ほそかはけ》の流《ながれ》を潰《けが》す事《こと》と相成可申《あひなりまうすべし》と候《そろ》。相役嘲笑《あひやくあざわら》ひて、それは力瘤《ちからこぶ》の入《い》れ処《どころ》が相違《さうゐ》せり、一国一城《いっこくいちじやう》を取《と》るか遣《や》るかと申《まう》す場合《ばあひ》ならば、飽《あ》く迄《まで》伊達家《だてけ》に楯《たて》を撞《つ》くが宜《よろ》しかるべし、高《たか》が四畳半《よでふはん》の炉《ろ》にくべらるる木《き》の切《き》れならずや、それに大金《たいきん》を棄《す》てんこと存《ぞん》じも不寄《よらず》、主君御自身《しゆくんごじしん》にてせり合《あ》はれ候《さうら》はば、臣下《しんか》として諌《いさ》め止《とど》め可申儀《まうすべきぎ》なり、仮令主君《たとひしゆくん》が強《し》ひて本木《もとき》を手《て》に入《い》れたく思召《おぼしめ》されんとも、それを遂《と》げさせ申《まう》す事《こと》阿諛便佞《あゆべんねい》の所為《しよゐ》なるべしと申候《まうしそろ》。当時《たうじ》未《いま》だ三十歳《さんじふさい》に相成《あひな》らざる某《それがし》、此詞《このことば》を聞《き》きて立《りつ》腹致候《ぷくいたしさうら》へ共《ども》、尚忍《なほしの》んで申候《まうしさうらふ》は、それは奈何《いか》にも賢人《けんじん》らしき申条《まうしでう》なり、乍去某《さりながらそれがし》は只《ただ》主命《しゆめい》と申物《まうすもの》が大切《たいせつ》なるにて、主君《しゆくん》あの城《しろ》を落《おと》せと被仰候《おほせられさうら》はゞ、鉄壁《てつぺき》なりとも乗取《のつと》り可申《まうすべく》、あの首《くび》を取《と》れと被仰候《おほせられさうら》はゞ、鬼神《おにがみ》なりとも討果《うちは》たし可申《まうすべく》と同《おな》じく、珍《めづ》らしき品《しな》を求《もと》め参《まゐ》れと被仰候《おほせられさうら》へば、此上《このうへ》なき名物《めいぶつ》を求《もと》めん所存《しよぞん》なり、主命《しゆめい》たる以上《いじやう》は、人倫《じんりん》の道《みち》に悖《もと》り候事《さうらふこと》は格別《かくべつ》、其事柄《そのことがら》に立入《たちい》り候《さうらふ》批判《ひはん》がましき儀《ぎ》は無用《むよう》なりと申候《まうしそろ》。相役愈嘲笑《あひやくいよいよあざわら》ひて、お手前《てまへ》とても其《そ》の通《とほ》り、道《みち》に悖《もと》りたる事《こと》はせぬと申《まう》さるゝにあらずや、これが武具抔《ぶぐなど》ならば、大金《たいきん》に代《か》ふとも惜《を》しからじ、香木《かうぼく》に不相応《ふさうおう》なる価《あたひ》を出《いだ》さんとせらるるは、若輩《じゆくはい》の心得違《こころえちがひ》なりと申候《まうしそろ》、某申候《それがしまうしさうらふ》は、武具《ぶぐ》と香木《かうぼく》との相違《さうゐ》は某《それがし》若輩《じゆくはい》ながら心得居《こころえを》る、泰勝院《たいしようゐん》殿《でん》の御代《みよ》に、蒲生殿被仰候《がまふどのおほせられさうらふ》は、細川家《ほそかはけ》には結構《けつこう》なる御道具許多有之由《おだうぐあまたこれあるよし》なれば拝見《はいけん》に罷出《まかりい》づべしとの事《こと》なり、扨約束《さてやくそく》せられし当日《たうじつ》に相成《あひな》り、蒲生殿被参候《がまふどのまゐられさうらふ》に、泰勝院殿《たいしようゐんでん》は甲冑刀《かつちうたう》剣弓鎗《けんきゆうさう》の類《たぐひ》を陳《つら》ねて御見《おみ》せ被成《なさる》、蒲生殿《がまふどの》意外《いぐわい》に被思《おぼされ》ながら、一応御覧《いちおうごらん》あり、さて実《じつ》は茶《ちや》器拝見致度参上《きはいけんいたしたくさんじやう》したる次第《しだい》なりと被申《まうさる》、泰勝院殿御笑被成《たいしようゐんでんおわらひなされ》、先《さ》きには道具《だうぐ》と被仰候《おほせられさうらふ》故《ゆゑ》、武家《ぶけ》の表道具《おもてだうぐ》を御覧《ごらん》に入《い》れたり、茶器《ちやき》ならば、それも少々持合《せうせうもちあは》せ候《さうらふ》とて、始《はじめ》て御取《おとり》出被成《いだしなされ》し由《よし》、御当家《ごたうけ》に於《お》かせられては、代々武具《だいだいぶぐ》の御心掛深《おこころがけふか》くおはしまし、旁《かたはら》歌道茶事《かだうちやじ》迄《まで》も堪能《たんのう》に為渡《わたらせ》らるるが、天下《てんか》に比類《ひるい》なき所《ところ》ならずや、茶儀《ちやぎ》は無用《むよう》の虚礼《きよれい》なりと申《まう》さば、国家《こくか》の大礼《たいれい》、先祖《せんぞ》の祭祀《さいし》も総《すべ》て虚礼《きよれい》なるべし、我等此度仰《われらこたびおほせ》を受《う》けたるは茶事《ちやじ》に御用《ごよう》に立《た》つべき珍《めづ》らしき品《しな》を求《もと》むる外他事《ほかたじ》なし、これが主命《しゆめい》なれば、身命《しんめい》に懸《か》けても果《は》たさでは相成《あひな》らず、貴殿《きでん》が香木《かうぼく》に大金《たいきん》を出《いだ》す事不相応《ことふさうおう》なりと被思候《おもはれさうらふ》は、其道《そのみち》の御心得《おこころえ》なき故《ゆゑ》、一徹《いつてつ》に左《さ》様思《やうおも》はるゝならんと申候《まうしそろ》。相役聞《あひやくき》きも果《は》てず、いかにも某《それがし》は茶事《ちやじ》の心得《こころえ》なし、一徹《いつてつ》なる武芸者《ぶげいしや》なり、諸芸《しよげい》に堪能《たんのう》なるお手前《てまへ》の表芸《おもてげい》が見《み》たしと申《まう》すや否《いな》や、つと立《た》ち上《あ》がり、旅館《りよくわん》の床《とこ》の間《ま》なる刀掛《かたなかけ》より刀《かたな》を取《と》り、抜打《ぬきうち》に切附《きりつ》け候《そろ》。某《それがし》が刀《かたな》は違棚《ちがひだな》の下《した》なる刀掛《かたなかけ》に掛《か》けあり、手近《てぢか》なる所《ところ》には何物《なにもの》も無之故《これなきゆゑ》、折《をり》しも五月《ごぐわつ》の事《こと》なれば、燕子花《かきつばた》を活《い》けありたる唐《から》金《かね》の花瓶《くわびん》を摑《つか》みて受留《うけとど》め、飛《と》びしざりて刀《かたな》を取《と》り、抜合《ぬきあは》せ、只一打《ただひとうち》に相役《あひやく》を討果《うちは》たし候《そろ》。

斯《か》くて某《それがし》は即時《そくじ》に伽羅《きやら》の本木《もとき》を買取《かひと》り、杵築《きづき》へ持帰候《もちかへりそろ》。伊達家《だてけ》の役人《やくにん》は無是非末木《ぜひなくうらき》を買取《かひと》り、仙台《せんだい》へ持帰候《もちかへりそろ》。某《それがし》は香木《かうぼく》を松向寺殿《しようかうじでん》に為参《まゐらせ》、扨御願申候《さておんねがひまうしさうらふ》は、主命大切《しゆめいたいせつ》と心得候為《こころえさうらふた》めとは申《まうし》ながら、御役《おやく》に立《た》つべき侍一人討果《さむらひいちにんうちは》たし候段《さうらふだん》、恐入候《おそれいりさうら》へば、切《せつ》腹《ぷく》被仰附度《おほせつけられたし》と申候《まうしそろ》。松向寺殿《しようかうじでん》被聞召《きこしめされ》、某《それがし》に被仰候《おほせられさうらふ》は、其方《そのはう》が申条《まうしでう》一々《いちいち》尤《もつとも》至極《しごく》なり、仮令《たとひ》香木《かうぼく》は貴《たふと》からずとも、此方《このはう》が求《もと》め参《まゐ》れと申附《まうしつ》けたる珍品《ちんぴん》に相違《さうゐ》なければ、大切《たいせつ》と心得候事当然《こころえさうらふことたうぜん》なり、総《すべ》て功利《こうり》の念《ねん》を以《もつ》て物《もの》を視候《みさうら》はば、世《よ》の中《なか》に尊《たふと》き物《もの》は無《な》くなるべし、矧《いはん》や其方《そのはう》が持帰候《もちかへりさうらふ》伽羅《きやら》は早速焚試候《さつそくたきためしさうらふ》に、希代《きたい》の名木《めいぼく》なれば、「聞《き》く度《たび》に珍《めづ》らしければ郭公《ほととぎす》いつも初音《はつね》の心地《ここち》こそすれ」と申《まう》す古歌《こか》に本《もと》づき、銘《めい》を初音《はつね》と附《つ》けたり、斯程《かほど》の品《しな》を求帰候事天晴《もとめかへりさうらふことあつぱれ》なり、但被討候侍《ただうたれさうらふさむらひ》の子孫遺恨《しそんゐこん》を含居《ふくみをり》ては不相成《あひならず》と被仰候《おほせられそろ》。斯《か》くて直《ただ》ちに相役《あひやく》の嫡子《ちやくし》を被召《めされ》、御前《ごぜん》に於《おい》て盃《さかづき》を被申付《まうしつけられ》、某《それがし》は彼者《かのもの》と互《たがひ》に意趣《いしゆ》を存間敷旨《ぞんずまじきむね》誓言致候《せいごんいたしそろ》。

此《これ》より二年目《にねんめ》、寛永三年九月六日《くわんえいさんねんくぐわつむゆか》主上《しゆしやう》二条《にでう》の御城《おしろ》へ行幸被遊《ぎやうがうあそばされ》、妙解院殿《めうげゐんでん》へ彼名香《かのめいかう》を御所望有之《ごしよもうこれあり》、即之《そくこれ》を被献《けんぜられ》、主上叡覧有《しゆしやうえいらんあつ》て、「たくひありと誰《たれ》かはいはむ末匂《すゑにほ》ふ秋《あき》より後《のち》のしら菊《ぎく》の花《はな》」と申古歌《まうすこか》の心《こころ》にて、白菊《しらぎく》と為名附給由《なづけされたまふよし》承候《うけたまはりそろ》。某《それがし》が買求候《かひもとめさうらふ》香木《かうぼく》、畏《かしこ》くも至尊《しそん》の御賞美《ごしやうび》を被《かうぶ》り、御当家《ごたうけ》の誉《ほまれ》と相成候事《あひなりさうらふこと》、不存寄《ぞんじよらざる》仕合《しあはせ》と存《ぞん》じ、落涙候《らくるいさうらふ》事《こと》に候《そろ》。

乍去《さりながら》一旦切腹《いつたんせつぷく》と思定候《おもひさだめさうらふ》某《それがし》、窃《ひそか》に時節《じせつ》を相待居候処《あひまちをりさうらふところ》、御隠居松向寺殿《ごいんきよしようかうじでん》は申《まうす》に不及《およばず》、其頃《そのころ》の御当主妙解院殿《ごたうしゆめうげゐんでん》よりも出格《しゆつかく》の御引立《おひきたて》を蒙《かうぶ》り、寛永九年御国替《くわんえいくねんおくにがへ》の砌《みぎり》には、松向寺殿《しようかうじでん》の御居城八代《ごきよじやうやつしろ》に相詰候事《あひつめさうらふこと》と相成《あひなり》、剰《あまつさ》へ殿御上京《とのごじやうきやう》の御供《おんとも》にさへ被召具《めしぐされ》、繁務《はんむ》に被逐《おはれ》、空《むな》しく月日《つきひ》を相送候《あひおくりそろ》。其内寛永十四年島原征伐《そのうちくわんえいじふよんねんしまばらせいばつ》と相成候故《あひなりさうらふゆゑ》松向寺殿《しようかうじでん》に御暇相《おいとまあひ》願《ねがひ》、妙解院殿《めうげゐんでん》の御旗下《ごきか》に加《くわ》はり、戦場《せんぢやう》にて一命相果《いちめいあひは》たし可申所存之処《まうすべきしよぞんのところ》、御当主《ごたうしゆ》の御武運《ごぶうん》強《つよ》く、逆徒《ぎやくと》の魁首天草四郎時貞《くわいしゆあまくさしらうときさだ》を御討取被遊《おうちとりあそばされ》、物数《ものかず》ならぬ某迄恩賞《それがしまでおんしやう》に預《あづか》り、宿望《しゆくまう》不相遂《あひとげず》、余命《よめい》を生延候《いきのびそろ》。

然処寛永十八年妙解院殿不存寄御病気《しかるところくわんえいじふはちねんめうげゐんでんぞんじよらざるごびやうき》にて、御父上《おんちちうへ》に先立《さきだち》、御逝去被遊《ごせいきよあそばされ》、肥後守殿《ひごのかみどの》の御代《みよ》と相成候《あひなりそろ》。次《つい》で正保二年《しやうほうにねん》松向寺殿《しようかうじでん》も御逝去被遊《ごせいきよあそばされ》、是《これ》より先《さ》き寛永十三年《くわんえいじふさんねん》には、同《おな》じ香木《かうぼく》の本末《もとうら》を分《わ》けて珍重被成候《ちんちようなされさうらふ》仙台中納言殿《せんだいちゆうなごんどの》さへ、少林城《わかばやしじやう》に於《おい》て御逝去被成候《ごせいきよなされそろ》。彼《かの》末木《うらき》の香《かう》は、「世《よ》の中《なか》の憂《う》きを身《み》に積《つ》む柴舟《しばふね》やたかぬ先《さき》よりこがれ行《ゆく》らん」と申歌《まうすうた》の心《こころ》にて、柴舟《しばふね》と銘《めい》し、御珍蔵被成候由《ごちんざうなされさうらふよし》に候《そろ》。其後肥後守殿《そののちひごのかみどの》は御年三十一歳《おんとしさんじふいつさい》にて、慶安二年《けいあんにねん》俄《にはか》に御逝去被遊候《ごせいきよあそばされそろ》。御臨終《ごりんじゆう》の砌《みぎり》、嫡子六丸殿御幼少《ちやくしろくまるどのごえうせう》なれば、大国《たいこく》の領主《りやうしゆ》たらんこと無覚束被思召《おぼつかなくおぼしめされ》、領地御返上被成度由《りやうちごへんじやうなされたきよし》、上様《うへさま》へ申上候処《まうしあげさうらふところ》、泰勝院殿以来《たいしようゐんでんいらい》の忠勤《ちゆうきん》を被思召《おぼしめされ》、七歳《ななさい》の六丸殿《ろくまるどの》へ本領安堵被仰附候《ほんりやうあんどおほせつけられそろ》。

某《それがし》は当時退隠相願《たうじたいいんあひねがひ》、隈本《くまもと》を引払《ひきはら》ひ、当地《たうち》へ罷越候《まかりこしさうら》へ共《ども》、六丸殿《ろくまるどの》の御事心《おんことこころ》に懸《か》かり、責《せめ》ては御元服被遊候迄《ごげんぷくあそばされさうらふまで》、乍余所御安泰《よそながらごあんたい》を祈念致度《きねんいたしたく》、不識不知許多《しらずしらずあまた》の歳月《さいげつ》を相過《あひすご》し候《そろ》。

然処去承応二年《しかるところさるじようおうにねん》六丸殿《ろくまるどの》は未《いま》だ十一歳《じふいつさい》におはしながら、越中守《ゑつちゆうのかみ》に御成被遊《おなりあそばされ》、御名告《おんなのり》も綱利《つなとし》と賜《たま》はり、上様《うへさま》の御覚目出度由消息有之《おんおぼえめでたきよしせうそくこれあり》、乍蔭雀躍候事《かげながらじやくやくさうらふこと》に候《そろ》。

最早《もはや》某《それがし》が心《こころ》に懸《か》かり候《さうらふ》事《こと》毫末《がうまつ》も無之《これなく》、只々《ただただ》老病《らうびやう》にて相果《あひはて》候《さうらふ》が残念《ざんねん》に有之《これあり》、今年今《こんねんこん》月今日殊《げつこんにちこと》に御恩顧《ごおんこ》を蒙候《かうむりさうらふ》松向寺殿《しようかうじでん》の十三回忌《じふさんくわいき》を待得《まちえ》候《そろ》て、遅馳《おくればせ》に御跡《おあと》を奉慕候《したひたてまつりそろ》。殉死《じゆんし》は国家《こくか》の御制禁《ごせいきん》なる事《こと》、篤《とく》と承知《しようち》候《さうら》へ共《ども》壮年《さうねん》の頃《ころ》相役《あひやく》を討《う》ちし某《それがし》が死遅《しにおく》れ候迄《さうらふまで》なれば、御咎《おとがめ》も無之歟《これなきか》と存候《ぞんじそろ》。

某《それがし》平生《へいぜい》朋友《ほういう》等《とう》無之《これなく》候《さうら》へ共《ども》、大徳寺《だいとくじ》清宕《せいたう》和尚《をしやう》は年来《ねんらい》入魂《じつこん》に致居《いたしをり》候《さうら》へば、此《この》遺書《ゐしよ》国許《くにもと》へ御遣《おつかはし》被下候《くだされさうらふ》前《まへ》に、御見《おみ》せ被下度《くだされたく》、近郷《きんがう》の方々《かたがた》へ頼入候《たのみいりそろ》。

此《この》遺書《ゐしよ》蝋燭《らふそく》の下《もと》にて認《したため》居《をり》候《さうらふ》処《ところ》、只今《ただいま》燃尽《もえつき》候《そろ》。最早《もはや》新《あらた》に燭火《しよくくわ》を点《ともし》候《さうらふ》にも不及《およばず》、窓《まど》の雪明《ゆきあか》りにて、皺腹《しわばら》掻切《かききり》候《さうらふ》程《ほど》の事《こと》は出来《でき》可申《まうすべく》候《そろ》。

万治《まんぢ》元《ぐわん》戊戌《ぼじゆつ》年《ねん》十二月《じふにぐわつ》二日《ふつか》

興津《おきつ》彌《や》五《ご》右衛門《ゑもん》華押《くわあふ》

皆々様《みなみなさま》

一　天皇崩御

明治四十五年（一九一二）。元日はよく晴れた日であった。次の文は当日の鷗外日記の記事である。

〈明治四十五年一月一日（月）、晴。拝賀《はいが》に参内《さんだい》し、東宮御所にも往《ゆ》く。長谷場文相、原内相、閑院宮、九邇宮、石黒男《だん》等の家に刺《し》を通ず。乃木大将希典の家にて、午餐《ごさん》に稗《ひえ》の飯を供せらる。米一升に先づ蒸《む》したる稗を一合を加ふとなり。荒木嶽父《がくふ》の家にて雑煮を饗《きやう》せらる。夕に山縣元帥の椿山荘《ちんざんさう》にゆき、杯を賜はる。亀井伯第《てい》に刺を通じて帰る。〉

それから半年後の七月十五日。天皇、枢密院《すうみついん》会議ご臨席。

この日、陛下は会議ご臨席中、常にもあらず眠気を催された。会議議長の山縣有朋は、軍刀で激しく床を突いた。陛下は我に返られた。

七月十九日、渡辺宮内大臣は、小田原に向かうため新橋駅に到着した山縣に、ある重大情報をもたらした。渡辺はそれを伝えるため、山縣の跡を追ってきたのであった。「天皇御不例」。

そのとき渡辺宮内大臣に対して山縣は申し述べた。

〈今後の御病態が如何《いか》に変化あらせらるゝやは、逆睹《ぎゃくと》することが出来ざるとしても、国家の重大事件であるが故に、国民は挙《こぞ》つて且《か》つ憂ひ、且つ御平癒《へいゆ》を祈るべきである。故に一切掩蔽《えんぺい》する所《ところ》なく、速《すみや》かに御病状を天下に公表すべきが当然である〉

（『公爵山縣有朋伝』）

これにより、七月二十日（土）、宮内省は、突如官報号外にて天皇御不例を発表した。その官報記事によれば、山縣が渡辺から「御不例」の情報を得た十九日には、実は天皇の体温は四十度を超えていた。事実上危篤状態であったのだった。その後、官報による発表が行われた二十日には、体温はいったん若干下がったが、尿毒症を併発していた。岡玄卿、青山胤通、三浦謹之助拝診の結果が詳細に公表された。

以来宮内省は陛下の御容態について、毎日午前七時、同十一時、午後九時の三回発表することとした。週明けの二十二日からは、午前五時、同十一時、午後一時、同五時、同九時の五回発表に改めた。

御不例を報ずる二十二日の『東京朝日新聞』及び『静岡県安倍郡誌』の記事。

〈聖上陛下の御容態や如何に、切めては皇居を目前に拝して御平癒を祈らんとて、記者は昨夜八時二重橋外に至れば、同じ心の人々なるべし、砂利道を静かに歩して鉄柵の間近迄《まで》進み入り恭《うやうや》しく敬礼をなす、常盤《ときは》の松《まつ》闇の色に包まれて色一層黒く、壕《ほり》の水静かなれど、憂愁の鈍色《にびいろ》に漾《ただよ》ふ、月あれど光木の間を漏れず、アーク灯冴えたれども心柄にや寂しく見ゆ、十分二十分と経つ間に、三々伍々来りては拝し、拝しては去る、橋の内には黒き守衛、橋外には白き巡査、各々徐歩して警戒に任じたり、乃ち刺《し》を巡査に通じて共に憂ひを分つ〉

〈東京市役所にては一般市民の誠意を遺憾なからしめんとて何人にても市役所に出頭天機奉伺簿に氏名を記入し得るやうにし、市長は毎日市民を代表して是を宮中に捧呈《ほうてい》する事となしたり〉

宮中にては、毎日要人の参内が続いた。乃木は出張の途次御不例の報に接し、急遽帰京、毎日朝夕二回の靖国神社参拝と三回の参内を欠かさなかった。馬で参内する人が多かったが、乃木は人力車で参内した。その姿は「乃木将軍＝日々三回参内」と新聞に報じられた。股間《こかん》に軍刀を立て、沈痛な面持ちの乃木の姿は、目の当たりに見た者に、ある種の感動さえ喚起《かんき》したという。

七月三十日。最高気温三十度を超える暑い一日だった。晴れていた空は次第に曇り、夕刻過ぎには雨が降り出した。この日午前零時四十三分、天皇崩御。御歳六十歳。

当日の新聞はそれを黒枠で伝えた。七月三十日付『東京朝日新聞』の記事。

天皇崩御　○天皇陛下今三十日午前零時四十三分崩御あらせらる。
右官報号外を以て宮内大臣、内閣総理大臣の連署にて告示。
昨二十九日午後八時頃より御病状漸次増悪し同十時頃に至り、御脈次第に微弱に陥らせられ、御呼吸は益々浅薄となり、御昏睡の御状態は依然御持続遊ばされ、終に今三十日午前零時四十三分、心臓麻痺に依り崩御遊ばさる、洵に恐懼の至りに堪へず。（岡、青山、三浦、西郷、相磯、森永、田澤、樫田、高田拝診）　（三十日宮内省公示）

二　天皇崩御とさまざまな反応

天皇崩御に対する当時の文化人たちの反応は以下のとおりである。

〈七月三十日（火）午前零時四十分　陛下崩御の旨公示。同時践祚《せんそ》の式あり。〉

これは夏目漱石の当日の日記の記事である。漱石は「その時私は明治の精神が天皇に始まって天皇に終わったような気がしました」と、「こころ」に書いた。そう書いた人の日記記事としてはあまりに簡明な記録である。

そしてその意味では哲学者西田幾太郎や、鷗外の大学時代からの友人中浜東一郎の日記はもっと徹底している。

「天皇崩御及新帝践祚の号外出づ」「陛下今午前零時四十分頃遂に崩御」。前のが西田、後のが中浜の日記の記事である。まるで彼らは、日記に私情を書いてはいけないと思ってでもいるかのようだ。

それに比して鷗外の日記は少し趣が異なる。わずかながら、鷗外の感情が少しだけ文中に感じられる。

〈三十日（火）。晴、薄き白雲。午前零時四十三分天皇崩ぜさせ給ふ。朝聖上皇后皇太后の御機嫌を伺ふ。夜雨点々下る。蒸暑。大正元年と称することとなる。〉

当時鷗外は陸軍軍医総監・陸軍省医務局長だった。そういう自己の立場もいくらかは日記の記述に影響しているかもしれない。鷗外は天皇に対して最高度の敬意を表しながら自己の心中に起こる特別の感情を抑制しきれなかった。もしかしたら鷗外はそのとき、明治十七年七月二十八日のことを思い出していたのかもしれない。その日鷗外は、「洋行」に先立って「天顔」を拝していたのだった。

そうしたなか、芥川龍之介の書翰文には、はっきりと筆者の感情の直接表現が見られる。八月二日付、藤岡蔵六宛の書翰の一節である。

〈御不例中に夜二重橋へ遥拝《えうはい》しに行つた姉が小学生が三人顔を土につけて二十分も三十分もおじぎをしてゐたと涙ぐんで話したときには僕でも動かされたが其内《そのうち》に御命に代り奉ると云つて二重橋の傍《かたはら》で劇薬をのんだ学生が出たら急にいやな気になつてしまつた、電車へのつて遥拝にゆくつもりでゐたのがそんな奴ばかりの所へゆく位なら家にゐて御平癒を祈つた方が遥《はるか》にいゝと考へるやうになつたさうすると直《じき》崩御の号外が出た、あけがたの暗い中に来た黒枠の号外を手にとつた時矢張《やはり》遥拝に行つた方がよかつたとしみじみさう思つた〉

そしてさらに次の一文には、ナマの感情がそのまま現われていて興味深い。筆者は徳富蘆花である。蘆花の文章には、天皇崩御という重大事に遭遇した国民の一般的感情が手放しで表現されている（『みみずのたはごと』）。

〈鬱陶《うつたう》しく、物悲しい日。

新聞は皆黒縁《くろぶち》だ。不図《ふと》新聞の一面に「睦仁」の二字を見つけた。下に「先帝御手跡」とある。孝明天皇の御筆かと思ふたのは一瞬時、陛下は已に先帝とならせられたのであつた。新帝陛下の御践祚《せんそ》があつた。明治といふ年号は、昨日限り「大正」と改められるといふ事である。陛下が崩御になれば年号も更《あらたま》る。それを知らぬではないが、余は明治といふ年号は永久につゞくものであるかの様に感じて居た。余は明治元年十月の生れである。即ち明治天皇陛下が即位式を挙げたまふた年、初めて京都から東京に行幸あつたその月、東京を西南に距《へだた》る三百里、薩摩《さつま》に近い肥後葦北《ひごあしきた》の水俣《みなまた》といふ村に生れたのである。余は明治の齢《とし》を吾齢《わがよはひ》と思ひ馴《な》れ、明治と同年だと誇りもし、恥ぢもして居た。陛下の崩御は明治史の巻を閉ぢた。明治が大正となつて、余は吾《わが》生涯の中断されたかの様に感じた。明治天皇が余の半生を持つて往《い》つておしまひになつたかの様に感じた。

物哀しい日。田圃《たんぼ》向《むか》ふに飴屋《あめや》が吹く笛の一声《ひとこゑ》長く響いて腸《はらわた》にしみ入る様だ。〉

ところが、志賀直哉はこれまで例示した人々とはまったく異質の記録を残した。

〈七月三十日（火）　前日天子様が亡くなられたといふ事を其朝《そのあさ》聞く。いゝ人らしかったがお気の毒であった。〉

三　ご大葬

天皇の崩御があった場合、執り行うべき重要な事柄が三つある。それは「大日本帝国憲法」「日本国憲法」のいずれの憲法下においても同じである。

その一つは「践祚式」である。皇位継承儀式である。

二つ目は「年号」の決定である。三つ目は「ご大葬」である。

明治天皇の崩御に際し、直ちに大正天皇がその皇位を継承した。年号については、当初、内閣より「大正」「天興」「興化」の三つが候補として奏上された。三十日のうちに「大正」を新元号とする旨詔勅が出された。

その後、次のようにご大葬準備が進んだ。すなわち、御陵地の内定（京都桃山御料地）、ご大喪葬場の決定（青山練兵場）から工事着手、国定教科書改訂作業着手、ご大葬日程の決定（九月十三日から十五日）、ご大葬参列外国貴賓の決定、ご大葬日程の細部決定（九月十三日午後八時霊轜宮城御出門など）。

一方、天皇崩御の報道があって以来、国民の間には「殉死」の二文字に関する論議がかまびすしくなった。そうした社会的風潮をうけて、八月十日付『東京朝日新聞』は、厳しい口調をもって次の論説を掲載した。タイトルは「殉死の弊風」。筆者は宗教学者にしてジャーナリスト、当時東洋大学の教授だった境野黄洋。以下はその冒頭と末尾である（『新聞集成大正編年史』大正元年度版による）。

〈自分が奉事《ほうじ》したる人の死を悲しみて、自ら之《これ》に殉ずるは昔時《せきじ》より存する風習なるが、決して奨励すべき事に非《あら》ず、其《その》心情に於《おい》ては諒《りやう》すべき所なきに非ずと雖《いへど》も、要するに不心得の事なり。（中略）今日に於て徒《いたづ》らに自殺するは、先帝陛下の大御心《おほみこころ》に副《そ》はざる不忠不義の臣民なり。吾人《ごじん》は此《かく》の如き不健全なる旧思想を排斥《はいせき》し、六千万同胞をして文明国民の態度を以て、奉公の義を全《まつた》うせしめんことを望む。今日に於て苟《いやし》くも殉死奨励の言を発して、得々《とくとく》たらんとするが如き者あらば、吾人は彼等を目して其の文化の程度に於て、千九百年前の野見宿彌にも及ばざるの劣等人となさゞる可《べか》らず。〉

はっきりしない天気が数日続いた東京が、十三日は晴れた。日中の気温が二十三度まで上がったが、夜になるとまた曇った。翌十四日は小雨、十五日は雨、十六日は小雨だった。

当日の御大葬のルートは次のとおりであった。

宮城……二重橋……馬場先……警視庁前……日比谷公園……桜田門……司法省前……大審院前……海軍省前……虎ノ門……赤坂見附……青山御所……大葬儀場。

陛下のご葬列の道筋になっているその沿道には、多くの一般市民が出て陛下の最後のお見送りをした。沿道を中心とした警備は他府県からの応援部隊を導入するほど厳重を極めた。

さらにその葬儀会場の様子について、『国民新聞』は詳細にそれを記し報じた。いまその要点のみ整理する。

〔会場風景〕葬儀は、「青山北町電車道より北」「五間（約九ｍ）幅五百五十間（約一㎞）」の轜車道を進んだ「青山練兵場二万八千坪（九万二千四百㎡）を以て充てられ」た。式場には「天皇　皇后両陛下、皇太后御名代殿下」の御休息所である「便殿」、「幄舎、膳舎、樂舎」等数々の殿舎が建てられ、また「哨兵舎、御手水所、輿丁控所、大喪使出張所、消防署出張所、牛舎、牛車控所、炊事場、便所等の設備も完」備された。「式場入口より車道両側は、百燭光のタングステン電燈、葬場殿の周囲には千二百燭光の弧燈八個、場内にも同様弧光燈百個と二千個の電燈を点じ、天井三ヶ所に大シーリングライト三個、周囲の主柱に燭台形電燈十二個、その他各所に白木造の燈籠三十六個」が点火された。

〔参列者〕約一万余人。主たる参列者は、徳大寺大勲位・各大勲位・大臣親任官・大臣待遇・親任官待遇・勅任官・同待遇・有爵者・朝鮮貴族・従四位・勲三等以上の有位帯勲者夫人・高等官六等以下の奏任官・同待遇・従六位勲六等以上の有位帯勲者・各宗門跡寺院住職・宮内省判任官惣代一人・各官庁判任官惣代一人・東京市長・外各市長・各市議会議長・東京市参事会員・東京市各区長・同区会議長・東京商業会議所会頭褒賞受領者・中学校及高等女学校同程度以上の私立学校長・朝鮮在住人惣代各道二人・台湾在住人惣代六人・樺太在住人惣代一人並に各国大使公使領事・勲三等勅任取扱の雇外国人と同夫人・勲六等以上の外国人・奏任取扱の外国人等。

〔外国貴賓〕独逸皇帝陛下の御名代ハイリツヒ親王殿下・英国皇帝陛下御名代コンノート親王殿下・西班牙《スペイン》皇帝陛下御名代ボルボン親王殿下・米国特派使節ノツクス氏・仏国特派使節ルボン将軍・露《ロシア》・伊《イタリア》・墺《オーストリア》・瑞典《スウェーデン》・墨《?》・瑞西《スイス》・暹《タイ》・白《ベルギー》・智《?》・丁《デンマーク》・亞《?》・葡《ポルトガル》の各国使節。

このご大葬に、陸軍軍医総監・陸軍省医務局長森林太郎も当然参列していた。石黒忠悳《いしぐろただのり》男爵もいずれの席かに参列していた。

のち石黒は、乃木自刃に関して次のように述べた（九月十七日付『大阪毎日新聞』）。

〈青山葬場殿で一時頃であつたが私の名を高く呼ぶ者がある、行つて見ると乃木が自刃したといふのだ、〉

この報告が事実ならば、石黒はご大葬参列者の中で、乃木自刃の情報を最も早くキャッチしていたことになる。ところが大隈重信の談話によれば、山縣有朋は葬儀開始時刻にはすでに乃木の死を知っていた。鷗外が乃木自刃を知ったのはご大葬終了後帰宅途中であった。内務大臣原敬は、御霊をのせた列車が京都に向けて出発するその間際に知った。

だが、よくよくその場の状況を想像してみれば、いぶかしい点がないでもない。

いったい当日の葬儀参列者の座席はどのようになっていたのであろうか。参列者たちには、その序列に基づいた座席が定められていたのではないか。

つまり乃木希典陸軍大将の座席も、他の「各大将」の座席近くに定められていたのではなかったか。そして、その傍らに石黒男爵もいたわけである。普通ならば当然そこに存在しなければならない「乃木希典」が存在しないことに気がつかないはずはない。先の石黒談話は、まるで乃木の姿が存在しないことなど、まったく無頓着であったかのような口振りである。だが、ほんとうにそうだったのであろうか。

しかし石黒は、「私の名を高く呼ぶ」声に従って葬儀の席を中座した。呼ばれた用件は「乃木が自刃した」という情報の伝達だった。

四　その日の乃木希典

大正元年九月十三日、明治天皇ご大葬当日、東京は日中晴れた。初秋らしい一日だった。夜になって曇った。

この日の夜邸内にいたのは乃木夫妻、夫人静子の姉サダ子、サダ子のひ孫ひで子、女中二人の六人であった。それと乃木の実弟大館集作夫妻が山口県長府から上京していた。しかしご大葬拝観のため邸内には不在だった。書生も馬丁も不在だった。事件発生以後、その日の乃木夫妻の行動や様子は、在宅者の証言というかたちで新聞各紙に報道された。また事件直後乃木邸に駆けつけた医務医員らによる詳細な遺体検案記録も残された。そういう証言などをもとに、当日から翌日にかけての乃木夫妻関連事項を時間を追って整理する。

乃木夫妻の当日は午前四時の起床から始まった。水垢離《みずごり》をとり、朝食をすませた。七時ごろ、岩崎つるという美容師が来て夫人の整髪をした。八時には夫妻とも正装し先帝および今上陛下の御真影を奉拝《ほうはい》。直後、秋尾新六という写真技師が来て、玄関前また屋内で写真撮影した。

乃木夫妻はすでに日露戦争で勝典《かつすけ》・保典《やすすけ》の二子を失っていた。つまり乃木夫妻には直系の相続人がいなかった。そういう乃木夫妻の、この写真撮影の意図するところは正直不可解である(乃木本人は、英国コンノート殿下に献呈《けんてい》するためであると説明している)。

その件について芥川龍之介は、そこに不純なものが存在するのではないかと、作中人物に語らせた(「将軍」)。

九時ごろ宮中より差し回された自動車に夫妻相伴って乗り、英国コンノート殿下を見舞い、そのまま参内。昼ごろ帰邸。談笑しながら昼食。乃木のメニューは蕎麦《そば》であった。その後二階自室に籠《こ》もる。渡邊宮内大臣・阪本海軍中尉に遺書を認《したた》めたか。午後六時ごろ夕食に蒸《む》しパンを食べたが、その後家人に奉送《ほうそう》に出かけるよう勧めた。

午後八時少し前、静子が葡萄酒を取りに階下に降りてきた。ひで子と会話を交わし、すぐ二階に戻った。

午後八時、霊轜《れいじ》皇居ご出発の号砲が鳴った。それに合わせ、自刃の儀式が開始された。

午後八時過ぎ、サダ子が二階の異様な雰囲気に気付いた。女中おかねに様子をみてくるよう指示した。戻《もど》ったおかねが異常を告げたので、付近の警察署に連絡した。ひで子に湯地家と赤坂青山両警察署に電話連絡させた。

午後八時二十分ごろのことであった。阪本和七警部補はこの日のため長野県より特別派遣されていた。受け持ち区域の道路交通遮断地点を警戒中、まもなくアメリカ特使通過との報を受けた。その時乃木家の女中があわただしく駆け寄ってきた。邸内にて異常事態が発生したことを告げ、邸内への出張を請うた。阪本は当初その言葉を信じなかった。その時一台の人力車が猛烈な勢いでそのまま遮断区域内に入ろうとした。阪本は交通証の提示を求めた。乗っていた婦人が、自分は貴族院議員湯地の室（事実は定基の子息定武の室か）と名乗った。婦人は乃木邸に異常事態発生との連絡を受けたので駆けつけるところであると説明した。阪本警部補もその後を追って乃木邸に駆けつけた（九月十四日付『信濃毎日新聞』。このとき八時三十分ごろか）。

俥屋吉川林蔵が近所の横尾医院に走った（この俥屋について新聞は乃木家出入りの俥屋としているが不明である。あるいは湯地夫人を乗せてきた俥屋か）。

横尾医師は不在だった。かわりに中村九郎三郎医師が来邸した。状況を一見、成すすべなしとの判断を下した。

午後八時五十分ごろ、阪本和七警部補から赤坂警察署に電話連絡がなされた。その電話を受信したのは赤坂警察署勤務の山賀喜三治という警部補であった。

午後九時、赤坂警察署の松田巡査を案内者として、警視庁医務医員・岩田凡平、支部参謀防疫員兼検診医員・野沢徳、赤坂警察署内救護所主幹検診医員・園江虎次郎の三名が乃木邸に到着した。直ちに現場検視。阪本警部補の要請により、岩田凡平によって乃木夫妻の脈の確認がなされた。

午後九時十五分、阪本警部補、乃木邸到来の事情説明の後、山賀喜三治警部補と交替。岩田凡平医員ら、遺骸検案に移る。その任務分担は、野沢・園江両検診医員が検案し、岩田医員が検案記録を担当した。

午後九時四十分、湯地定彦（「定基」の誤りか）来邸。御真影・軍服など整理する。

午後十時過ぎ、毛利家扶坂野照彦来邸。

午後十時十五分ごろ、赤坂警察署長・本堂平四郎臨検。

午後十時三十分ごろ、検案・清掃・更衣終了。本堂所長、山賀警部補とともに机の上の白紙に書かれた辞世の和歌、巻紙に書かれた「遺言條々」を読む。このとき本堂署長（あるいは岩田凡平か）、「遺言條々」を書写す。あとの一枚は遺産処理に関する書であったが、岩田は必要を認めなかったのでそれを見なかった。

午後十時四十分ごろ、霊轜、ご大葬会場に到着。

午後十一時、岩田凡平が、本堂平四郎署長および山賀喜三治警部補に対し、状況・検案の総合報告をなした。そのとき湯地定基により傷口縫合の提案がなされた。しかし、遺言に「石黒云々」があったため、石黒来邸依頼の急使（松田巡査）を派遣した。石黒来邸を待つ間、縫合準備をした。そのころ大館集作夫妻が帰邸した。

午後十一時二十分、応接室円卓上の渡辺宮内大臣その他二名宛の封書三通が湯地定基に手渡された。

午後十一時三十分ごろ、学習院校医村上軍医正来邸。なお、学習院教授石井国次・学習院学生監猪谷不美男も村上と同時かもしくはそれ以前に来邸している。このころ猪谷不美男、葬儀参列中の宮内大臣等に事情通報のため乃木邸を出る。

午後十一時四十分、岩田凡平、村上軍医正に概況報告、園江虎次郎に後事を託し、野沢徳とともに同邸を辞去。その後警視庁栗本警察医長に電話報告した。

午前零時ごろ、山縣有朋・寺内正毅・渡辺千秋、ご大葬会場で猪谷不美男より乃木自刃の報を受ける。

午前零時三十分ごろ、乃木自刃関連の号外出る。

午前一時ごろ、石黒忠悳が同会場で乃木自刃の報を受けた（通報者不明）。

午前二時、ご大葬終了。

午前二時三十分ごろ、石黒ら、乃木邸到着。鷗外が帰宅途上乃木夫妻の自刃情報を得たのは、このころか。

午前四時、岩田凡平、救護事務終了。支部が解散された。

午前五時、岩田凡平、警視庁に帰り、栗本警察医長ならびに湯地官房主事に詳細を報告す。

十四日午前中、鷗外、出勤途上乃木邸に立ち寄る。二階現場を見たか。

五　『乃木将軍及同夫人死体検案始末並に遺言條々』

事件直後の乃木夫妻は、野沢徳、園江虎次郎両検診医員によって検案された。その検案記録が岩田凡平医員による「乃木将軍及同夫人死体検案始末」である。同記録には、室内の見取り図、遺骸のスケッチ、創口位置を書いた夫妻の上半身図等が付されていた（『中外医事新報』第一二〇八号所載の西宮金三郎博士講演記録）。

その後この「検案始末」は、岩田凡平がガリ版印刷で六十部ほど作成し頒布した。が、諸般の事情もあり当局に没収された。ところがたまたま岩田の友人野崎甲子郎所有の一部だけが没収を免れた。後に野崎の友人竹中嘉十という人が、野崎および官庁に許可を得てそれを複製したという。その複製に拠って、昭和九年五月四日、西宮金三郎博士の講演が行われた。

そういう経緯を考えたとき、西宮博士の講演の持つ意味は大きい。なぜなら博士の講演がもし行われなかったなら、乃木自刃の真相は永久に「闇」に沈んだかもしれないからだ。

ぼくが見た「検案始末」は、東京国立国会図書館に所蔵されている、ガリ版印刷の冊子であった。奥付に「昭和十一年七月十三日、乃木将軍遺徳顕揚会発行」とある。同書のタイトルは『乃木将軍及同夫人死体検案始末並に遺言條々』。いま同書の記事に若干の補足を加え、さらにぼくの推測等を交えて当日の状況を再現する。

なお、同書の構成は、「一、臨検前後ノ概況」「二、自刃ノ現場状況」「三、乃木将軍死体ノ検査」「四、乃木夫人死体ノ検査」「五、遺墨」「六、検査終了後ノ実況」となっている。

（一）　速報キャッチ

帝国憲法下における天皇のご大葬である故、東京市内の警備は厳重を極めた。特に宮城周辺・葬列の通過する道筋・ご大葬会場周辺の警備は厳重だった。それ故、警備要員は東京だけでなく他県からも動員された。

この日、赤坂警察署には特別に警視庁救護支部が設置された。その支部長が岩田凡平であった。

八時五十分、予定では葬列が赤坂葵橋付近に達するころであった。赤坂署勤務山賀喜三郎警部補が電話室からあわてて飛び出し、岩田の耳元で「乃木将軍が自刃した」と告げた。通報者は阪本和七警部補であった。

乃木自刃を告げられた岩田に瞬間緊張が走った。自分に課せられていた任務を急遽、当日の支部伝令係であった星出二蔵（警察医員）に任せた。

野沢徳（支部参謀防疫員兼検診医員）、園江虎次郎（赤坂警察署内救護所主幹検診医員）と、署の裏門から乃木邸に急行した。案内者は同署警察官松田某であった。

途上、岩田は野沢・園江に事の次第を告げた。乃木邸到着は、通報を受けてから僅か十分後の午後九時だった。

玄関は閉まっていた。建物中央の一階出入り口に廻った。乃木夫人静子の姉馬場サダ子に挨拶、女中おかねの案内で二階に上った。廊下を東に歩き、自刃現場を見た。その瞬間の印象を岩田は後刻「検案始末」に、「嗟呼《ああ》是《こ》レ何等《なんら》ノ光景ゾ」と記した。

（二）　**現場の状況**

乃木邸は、西側、外苑東通りに面して門がある。門の南側に、通りに沿って赤煉瓦造りの厩《うまや》がある。

門の左手前に玄関がある。坂地の勾配をそのまま利用して邸宅が建てられているため、玄関は二階部分になる。玄関の右側（南側）を邸宅に沿って坂を下ると、建物の中央付近に入口がある。

　玄関から屋内に入ると階下に下りる階段がある。階段を下りずにそのまま東進すると、右側（南側）にいくつか部屋がある。

　そのいちばん奥、東南隅の一室は、皇居に向かった東側と南側に窓があり、八畳の和室になっている。この部屋はその手前西側六畳の和室と間仕切りはあるものの一続きの部屋になっている。平素両室は襖によって仕切られているが、事件時、襖ははずされていた。六畳間の西側面はマントルピースが設置され、その上壁面には人物画が掲げられていた。そしてその上の欄間に長男勝典《かつすけ》、反対東側欄間中央に父希次《まれつぐ》、右母寿子、左次男保典《やすすけ》の肖像画が掲げられていた。北側廊下との境は戸および壁になっている。

　岩田らが現場に到着したのは夜九時であったから電灯が点されていた。八畳間には六畳分くらいの由多加織の敷物が敷かれてあり、東側窓には白いカーテンがかかっていた。

　その窓下の小机には白いテーブルクロスがかけられ、上に明治天皇の御真影が置かれていた。その前には和歌が書かれた白紙三枚、一つの封筒、三枚綴りの罫紙に書かれた「指令書」等が置かれていた。封筒内には巻紙に書かれた書面が二通入っていた。

　それら書類の前に御紋章入大銀盃一個と磁製神酒瓶一対が置かれていた。机の下には一個の白い布包みがあった。そのおもてには「重要書類」と書かれた附箋が付けられていた。

岩田は、八畳間入口東に立っていた阪本警部補から脈の確認を請われた。岩田は、野沢・園江両人とともに乃木および同夫人の腕に触れたが、両体ともすでに脈は停止していた。角膜反射を確認したが、まったく反応はなかった。体温は微かに残っているようであったが、顔も手先も冷たかった。すでに「死」の状態にあることを阪本警部補に言った。

死体検案の前に室内の状況をスケッチした。

その時部屋の一隅に座っていた男があった。中村九郎三郎医師であった。中村が来邸したのは岩田らよりも十分ほど前であった。脈を診たがすでに事切れており、手の施しようもなかった。

(三) 儀式

夫妻のうち、どちらが先に「儀式」を執行したのか、どちらが先に絶息したかは、当時より憶測を呼んだ。しかし夫妻の遺骸の位置、夫妻の端座《たんざ》した方向は、この時の夫妻の意識の推論の有力な根拠となり得る。夫妻は無意識に自分の座する場所を決めたのではない。おそらく明確な意図をもって自分の座する位置と自分の目を向ける方向を決めたものと思う。

天皇の御真影は八畳間の東側中央の小机に西向きで置かれていた。午後八時、小机の右手前方約五、六十㎝の位置に夫人は西向きに座した。その前方一m余の位置に乃木は南向きに座した。両人の北側は廊下境の戸である。

つまり乃木はその戸を、天皇の御前で切腹する際の屏風と考えたのだ。位置だけで判断するなら夫人の座した位置は介錯人の立つべき位置である。ぼくは乃木夫人は、夫の死を見届けた上で自らの「儀式」を執り行ったものと推測している。

事に臨み、夫妻に感傷も迷いもなかった。黄泉《よみ》の果てまで天皇を慕いたてまつる覚悟であった。

最後の身支度は夕食後に行われたものと思う。

乃木は死後における宿痾《しゆくあ》の脱肛防止のため、紙を巻いた棒状のものを肛門に当てた。そしてその両端を包帯状のもので連結し、肩につるした。下半身には靴下、ズボン下、赤いラインの付いた軍服ズボンを履いた。上半身は襟付き襦袢《じゆばん》の襟《えり》を折り、前ボタンをはずして着た。霊轜《れいじ》ご出発の号砲が鳴った。乃木は位置に端座《たんざ》した。

数々の勲章を付けた軍服上衣を六畳間の中敷居際に脱いで置いた。兼光作と伝えられる軍刀（刀身二尺二寸九分=約七十㎝）の鞘《さや》を払った。刃に紙を巻きその上にハンカチを巻き、そこを右手でしっかり握った。襦袢を捲《めく》り、左手で己《おの》が皺腹《しわばら》を一撫で撫でた。刀を握っている右手こぶしを左手でしっかり支えた。それから臍上左脇腹から横に十七㎝ほど切った。その一㎝左上より右斜め下に十五㎝ほど切った。さらにその交叉するところから右上に斜めに七㎝ほど切った。

傷は深くはなかったがそれでも切創の交叉するところは二㎝の深さに達した。襦袢の裾《すそ》をズボンにおさめ、ズボンのボタンをはめた。

軍刀の柄の先を両膝の間に固定し敷物に立て、刃を右に向け、刀尖を仏の下方喉元に当てた。上半身を折るように力を込めて一気に自分の顔を敷物に近づけた。鮮血がほとばしった。その飛沫は一m先まで飛び散った。刀尖は項《うなじ》の先に突き抜けた。乃木は意識を失った。自分の体が御真影に向かって次第に倒れて行くのもわからなかった。刀の柄を両脚の間に挟み左こめかみを敷物に付け、左体側を下にし、半伏臥の状態で倒れた。その乃木の南側約六十㎝ほどの範囲には、おびただしい鮮血が流れ出た。

その日、夫人は白足袋白腰巻き袴を着け、木綿の襦袢三枚縮緬《ちりめん》帯を巻き、麻衣の上に麻の小袿《うちぎ》を着していた。位置に端座した。刃渡り約二十㎝の懐剣の柄に白紙を巻き、刃を外に向け両手に握った。固く握った懐剣を衣服の上から胸部に刺したが骨に阻まれて深く刺さらなかった。剣を抜きあらためて刺したがまた骨に阻まれた。また刺した。今度はかなり深く胸部に刺さったが死ねなかった。もう一回刺した。剣の柄をのこし刃のほとんどが刺さり心臓を貫いた。大量の血が溢れ出た。その間左腕に刃が当たったようだが、切創を負ったことすらわからなかった。夫人の意識はおもむろに遠のいていった。正座し刃を胸部内部にのこしたまま西向き前方に倒れ、顔が敷物に埋もれた。胸下およびその左三十㎝ほどの範囲、また乃木の頭部との間（約十五㎝）にはおびただしい鮮血が流れ出た。

乃木夫妻の検案は、乃木を先に、次いで同夫人の順で行われた。午後九時十五分、伏臥の状態にあった遺骸を仰向けに起こし、項部に枕を当てた。夫妻のそれぞれが身につけていた衣類の確認がなされた。創傷の場所・長さ・深さ等の確認がなされた。毛髪・歯牙・眼球・栄養状態の確認まで及んだ。そのため、思いのほか時間がかかった。付着した血液を拭浄し、衣服を更え、創口および顔面に白布を被い、作業を終了した。時計の針は、午後十時三十分をさしていた。

（四）「辞世の和歌」「待罪書」「指令書」

作業を終えた岩田は、本堂署長とともに、八畳間東窓下小机の上に置かれていた書き物に目をとおした。

三葉の白紙のうちの二枚には、乃木の奉悼歌《ほうとうか》と辞世歌が書かれていた。あとの一枚には夫人の奉悼歌が書かれてあった。次の和歌は前二首が乃木、三首目が夫人の作である。

神あかりあかりましぬる大君《おほきみ》のみあとはるかにをろかみまつる
うつし世を神さりましゝ大君のみあとしたひて我はゆくなり
出てましてかへります日のなしときくけふの御幸《みゆき》に逢《あ》ふそかなしき

罫紙および白紙三葉綴りの書類があった。明治十年西南戦争の折、敵軍に軍旗を奪われた件に関する「待罪書」と、それに対する「指令書」とであった。

ぼくはこの「待罪書」「指令書」をその文面だけでも見たいと思った。長期間捜し求めた。たまたま近隣の図書館で借覧した『乃木希典』（黒木勇吉著）書中に同書文面を発見した。ついでながら二書の文面は『乃木希典日記』にも掲載されている。いま同日記から孫引きする。なお、次項「遺言條々」も含め、諸般の事情で文書の書形式等が実物と相違することを附記しておく。

「待罪書」

希典儀

過《すぐ》ル二月《にぐわつ》二十二日《にじふににち》植木《うゑき》ニ於《おい》テ戦争《せんさう》ノ節《せつ》図《はか》ラズモ旗手《きしゆ》河原林《かはらばやし》少尉《せうゐ》事急《ことき》ノ際《ふ》ニ戦死《せんし》候《さうらふ》処《ところ》
夜中《やちゆう》ノ苦戦《くせん》当時《たうじ》其死骸《そのしがい》ノ所在《しよざい》ヲ得《え》ズ本人其節巻《ほんにんそのせつまき》テ身《み》ニ負《お》ヒ居《をり》候《さうらふ》軍旗共《ぐんきとも》ニ紛失致《ふんしついた》シ焼亡《せうばう》

ト賊手《ぞくしゅ》ニ落《おち》候《さうらふ》ト分明《ふんみやう》不仕《つかまつらず》候《さうらふ》故《ゆゑ》其後《そのご》種々《しゅしゅ》捜索《さうさく》ヲ遂《とげ》候得《さうらえ》ドモ今日《こんにち》ニ至《いた》ル迄《まで》見当《みあた》リ不申《まうさず》畢竟《ひつきやう》希典《まれすけ》不注意《ふちゆうい》ノ致《いた》ス所《ところ》恐懼《きようく》ニ堪《た》ヘズ依《よつ》テ進退《しんたい》奉伺《うかがひたてまつり》候也《さうらふなり》

明治十年四月十七日

歩兵第十四聯隊長心得

陸軍少佐　乃木希典　印

参軍　山縣有朋　殿

「待罪書」。語義は、自己の犯したあやまちに対する断罪を待つ書、つまりは「進退伺書」のことである。同文書は軍旗紛失後約二ヶ月の時点における日付文書である。この乃木文書は、直接的にはたぶん、熊本鎮台司令長官陸軍少将　谷干城《たにたてき》に提出された。一書を読んだ谷は、おそらくそれ以後、詳細な状況調査を実施した。そして乃木文書に自身書いた次の書類を添え、それを参軍山縣有朋宛提出した。

（別紙）

歩兵第十四聯隊《ほへいだいじふよんれんたい》過《すぐ》ル二月《にぐわつ》二十二日《にじふににち》於《おける》植木《うゑき》戦争《せんさう》ノ砌《みぎり》旗手《きしゆ》河原林《かはらばやし》少尉《せうゐ》戦死《せんし》ヲ遂《と》ゲ其節《そのせつ》軍旗《ぐんき》紛失《ふんしつ》セシメ候《さうらふ》ニ付《つき》該隊長《そのたいちやう》心得《こころえ》陸軍少佐《りくぐんせうさ》乃木希典《のぎまれすけ》ヨリ別紙《べつし》之《の》通《とほり》待罪書《たいざいしよ》差出《さしいで》候《さうらふ》尚《なほ》実地《じつち》

ノ模様《もやう》篤《とく》ト取紏《とりただし》候《さうらふ》処《ところ》事実《じじつ》希典《まれすけ》ノ不注意《ふちゆうい》トハ乍申《まうしながら》旗手《きしゆ》少尉《せうゐ》ノ死骸《しがい》ヲ引取《ひきと》ル不能程《あたはざるほど》ノ場合《ばあひ》ニ付《つき》事実《じじつ》不得止《やむをえざる》儀《ぎ》ト存《ぞんじ》候《さうらふ》間《あひだ》可然《しかるべく》御処置《ごしよち》相成度《あひなりたく》此段《このだん》相伺《あひうかがひ》候《さうらふ》也《なり》

十年五月六日

熊本鎮台指令長官陸軍少将　谷干城

参軍　山縣有朋　殿

谷干城《たにたてき》は、天保八年（一八七三）二月、土佐国に生まれた。明治にいたり陸軍入りした。明治十年西南戦争当時は熊本鎮台司令長官だった。一方、軍旗を紛失したときの乃木は、自らも負傷治療中のため病院のベッドにあった。乃木は病院から脱走して探したが見つからなかった。軍旗は天皇のシンボルであるからこれを奪われたとあっては大罪である。「乃木を極刑に処すべし」が、当時参軍であった山縣有朋の断罪であった。そういう山縣と乃木の間を取りなしたのが、熊本鎮台司令長官谷干城および旅団長野津鎮雄の二名であった。

乃木・谷両文書一読後の山縣の処断は早かった。そして「征討総督本営之印」（征討総督は有栖川宮熾仁親王）が捺された次の文書が発行された。その文書に、谷干城の「指令書」が添えられ、五月十日付を以て乃木のもとに達せられた。

書面軍旗《しょめんぐんき》ハ格別《かくべつ》至重《しちょう》之《の》品《しな》ニ候得共《さうらえども》旗手《きしゅ》戦死《せんし》急迫《きふはく》之《の》際《さい》萬不得已《ばんやむをえざる》場合《ばあひ》ニ付《つき》別紙《べっし》乃木希典《のぎまれすけ》待罪《たいざい》書《しょ》之《の》儀《ぎ》何分《なにぶん》之《の》沙汰《さた》ニ不及《およばず》候《さうらふ》事《こと》

五月八日　　征討総督本営之印章

「指令書」

別紙《べつし》待罪書《たいざいしょ》及《および》進達《しんたつ》候《さうらふ》処《ところ》朱書《しゅしょ》之《の》通《とほり》御指令《おんしれい》相成《あひなり》候《さうらふ》條《でう》此《この》旨《むね》相達《あひたつし》候《さうらふ》事《こと》

五月十日　　谷　少将

乃木中佐殿

(五)「遺言條々」

乃木は天皇の象徴たる軍旗紛失という大失敗を犯した。それに対し大本営はそれを「旗手戦死急迫之際萬不得巳場合」と判断、「何分之沙汰ニ不及」とした。

しかし実はこのことがかえって乃木の心に深い影を残す結果となった。乃木にしてみれば、犯した失態の重大性に鑑み、その償いは「死」をもってするのが当然であったのだった。以来三十五年間、この一件は乃木にとって忘るべからざる重大事項となった。それが死に臨み、小机の上に置かれた封筒中の巻紙中の一通、すなわち「遺言條々」を書せしめたのであった（次の文書は、乃木神社発行『乃木神社』掲載遺言写真による）。

遺言條々（網掛け部分は発表時掩蔽《えんぺい》されていた部分）

第一《だいいち》自分《じぶん》此度《このたび》御跡《おんあと》ヲ追《お》ヒ奉《たてまつ》リ自殺《じさつ》候《さうらふ》段《だん》恐入《おそれいり》候《さうらふ》儀《ぎ》其罪《そのつみ》ハ不軽《かろからず》存《ぞんじ》候《そろ》然《しか》ル処《ところ》明治《めいぢ》十年《じふねん》之役《のえき》ニ於《おい》テ軍旗《ぐんき》ヲ失《うしな》ヒ其後《そのご》死処《しどころ》得《え》度《たく》心掛《こころがけ》候《さうらふ》も其機《そのき》ヲ得《え》ス皇恩《くわうおん》ノ厚《あつき》ニ浴《よく》シ今日迄《こんにちまで》過分《かぶん》ノ御優遇《ごいうぐう》ヲ蒙《かうむり》追々《おひおひ》老衰《らうすい》最早《もはや》御役《おやく》ニ立《たち》候《さうらふ》時《とき》も無余日《よじつなく》候《さうらふ》折《をり》柄此度《がらこのたび》ノ御大變《ごたいへん》何共《なにとも》恐入《おそれいり》候《さうらふ》次第《しだい》茲《ここ》ニ覺悟《かくご》相定《あひさだめ》候《さうらふ》事《こと》ニ候《そろ》

第二《だいに》両典戰死《りやうてんせんし》ノ後《のち》者《は》先輩諸氏《せんぱいしよし》親友諸彦《しんいうしよげん》よりも毎〻《まいまい》懇諭《こんゆ》有之候《これありさうら》得共《えども》養子《やうし》弊害《へいがい》ハ古來《こらい》ノ議論《ぎろん》有之《これあり》目前《もくぜん》乃木大見《のぎおほみ》ノ如《ごと》キ例他《れいほか》ニも不尠《すくなからず》特《とく》ニ華族《くわぞく》ノ御優遇《ごいうぐう》相蒙《あひかうむ》り居《をり》実子《じつし》ナラハ致方《いたしかた》モ無之候《これなくさうら》得共《えども》却《かへつ》テ汚名《をめい》ヲ残《のこ》ス様《やう》ノ憂《うれ》へ無之《これなき》爲《た》メ天理《てんり》ニ背《そむ》キタル事《こと》ハ致《いた》ス間敷事《まじきこと》ニ候《そろ》祖先《そせん》ノ墳墓《ふんぼ》ノ守護《しゆご》ハ血縁《けちえん》ノ有之限《これあるかぎ》りハ其者共《そのものども》ノ気《き》ヲ付可申事《つけまうすべきこと》ニ候《そろ》乃《すなは》チ新坂邸《しんさかてい》ハ其爲《そのた》メ区又《くまた》ハ市《し》ニ寄付《きふ》シ可然方法願度候《しかるべきはうはふねがひたくそろ》

第三《だいさん》資財《しざい》分與《ぶんよ》ノ儀《ぎ》ハ別紙《べつし》之通《のとほ》り相認《あひしたた》メ置候其他《おきそろそのほか》ハ靜子《しづこ》より相談可仕候《さうだんつかまつるべくそろ》
第四遺物分配《だいよんゐぶつぶんぱい》ノ儀《ぎ》ハ自分軍職上《じぶんぐんしよくじやう》ノ副官《ふくくわん》タリシ諸氏《しよし》へハ時計《とけい》メートル眼鏡馬具刀剣等軍《めがねばぐたうけんとうぐん》人用品《じんようひん》ノ内《うち》ニテ見計《みはから》ヒノ儀塚田大佐《ぎつかだたいさ》ニ御依頼申置候大佐《ごいらいまうしおきそろたいさ》ハ前後両度《ぜんごりやうど》ノ戰役《せんえき》ニも盡力《じんりよく》不少靜子承知《すくなからずしづこしようち》ノ次第御相談可被致候其他《しだいごさうだんいたさるべくそろそのた》ハ皆々裁談《みなみなさいだん》ニ任《まか》セ申候《まうしそろ》
第五御下賜品《だいごごかしひん》（各殿下《かくでんか》ヨリノ分《ぶん》も）御紋付《ごもんつき》ノ諸品者悉皆取纏《しよしなはしつかいとりまと》メ學習院《がくしふゐん》へ寄附可致此儀《きふいたすべしこのぎ》ハ松《まつ》井猪谷両氏《ゐゐがやりやうし》へも御頼《おたのみ》仕置候《つかまつりおきそろ》
第六書籍類《だいろくしよせきるい》ハ學習院《がくしふゐん》へ採用相成候分《さいようあひなりさうらふぶん》ハ可成寄附其餘《なるべくきふそのよ》ハ長府圖書館《ちやうふとしよくわん》江同断不用《えどうだんふよう》ノ分《ぶん》ハ兎《と》も角《かく》もニ候《そろ》
第七父君祖父曾祖父君《だいしちふくんそふそうそふくん》ノ遺書類《ゐしよるい》ハ乃木家《のぎけ》ノ歴史《れきし》トモ云《い》フヘキモノナル故嚴《ゆゑげん》ニ取纏《とりまと》メ眞《しん》ニ不《ふ》用《よう》ノ分《ぶん》ヲ除《のぞ》キ佐々木侯爵家又《ささきこうしやくけまた》ハ佐々木神社《ささきじんじや》へ永久無限《えいきうむげん》ニ御預《おあづ》ケ申度候《まうしたくそろ》
第八遊就館《だいはちしういうくわん》へ出品者其儘寄附致《しゆつぴんはそのままきふいた》シ可申乃木《まうすべしのぎ》ノ家《いへ》ノ紀念《きねん》ニハ保存無此上良法《ほぞんこのうへなきりやうはふ》ニ候《そろ》
第九靜子儀追々老境《だいくしづこぎおひおひらうきやう》ニ入石林《いりいしばやし》ハ不便《ふべん》ノ地病気等節心細《ちびやうきとうせつこころぼそ》クトノ儀尤《ぎもつと》モ存候右《ぞんじそろみぎ》ハ集作《しふさく》ニ譲《ゆづ》リ中野《なかの》ノ家《いへ》ニ住居可然同意候中野《ぢゆうきよしかるべくどういそろなかの》ノ地所家屋《ぢしよかをく》ハ靜子其時《しづこそのとき》ノ考《かんがへ》ニ任《まか》セ候《そろ》
第十此方屍骸《だいじふこのはうしがい》ノ儀者石黒男爵《ぎはいしぐろだんしやく》へ相願置候間可然医學校《あひねがひおきさうらふあひだしかるべくいがくかう》へ寄附可致墓下《きふいたすべくぼか》ニハ毛髪爪《もうはつさう》歯《し》（義歯共《ぎしとも》）ヲ入《い》レテ充分《じゆうぶん》ニ候《そろ》（靜子承知《しづこしようち》）
○恩賜《おんし》ヲ頒《わか》ツト書《か》キタル金時計《きんとけい》ハ玉《たま》（木《き》）正之《まさゆき》ニ遣《つか》ハシ候《さうらふ》筈《はず》ナリ軍服以外《ぐんぷくいぐわい》ノ服装《ふくさう》ニテ

持《も》ツヲ禁《きん》シ度候《たくそろ》
右《みぎ》ノ外細事《ほかさいじ》ハ静子《しづこ》へ申付置候《まうしつけおきさうらふ》間御相談被下度候《あひだごさうだんくだされたくそろ》伯爵《はくしやく》乃《の》木家《ぎけ》ハ静子《しづこ》生存中《せいぞんちゅう》ハ名義《めいぎ》可有《これある》之候《べくさうら》得共《えども》呉々《くれぐれ》も断絶《だんぜつ》ノ目的《もくてき》ヲ遂《と》ケ候《さうらふ》儀大切《ぎたいせつ》ナリ右遺言如此候也《みぎゆいごんかくのごとくさうらふなり》

大正元年九月十二日夜

希典

花押

湯地定基殿
大館集作殿
玉木正之殿
静子との

六　最後のひと夏

乃木が「天皇御不例」の情報をキャッチしたのは横須賀駅においてであった（宿利重一氏『人間乃木』）。海軍機関学校卒業式に出席した乃木は、式後知人宅を訪れ、久しぶりの旧交を温めた。翌朝七月二十一日、静岡県沼津市に学習院が建設・竣工した水泳場で学生たちと合宿するため、同地に向かった。途上、日曜日であるにもかかわらず、駅頭に礼装した多数の士官を見た。胸騒ぎを覚えた乃木は、そのうちの一人に理由を問いただした。問われた士官曰く、「天皇御不例」。

ただちに予定を変更、急遽帰京した乃木はそのまま参内。以後、毎日三回人力車にて参内する乃木の姿が多くの人にある種の感動を与えたことは先に述べた。

天皇御快癒を必死に祈る乃木の願いはかなわなかった。明治四十五年七月二十九日の深夜、天皇は崩御された。

乃木が自筆の表札を門柱から外したのは、それから三日後の八月一日朝であった（黒木勇吉『乃木希典』）。頬や顎《あご》に伸びた髭《ひげ》も乃木はいっさい剃ることをしなかった。食事の量も減じ、プライベートタイムは全く自邸に籠もり、ひたすら天皇を悼んだ。

同時に、書類や書籍類の整理も進めた。不要・秘密書類は庭で焼却した。密かに身辺整理をしていたのだ。

そうしたなか、天皇御不例発表後、乃木はすでに来るべき時を思っていた。それとなく物品の形見分けもしていた。鷗外の「戴冠詩人」という文章に次の一節がある。

〈（前略）先帝の崩御せさせ給ふ少し前に、戸山学校に卒業式があつた。式が済んで帰る途中で、私は乃木ぬしにかう云ふことを言ひ出した。此頃ドイツの新聞を見るに、ウィーンの彫塑家某が御身のルリエフ像をあらはした銀牌を作つて寄贈したさうである。若し到着してゐるなら、一見させてくださらぬかと云つた。乃木ぬしは答へた。いかにも其銀牌は到着したから、切角《せつかく》見せようと思つてゐた。見せるばかりではない。あれは御身に遣らうと云ふことである。私は云つた。切角人が御身を尊敬して贈つた記念品を、私は貰《もら》ふことは出来ぬ。もし出来が好かつたら、拝借して武石弘三郎と云ふ人に模造させやうかと思ふと言つた。乃木ぬしは、「いや、己はいらぬのだ。」と云つて、ずんずん往つてしまつた。その後副官が銀牌を持つて来て、返すには及ばぬという乃木ぬしの口上を伝へた。併し私は承諾せずに、二三日借りて置いて返した。私はルリエフが余り気に入らぬので、模造もさせなかつた。乃木ぬしの亡くなつた後に聞けば、丁度其頃乃木ぬしは友達にそれとなく遺物分をしたらしい。私は遺物分とは心付かずに受けなかつたのである。銀牌も乃木ぬしの遺物の中にあるであらう。〉

九月に入った。乃木は「刎頸《ふんけい》の交《まじわり》」というべき親交を結んでいた石黒にさえ自己の本心を語ることはなかった。その乃木が、己の主家筋に当たる毛利伯爵邸、夫人の実家湯地家、また鷗外の官衙《かんが》など各方面を訪うた。ひそかに永のいとまごいを始めていたのだ。挨拶を受けた人の中にはそうした乃木の行為を不審に思った人もいたかもしれない。山縣有朋はその一人だったかもしれない。山縣は、乃木の心中に期するところを漠然とではあるが察知していた。徳富蘇峰編述『公爵山縣有朋伝』に、大正元年九月八日、乃木が山縣を椿山荘に訪問したときの様子が概略次のように語られている。

乃木が室に入ると、山縣は乃木の顔色が憔悴《しょうすい》しているのを見て、健康状態を心配した。乃木が山縣に天皇崩御当時の和歌を所望した。山縣が和歌を示すとそれを見て、乃木もその場で歌を詠んだ。「神あかりあかりましぬる大君のみあとしたひておろかみまつる」というものであった。山縣はそれを見て「こんな歌を詠んだら死ななくてはならぬ」と言った。明治天皇のご大葬の夜、乃木の死を知り、山縣は乃木の心中を察し、落涙した。

七　みあとしたひておろかみまつる

乃木はいつ「死」を覚悟したか……。

乃木は日露戦争から帰還した明治三十九年一月十四日、復命のため参内した。復命終了後乃木は、戦地において多数の士官・兵卒を失った責任を取って割腹自害することを願い出た。天皇は始終無言だったが、退室する乃木に背後から声を掛けた。「卿《けい》が割腹して朕《ちん》に謝せんとの衷情は朕能く之《これ》を知れり。しかれども今は卿の死すべき秋《とき》にあらず。卿もし強《し》ひて死せんとならばよろしく朕が世を去りたる後においてせよ」と。

このエピソードの出所は、その場の状況をつぶさに見ていた岡沢侍従武官長の話を聞いた「ある人」である。山路はこの「ある人」の話としてこのエピソードを紹介した（山路愛山氏『乃木大将』）。

ということは、乃木は天皇に対する謝罪の死を、二回覚悟したということになる。もちろん一回目は二十九年前の西南戦争の時である。そしてその両度とも「死」に至ることはなかった。そういう乃木の自刃直後、その死の理由をめぐってさまざまな憶測が乱れ飛んだ。なかには乃木は天皇崩御後悲しみのあまり精神に異常を来したのではないかなどという風説も行われたらしい。遺書の公式発表以前、新聞に掲載された、乃木の死の理由に関する記事を二つ挙げる。

○大隈重信の説（九月十五日付『東京朝日新聞』）

一は言ふ迄も無く已れの配下より空前の死傷を出せるに対する内心の痛苦である

二には世態の現状に対し事々に不満を感じ来つた結果である

三には児子を失ひ老来聊《いささ》か内心の寂寥を感ぜる所に、身を以て仕えまつらんと期せし先帝陛下の遽然《きよぜん》たる崩御に遭《あ》ひ黄泉《よみ》の御旅の御守りたらんとの心切なるものがあつた結果

であらう

○大岡郁造衆議院議長の説（九月十六日付『大阪毎日新聞』）

「西南役において聯隊旗を奪はれたといふことは確に其の一因と見るべきであらう。（中略）併し旅順の攻囲戦において多大の部下を失はれた事は痛く大将の神経を刺激し其後親しく旅順攻撃部隊の所在地なる北陸北海道地方を巡回して其遺族を訪はれた、然るに此度《このたび》図らず先帝崩御の大変に遭《あ》はれ遂《つひ》に堪へ難くなつて斯《かく》の如き壮烈鬼神を泣かしむる最期を遂げられたのではあるまいか。」

しかし大岡郁造の談話が掲載された十六日の午後四時には、乃木遺書の公式発表があった。その「遺言條々」には乃木自身の言葉で、明確に死の理由が説明されてあった。

ところが、乃木の真意とはまったく無関係に、その死に関する理解・評価は実にさまざまだった。たとえば次に掲げるような人々の談話や論評が、事件翌日の十四日からほとんど連日各新聞に掲載された。

政治家では、大隈重信・山縣有朋・犬養毅など。軍人では、長谷川好道・川村景明・寺内正毅・秋山好古など。学者では、志賀重昂・菊池大麓・高田早苗・加藤弘之・井上哲治郎など。

ジャーナリストでは三宅雪嶺・黒岩涙香など。文化人では、新渡戸稲造・幸田露伴・島村抱月・半井桃水など。それから外国人ジャーナリストなど。

また、個人日記・書翰・時事に関する断片的感想も、後日おおやけにされた。それらまで含めれば、当時の各界トップレベルのかなり多くの人たちが乃木事件についてコメントしていた。

それらの中には、乃木の人格に対する賞讃からその死を肯定した意見もあった。殉死という時代錯誤的な死の形式に対する穏やかな、あるいは厳しい批判もあった。あるいは乃木個人に対するかなり痛烈な批判もあった。

乃木自刃に関するこれら多くのコメントのうち、最も強烈な乃木批判は、後掲の谷本富の談話であった。当時谷本は京都帝国大学教授（教育学）であった。谷本のあまりにも厳しい談話は「谷本博士の罵詈」として、九月二十日付『萬朝報』に掲載された。その発言は当時の社会の中で当然のようにセンセーションを巻き起こした。そして谷本への多数の脅迫状の舞込み、夜間の同邸への投石にまでエスカレートした（二十日付『萬朝報』）。果てには谷本自身離職に追い込まれる端緒となった。

いまそれらの中から賛嘆・中立・批判各意見織りまぜていくつか紹介したい。

【新渡戸稲造】（九月十八日付『大阪朝日新聞』）

武士道は一の時代の一の国民が必要に迫られて起れる或限られたる範囲の道徳である、換言すれば日本武士道はサムライの階級の強制道徳である武士なる特殊の階級が之を守らざれば武士たるの面目を恥かしむると云ふ。

即ち士なる階級に依りて余儀なくさるゝ所の行ひである、此の狭い範囲の道徳である所の武士道が果して今後何年間継続されるか又は之を拡大して世界的道徳となり得るかどうかと云ふことは、又別の問題に属して来るが少なくとも乃木大将の自刃は此の範囲の武士道から見ても何等間然する所なき立派なる武士的最後であると思ふ。

【加藤弘之】（九月二十一日付『大阪毎日新聞』）

人心漸《ようや》く軽薄に流れ形式に泥《なづ》まんとする今日、大将の如き人格高き人は何時までも生《いき》存《なが》らへて居て貰ひたかつた、新帝の御代に至つて斯《かか》る人を失ふたのは非常の遺憾である。尤も大将自身では老衰最早御奉公致す余日も少いと思つて斯《か》く純潔な死を捧げられたのであらう、正直一偏な人であつたから思ひ返しのつかなかつたのは無理もないがそれにしても今少し生きて居て国家の為に尽して貰ひたかつた、そして此濁れる風俗を矯正して貰ひたかつた、大将が死なれた為に一時は人も感激するであらうけれども、今日の感激は永く続くかどうか疑問である。万一永く続かないやうだと困る、併《しか》し今はそんな結果を予期して彼是《あれこれ》言ふべき時でない、大将の死は実に純潔無二の死である。未曾有の殉死である。若《も》し夫《そ》れ自殺そのものに就《つい》て冷静なる批判を下さうとすれば、私は別に意見もあるが、今は述べぬ、

【九月十四日付『東京朝日新聞』論評（境野黄洋）】

今日の思想より評するを許さば大将の行動は唯《ただ》自己夫妻の情を満足すといふに止まりて尚《なほ》国家に尽すべき自己あることを忘れたるの憾《うら》みなしといふべからず。

【谷本富】（九月十七日付『大阪毎日新聞』）

乃木さんの事かね、乃木さんは自分は一体平生余り虫の好かない人である。露骨に云へば甚だ嫌ひな人である、然し今度の事は実に何とも云へず深く感動したことであつて壮烈無比といつて善い様に思ふ、（中略）要するに乃木大将は余の所謂人格の人である、然るに人格の人は薬であつて食物ではない、総体より評せば大将の如きは人間としては固《もと》より第一流の智識を備へたる人とは云へないだらう、之は死者に対して甚だ失礼ながら学問上公平に斯《か》く論断し以て世の識者とか或は教育者などいへる人が往往にして時勢後れの奇激なる教訓を施すものあるを戒めたいとする理由に出づるものなり、殉死の今日の科学観よ

りして無意味なるは言ふに及ばず、勿論人情としては甚だ立派の様にも思はれるが之れを古くしては已に垂仁天皇の時殉死を廃して土偶を以て之に代へられたる伝説もあり、近くは武家の世に於ても屢次《るじ》之を禁止せられたるもの、即ち又国法の上より観れば復讐と殉死は毫《ごう》も賞賛すべきことでないと思はねばならぬ然し乃木大将の死は尚低気圧の如きもので之によりて必ず時勢の悪風を矯正し反省せしむるの効を奏すべきや疑なき所、大将たる者亦以て地下に瞑すべきであらう、（後略）

八　遺書翻弄……「遺言條々」発表顚末

乃木自刃のニュースは、ほとんど異常な早さで巷間に伝わった。それは、当日が天皇ご大葬の夜であり、それを拝観する人たちが市中にあふれていたためである。

警視庁医務医員岩田凡平が乃木自刃の情報を得たのは八時五十分ごろだった。彼らはあわただしく同邸に駆けつけた。乃木家の女中や湯地夫人の動きもあった。阪本警部補らの動きもあった。そういう邸内の異常に気づき、早くから事件を知った市民もいたのではないか。そうして人々の口から口へ情報は伝播した。ご大葬の始まった刻限には、かなり多くの人々が事件を知っていたはずだ。

ところがニュースバリューにいちばん敏感なはずの報道機関に、ほとんど信じがたい状況が起こっていた。一種の情報パニックに陥っていたのだ。

当時、生方敏郎というジャーナリストがいた。鷗外とも交わりがあり、長い間随筆の分野で健筆をふるった人である。明治天皇ご大葬のときには『やまと新聞』（社員数百三十人）の記者だった。その生方に『明治大正見聞史』という著書がある。同書所収の「乃木大将の忠魂」という文章に、次のことが書かれている。

ご大葬当日、生方は群衆に混じって馬場先門あたりで葬列を見送った。その後帰社し、トップ記事の原稿を書いた。そのうち取材に出かけていた記者たちが帰社し社内が賑やかになった。出先からの電話も鳴った。

そんななか、外交部長が自分の受けた電話に向かって怒鳴っている。理由を質してみると、富山通信からの情報で、乃木が死んだと言っているという。外交部長は誰かの悪戯だと思っているらしい。記者の中には、先ほど馬に跨った乃木将軍を見かけたばかりだという者もいた。だから社のだれもが乃木の死など信ずる者はなかった。

しかし暫時の後念のため乃木家に確認の電話を入れたところ、それは誤報ではないということがわかった。このところの多忙と疲労が蓄積していたせいもあろう。社内に乃木批判の声が充満した。

平素、社長室にばかりいてめったに顔を見せない社長が編集室に現われた。そしてこう言った。「乃木が死んだってのう。馬鹿な奴だなあ」。

ふだんあまり尊敬されていない社長だったが、この時ばかりは社員の間から「社長万歳」が叫ばれた。

その後生方は、同僚とともに乃木事件の取材のため社を出た。午後十一時過ぎであった。それは天皇ご大葬の開始時刻であった。

取材を終え、帰社した生方は、数寄屋橋近くの旅館に泊まった。実をいえば、このころにはすでに他社から乃木事件に関する号外が出ていたのだった。

その夜同じ旅館に泊まった同社の社員も何人かあった。しかし翌朝九時ごろ生方が目覚めたときにはもうだれもいなかった。彼は蒲団に寝転んだまま、枕元に置かれた自社版その他何種類かの新聞に目を通した。もちろんトップ記事はご大葬関連の記事だった。

天皇ご大葬というセレモニーも、とどこおりなく終了した。人々の関心は一挙に「乃木自刃」に集中した。

そのさなか、この重大事件をまるで知らなかった知識人がいた。当時の「文士」と呼ばれていたリベラリストの日々の暮らしは、こんなものだったのであろう。当時の世相・世態が偲ばれてまことに興味深い。

その人の名は内田魯庵。明治元年江戸下谷生まれの評論家また翻訳家。鷗外とも親交があり、『国民之友』等によって活発な批評を展開した。明治三十四年丸善入社後は随筆というジャンルにおいても活躍した。

年譜によれば当時内田は市ヶ谷に住んでいた。市ヶ谷といえば東京のど真ん中。しかも乃木邸のある赤坂とはいわば目と鼻の先である。その内田の『気まぐれ日記』九月十四日の記事にこうある。

〈昨日は一日謹慎して夜十二時家人を集めて粛みて遙拝し奉りたる後蓐《じよく》に入つたが、ウツラウツラと眠られず、此《この》日は早く起きて御大葬の盛儀を拝読すべく新聞を待つてゐたが、何時まで経つても来なかつた。其内《そのうち》に十時になる、十一時になる。某縉紳《しんしん》の家に寄寓せる書生来つて曰く、昨晩は御大葬を拝観して家へ帰ると乃木さんが自殺したといふ騒ぎで到底寝られませんかつたと『えゝ、乃木さんが死んだ?』『先生、知らないのですか、号外が出ましたぜ。』世間から遠ざかつてる太平の遊民たる余は此《こ》の一大事のあつたのを翌る日の十二時近くまで知らなかつたのだ。〉

こうして乃木の死が「事実」として知れ渡っていった。人々の関心は、乃木の死の理由に移って行った。

新聞はこぞって十四日付の紙面から遺書の存在を明らかにしていた。当然その公表は国民の最大関心事となった。その遺書にこそ、自ら死を選んだ理由、将軍の真意が記されているはずだと、誰もが思ったからである。そして十五日になってようやく「遺書十六日公表」が報じられた。

ところが、知られるはずのないその内容の一部が、すでに十四日付新聞に出ていた。あるいはもしかしたら乃木は日露戦役後、「乃木家断絶」を実際口にしていたのかもしれない。『国民新聞』号外に、こうある。

〈一たび決して養子を為さず自分一代にて乃木家を絶家せしめんと語り居たるにも将来に対する希望を失ひ居れるを知るべく（後略）〉

そして十五日になると、さらに遺書の内容が具体的に明らかにされるようになった。たとえば同日付『東京朝日新聞』は「遺書の内容」というタイトルで、次のように報じた。

〈明治十年西南戦役の際田原坂の激戦に将軍の率ゐる聯隊が賊の為めに聯隊旗を奪はれし

ことあり此恥辱以て終生の恨事となす一死以て君前に謝せんと決意せしも時機許さず〉〈乃木家の後あるを欲せず自己を以て終りとせんことを欲し之が為め遺産の処分方法に就ても明確に示定する所あり〉

前者は「遺書」第一条に関する内容、後者は「遺書」第二条以降に関する内容の要約である。しかし、こうした記事が新聞掲載されていた時、肝心の遺書は宛名人の手ではなく、既に当局の手中にあった。その遺書の公表に至る経緯は、今から思えば、まさにそのこと自体が「ドラマ」であった。そのドラマの主役を演じたのは、一人の新聞記者だった。

彼は強烈なジャーナリスト魂の持ち主だった。その記者が乞われて書いた文章は、事件から四半世紀近い歳月をおいての回顧談だった。題して「乃木将軍遺書窃視改竄秘話」。いまそれと大宅壮一『炎は流れる』に若干の推測を加え、乃木遺書公表の経緯をたどる。

赤坂警察署長本堂平四郎が乃木邸に来着したのは、十時十五分ごろだった。ややあって、現場の一応の処置が終了した。本堂は小机の上に置かれた「遺言條々」を読んだ。そしてそれをすばやく書写した。

徳富蘇峰の主宰する『国民新聞』に、座間止水という名うての記者がいた。九月十五日の夜、乃木遺書をスクープするため座間が向かったのは、本堂の官舎であった。座間は考えた。遺書は現在軍部の手にあるにちがいない。が、その控えが、検死に立ち会った本堂の手許にあるのではなかろうか。そう座間は踏んだ。座間は幸いにも本堂とは旧知の間柄であった。本堂も心を許し、面会に応じた。

話の糸口として座間は、乃木自刃の理由について、本堂の見解を質した。その切り込み方が功を奏した。本堂はほとんど我を忘れ、乃木の非の打ち所のない死に様についてまくし立てた。

遺書の公表の必要性を訴える座間のみごとなジャーナリスト魂に、本堂の「男」が応じた。座間は本堂に、スクープによる一切の責任は自分が負うと固く約した。本堂の保管する遺書全文の控えを写し取った座間は、興奮を抑えきれないまま、午後七時、官舎を辞し帰社した。いずれの新聞もいまノドから手が出るほど欲しい遺書の全文を持って帰ったのである。

帰社した座間は、遺書の内容をそれとなく文中に織り込みながら、十六日朝刊の記事を書いた。

翌朝出社し新聞を手にした座間は、内心ほくそ笑んだ。遺書全文の書かれたノートを眺め、次の作戦を練っていると、背後から声がかかった。「ありがとう、おかげで溜飲が下がった」。社長だった。

その後座間は、乃木遺書の写しを所持していることを見破られた。彼は、遺書全文を掲載した「号外」を出すことについて、社長および編集局長と二点について約束した。一つは、「号外」は遺書の公式発表の刻限になっている十六日午後四時直後に出すこと。いま一つは、十六日午後四時までは印刷された号外紙を、絶対持ち出し禁止の厳重管理下に置くこと。

一方、軍の管理下に置かれていた遺書の公式発表は、小笠原長生子爵によって行われることになっていた。発表日時は、十六日午後四時、場所は乃木邸隣の木戸公爵邸。

昼を少し過ぎた午後一時ごろから、木戸邸は早くも多数の報道陣でごった返した。午後四時。定刻どおり発表は行われた。その時であった。「号外！　号外！」。

報道陣は雪崩を打った。争ってその号外を手に入れた。いま発表された遺書の全文が載っていた。しかも第二条の二箇所の貼付紙による隠蔽部分も完全なかたちで掲載されていた。

小笠原に対して、激しい怒号と抗議の声が飛び交った。その報道陣の集団から抜け出て、人知れずその場を立ち去った男がいた。座間止水であった。

九　乃木のねがい

大正元年九月十七日付『大阪毎日新聞』に、男爵石黒忠悳《いしぐろただのり》の記者会見の記事が載っている。石黒忠悳はかつて鷗外の上司であった人である。その冒頭。

〈石黒忠悳男は十六日午後二時自邸に記者を招きて乃木大将殉死の顚末《てんまつ》及び逸話を語れり、先づ廃朝《はいてう》中此事《このこと》を発表せざりしことを寛恕《くわんじょ》せよといひソレより談話に入る。〉

続く談話の内容は概ね次のとおりである。

一、石黒が乃木夫妻の死の情報をキャッチしたのは青山葬場殿においてであった。その時刻は、十四日午前一時ごろであった。石黒は葬儀終了後乃木邸に直行した。

二、乃木夫妻の自刃した室内の机上に明治天皇の御真影と遺書が置かれていた。乃木の正服ポケットに八通程度の遺書があった。石黒宛遺書の内容は、遺体解剖の依頼であった。が、解剖不必要と判断し、片山・鶴田・芳賀三氏に医学的検査を依頼した。

三、自刃の場所は二階の鍵の掛かった部屋であった。乃木は日本刀で二回切腹したが、腹部内部までは刃先が届いていなかった。乃木の死因は日本刀を咽喉に刺したことによる頸動脈切断によるものであった。夫人の傷は三箇所で、致命傷は体重を利用して懐剣を心臓中央部に刺した傷によるものである。

談話にあるように、石黒はご大葬中十四日午前一時ごろ「乃木自刃」の通報を受けた。ご大葬終了後、赤坂新坂町の乃木邸に、他の要人とともに直行した。そして同家二階の自刃現場の小机の上に置かれてあったという先帝の御真影を見た。その前に置かれてあったという夫妻の辞世と「長い遺言状」も見た。それから正服ポケットに入れてあったという自分宛の遺書もその場で読んだ。

一夜明け、十四日午後一時、「山縣・大山・寺内・奥・大迫・川村・大島の各大将」が乃木邸に集まった。そして「将軍夫妻の薨去につき二三の要項を議定し」た（以上九月十五日付『大阪毎日新聞』）。

この時議定した「二三の要項」にはたぶん十数通の乃木遺書の取り扱いに関する事項も含まれていたと思う。それから石黒忠悳や学習院関係者宛の遺書の取り扱いについても「議定」された。もちろん「遺言條々」の取り扱いとその発表関連事項も「議定」された。その結果、「遺書の内容は十六日発表する手筈」（同十五日付『大阪毎日新聞』）とした。そして以後「遺言條々」は発表者の小笠原長生子爵が預かることになった。

九月十六日午後四時、木戸公爵邸で「遺言條々」が発表された。だが前述のとおり、その「遺言條々」には、二箇所に紙が貼られ、その内容が隠蔽されていた。その箇所は第二条の次の二箇所である。「目前乃木大見ノ如キ例他ニモ不尠」および「乃チ新坂邸ハ其為メ区又ハ市ニ寄付シ可然方法願度候」である。

さて、死の前夜書かれたこの遺書の最大のポイントが「断絶」という言葉であることは言うまでもない。死に臨んだ乃木の切なる願い、それは「乃木家断絶」ということであった。二子の戦死以来、「養子」の話はあった。だが、養子縁組はあくまで家名存続の手段でしかない。乃木は「乃木大見」という最も身近なところにその弊を見ていた。自家に限ってその弊が起こらないという保障はどこにもなかった。天皇から賜った「伯爵」を汚すことは、乃木にとって絶対に許されることではなかった。「死後の名聞」を最も重んずる乃木にとって、その信条を貫徹する手段は一つしかなかった。おのれ亡き後、乃木家を断絶すること、それしか考えられなかった。

しかし、その乃木の願望実現には、「国家」というきわめて高いハードルが立ちはだかっていたのであった。それは、乃木家が華族であるということであった。

酒巻芳男氏の『華族制度の研究』に授爵者名簿が所載されている。それによれば乃木は、明治二十八年日清戦争の軍功により男爵、同四十年に勲功により伯爵を授爵されている。また同書には「皇室令第二号」（華族令）が所載されている。それには次のようにある。

第一条　凡ソ有爵者ヲ華族トス

第三条　爵ヲ授クルハ勅旨ヲ以テシ宮内大臣之ヲ奉行ス

第九条　爵ハ男子ノ家督相続人ヲシテ之ヲ襲カシム

このうち第三条の規定は、爵位が天皇の思し召しによって授けられるものであることを謳ったものである。したがって華族は、恣意《しい》として「家名断絶」することはできないということである。

その意味で、「遺言條々」のうち当局の最も困惑した部分は、最末尾の「断絶」であったはずである。それ故当局が文面を隠蔽する必要があるなら、「断絶」の箇所でなければならない。しかし公式発表に際し隠蔽されていたのは、先の二箇所であった。

一方、乃木にしても、当局が「家名断絶」を簡単に認めるはずがないことは重々わかっていたはずだ。にもかかわらず乃木は、死後の「家名断絶」にこだわった。そのことは、七十年の歳月を隔てて昭和五十九年発見された近藤懿十郎宛の遺書によって証明することができる。その遺書は「遺言條々」とほとんど同文であったという。

この近藤懿十郎は、当時「広島市外観音村」に在住していた（昭和五十七年三月十六日付『読売新聞』夕刊）。乃木の親友だった。その、東京からはるかな遠方にいる人に、乃木はわざわざ絶家のための協力依頼をしていたのだ。つまりそれだけ乃木の現状認識は厳しかったし、また「絶家」への意志が強固だったというわけであろう。

ついでに石黒忠悳宛遺書（『国民新聞』等）を示しておく。

石黒忠悳宛遺書

〈拝啓愈々《いよいよ》御健勝欣賀々々小生此度《このたび》の儀は定めて御叱り限り無き事と存じ候嘗《かつ》て御話申上候如く生存中碌々《ろくろく》御益《やく》にも相立たず候骸骨故医学上何かの御用に相成《あひなり》候はば骨にしてなり木乃伊《みいら》にしてなり或は粉にしてなり御捨て為《な》され候ても更に遺憾無之《これなく》愚妻も納得致し居り候間可然《しかるべく》御任せ申上候右御願ひ迄御暇乞旁々《かたがた》如斯《かくのごとく》に御座《ござ》候《さうらふ》頓首〉

十　乃木と鷗外

一人の人間の生涯にはいろいろな時がある。明るい光に照らされていかにも順風満帆に見える時もある。また、表舞台を降りて、日陰の身に甘んじなければならない時もある。

帝国陸軍大将と言えばいかにも立派で晴れがましい。乃木も日露戦争後「世界の乃木」になった。それから死までの七年間が、乃木の人生中もっとも輝かしい時期だった。少なくとも外目にはそう見えてもよい時期だった。

しかし、乃木個人の内面には長い間にわたって常に暗い影がつきまとっていた。そのことを乃木は死に臨み、「遺言條々」のなかで告白した。

乃木は孤独だった。その傾向は年とともに深まった。そういう乃木が心底こころを許して交誼を結んでいたのが石黒忠悳であり森林太郎だった。

鷗外は自分と乃木との交際についてこう言っている。「頗《すこぶる》親しかつたがそれは尋常一般の交際に過ぎなかつた」（「戴冠詩人」）。つまり石黒や鷗外は、乃木にとってほんとうに数少ない、よき理解者だったのだ。そしてさらに、乃木のこの上ない庇護者が、ほかならぬ明治天皇だったのだった。

その乃木と鷗外の交際が、彼らのドイツ時代に始まったことは周《あまね》く人の知るところである。鷗外はその出会いの日（明治二十年四月十八日）の様子を、その日記にこう記した。

〈谷口と乃木川上両少将を其客館に訪ふ。伊地知大尉も亦座に列す。乃木は長身巨頭沈黙厳格の人なり。川上は形体枯瘠、能く談ず。余等と語ること二時間余、其《その》深く軍医部の事情に通ずること尤も驚く可し。（中略）此日僑居をトす。〉

文中鷗外は、初対面の乃木の印象を「長身巨頭沈黙厳格の人」と簡明に記した。そしてこの時を契機として両者の交際は乃木自刃の日まで、四半世紀にわたって続いた。

ところが、そういう両者の交際記録は対照的である。お互いの日記にお互いが登場する回数がまるでちがう。

乃木の日記には鷗外はただ一回しか登場しない。明治三十五年十一月一日の条である。

〈土曜　雨　朝田中宮内大臣ヲ訪鍋島侯ニ逢帰路近衛師団司令部ニ建碑委員団長谷川中将森林太郎片山東熊伊崎防城等ニ逢夜野村ヲ訪不在坂野ヲ訪履歴書ヲ催促今朝集作長府ニ帰ル午時発ノ汽車〉

それに対して鷗外の日記類中、乃木の登場場面は実に三十回に及ぶ。以下、乃木と鷗外との交わりのスナップショットの数例である。典拠は主として鷗外の長男森於菟の文章である。

（一）

明治三十二年、鷗外は小倉十二師団に転勤した。鷗外はこの転勤を「左遷」だと思った。苦悶する鷗外をなだめたのは親友賀古鶴所だった。一時の感情による決断ではなく、事態を現実的に判断するよう説得したのであった。結局鷗外は小倉行きを決意した。

鷗外が小倉に向かうべく東京新橋駅を発ったのは六月十六日夜六時だった。第十二師団軍医部長として九州の地に赴任する鷗外を見送る人は、四人の家族程度しかいなかった。鷗外が車上の人となったとき、つかつかと近寄ってきた半白鬚の将官がいた。その人を目ざとく見つけた鷗外は、急ぎ汽車から降り、その将官に対し丁寧な挨拶をした。乃木将軍（この時は中将）であった。乃木は、幼かった於菟を抱き上げ、将来なにになるかと訊いた。於菟は萎縮して答えられなかった。

（二）

明治三十七年のことであった。一月十九日、乃木将軍が鷗外の官衙を訪ねた。その時鷗外はたまたま所用のため不在だった。乃木は手紙を書いて置いて行った。文面はこうだった。

「独乙《ドイツ》文学書之《の》儀ニ付《つき》御指《し》教相願度《けうあひねがひたく》参上仕《つかまつり》候《さうらふ》明日明後午前中ハ在宅不仕《つかまつらず》候得共《さうらえども》右両日之中《うち》師団司令部へ御出務相成候《あひなりさうらふ》節一寸《せつちよつと》御しらせ被下候得者《くだされさうらえば》御役所へ可罷出候《まかりいづべくさうらふ》間此段《あひだこのだん》御許容相願候《あひねがひさうらふ》」。

翌二十日、鷗外は乃木を訪うたが逢えなかった。乃木は手紙を書き、使いの者に持たせて鷗外のもとに届けさせた。この時のことを後に鷗外はこう語っている。

〈年を経て私が第一師団にゐた頃、或日乃木ぬしが司令部に来て、かう云ふことを私に頼んだ。それは高崎に往《い》つてゐる子息がドイツの小説を買つてくれと云《い》つておこす。それがどんな事を書いてある書だか分らない。どうぞ書名を見て、青年に読ませて好いものか悪いものか甄別《けんべつ》してくれと云ふのであつた。私は快く承知した。これが初《はじめ》で、其後《そのご》乃木ぬしは外国語に関する事を、一切私に相談せられることになつた。〉（「戴冠詩人」）

（三）

乃木や鷗外が日露戦争から凱旋したのは、明治三十九年一月であった。凱旋後ただちに乃木は天皇に拝謁した。

一方鷗外はその夜、家族や来客に戦中の乃木について語って聞かせた。それが「乃木将軍と父鷗外」という文章に見える。該当部分を引用する。

〈乃木将軍父子の事。初め長子勝典《かつすけ》南山にて戦死したるにより人人《ひとびと》次子保典《やすすけ》を旅団副官になせしかば父将軍心中平《たひら》かならざりき。或夜《あるよ》将軍司令部に帰らんとするに、とある物影に一人の何者かを負ひて行きつ戻りつす、将軍何かと問へば「死なせてならない人が死にました」と叫ぶ。誰かと再び尋ぬれば「司令官の御子さんの保典少尉であります。先刻から野戦病院を探して居りますがわかりませぬ」と云ふ。父将軍再び云《い》はず、只鞭《ただむち》を挙げて指示し馬の足搔《あがき》を早めて司令部に帰れり。保典少尉戦死の報《ほう》一たび伝はるや幕僚《ばくれう》一同色《いろ》を失《うしな》ひ之《これ》を将軍に報ずるに忍びざりき。終《つひ》に参謀《さんぼう》進み出《いで》て「閣下《かつか》私は今　最《もつとも》御気毒な報告をしなければなりませぬ」と云ひも終らず将軍首を打ちふり「知つとる知つとる云《い》はんでもよろしい」とて又何事《なにごと》も云《い》はざりしと。〉

（『森鷗外』）

十一　事件発生から『興津彌五右衛門の遺書』執筆・脱稿まで

明治天皇ご大葬のあった当時、鷗外は団子坂上、いわゆる観潮楼に住んでいた。おおざっぱな言い方をすれば、青山練兵場からは宮城をはさんで向こう側、江戸城を概ね半周する位置である。午前二時葬儀終了後鷗外は、どの道をとおって帰宅したのであろうか。葬列が通過した道なら、葬儀会場から赤坂見附に出る道ということになる。鷗外がそのあたりを家に向かっているころには、乃木自刃の号外はすでに出ていた。加えて、葬列拝観の市民がまだ多数市中に出ていた。そういう人たちのうわさ話が偶々《たまたま》鷗外の耳に届いたのであろう。十三日の日記にこう記されている。「翌日午前二時青山を出でて帰る。途上乃木希典夫妻の死を説くものあり。予《よ》半信半疑す。」

鷗外の睡眠時間は、通常きわめて少時間であったという。この夜も二、三時間の睡眠で、翌十四日もふだんと変わらず起床、出勤したと思われる。「乃木の邸を訪ふ。石黒男忠悳《いしぐろだんただのり》の要求により鶴田禎次郎、徳岡凞を乃木邸に遣る」（十四日の日記）。

十五日は日曜日。この日、日中の最高気温二十度以上の日が続いていた東京に秋雨が降った。最高気温十九・六度までしか気温が上がらず、「初秋」の到来を実感させる日となった。午後、乃木夫妻の納棺式が同邸で行われた。乃木邸内は厳粛な雰囲気に包まれた。大将・中将・少将等の錚々《そうそう》たる参列者の中に鷗外の顔もあった。

当時、鷗外がいずれの新聞を購読していたかは不明である。だが、十五日の納棺式までには、新聞が、遺書の存在を報じていた。そして、三十五年前の軍旗紛失が痛恨事となり、亡き天皇に殉ずる決心をしたものであるとも報じていた。

そうした記事を読んだ時、鷗外の脳裡にあざやかによみがえったことがあった。それは、かつて省内でも武士の鑑として話題になった「興津彌五右衛門」のことであった。

興津彌五右衛門は、神澤貞幹が自著『翁草』に収めた「細川家の香木」という文章に登場する武士である。「細川家の香木」はもともと『当代奇覧』という本に掲載されていた文章であった。その興津と乃木とのあいだに、相通ずるものがあることを、鷗外ははっきりと見たのだった。

式は午後四時ごろ終了した。乃木邸から帰宅した鷗外は、書架から抜き出した『翁草』『徳川実紀』『野史』を書斎で読んだ。簡単なメモを取り、簡単な年表を作成するなどして、三百年前の出来事について考証した。

明治という偉大な時代は去った。そして新しい御代が始まった。そのことは鷗外もむろん重々理解していた。しかし心のどこかに空虚な部分があることを否定すべくもなかった。乃木夫妻の事件が起こったのは、まさにそういうときであった。

乃木自刃についての巷間の議論は、その多くが表面的・感情的議論であった。いま突如として乃木によって提示された問題を深く追求した議論はほとんど見られなかった。鷗外は、乃木が、後世に書き残しておくべき重要なテーマを自分に投げてよこしたように感じた。

乃木の死の、もっとも重要な意味に思いをいたしていた折であった。九月十六日「C.Cagawaと称するもの」が「松本樂器店員の肩書きある名刺を通じて乃木希典の歌を求」めてきた。嫌悪とも怒りともつかないある強い感情が瞬間鷗外の脳裡に走った。即「拒絶」した。

その日夕刻発表された乃木の遺書本文は、公式発表と同時に『国民新聞』号外によって広く巷間に流れた。そしてその夜、小説の構想ははっきりと定まった。あるいはこの晩草稿はすでに成っていたのかもしれない。

十七日は岳父の件で多くの時間を費やした。

そして十八日。鷗外は日記にこう記した。「午後乃木大将希典の葬を送りて青山斎場に至る。

興津彌五右衛門を艸《さう》して中央公論に寄す。」

事件から作品脱稿までわずか五日である。短篇とはいえまさに神業といわざるを得ない。

そして鷗外が寄せた原稿は、大正元年十月『中央公論』第廿七年第十号の「小説」のセクションに掲載された。タイトルは「興津彌五右衛門の遺書」、署名は「鷗外」であった。

十二　歴史小説『興津彌五右衛門の遺書』は、なにをもとにして書かれたか

この作品の主人公のモデルは同名の実在の人物である。その墓地も大徳寺に実在する。江戸時代初期、細川家に仕え、三齋忠興没後二年目の命日に殉死した。

しかし、その実在の興津彌五右衛門と作品の主人公興津彌五右衛門とは完璧には重ならない。作品中の興津彌五右衛門は作者鷗外の創造した人物である。鷗外は興津彌五右衛門を本文にうかがわれる典型的武士として形象した。

鷗外が作品の主人公をそのように形象したについては根拠がある。それは次のようなことであった。

鷗外はこの作品を草するにあたり、『翁草』中の「細川家の香木」という文章を原拠とした。つまりこの作品は「擬書《ぎしょ》」といわれるフォームの作品である。擬書とは、もとになる作品にな

ぞらえて作った作品のことである。

この『興津彌五右衛門の遺書』には、「作品成立事情説明文」ともいうべき次の文章が付けられている。

○此擬書《このぎしよ》は翁草《おきなぐさ》に拠《よ》つて作つたのであるが、其外《そのほか》は手近にある徳川実記と野史《やし》とを参考したに過ぎない。皆活板本で、実記は続国史大系本である。翁草に興津が殉死したのは三《さん》齋《さい》の三回忌だとしてある。併《しか》し同時にそれを万治寛文の頃としてあるのを見れば、これは何かの誤《あやまり》でなくてはならない。三齋の歿年から推せば、三回忌は慶安元年になるからである。そこで改めて万治元年十三回忌とした。興津が長崎に往《い》つたのは、いつだか分からない。併し初音《はつね》の香《かう》を二条行幸《ぎやうがう》の時、後水尾《ごみのを》天皇に上《たてまつ》つたと云《い》つてあるから、其《その》行幸のあつた寛永三年より前でなくてはならない。然《しか》るに興津は香木を隈本《くまもと》へ持つて帰つたと云つてある。細川忠利が隈本城主になつたのは寛永九年だから、これも年代が相違してゐる。そこで丁度《ちやうど》二条行幸の前寛永元年五月安南国《あんなんこく》から香木が渡つた事があるので、それを使つて、隈本を杵築《きつき》に改めた。最後に興津は死んだ時何歳であつたか分からない。併し万治から遡《さかのぼ》ると、二条行幸迄《まで》に三十年余《あまり》立つてゐる。行幸前に役人になつて長崎へ往つた興津であるから、その長崎行が二十代の事だとしても死ぬる時は六十歳位にはなつてゐる筈《はず》である。こんな作に考証も事々《ことごと》しいが、他日の遺忘《ゐばう》の為《た》めに只《ただ》これ丈《だけ》の事を書き留めて置く。

大正元年十月十八日

これによれば、鷗外はこの作品を草するにあたり、原拠の外、補助資料として『徳川実紀』『野史』を使った。『徳川実紀』は徳川家治世の歴史書、『野史』は撰者飯田忠彦が長年月かけて完成した漢文体による史書である。ただし、鷗外文中の『徳川実記』は『徳川実紀』が正しい表記である。

さて、本文の典拠『翁草』であるが、鷗外が拠ったのは池辺義象校訂本である。その巻六に『当代奇覧』という本から抜粋した文章として、「細川家の香木」と題する次の文章が載っている(表記を変えてある箇所がある)。

〈一　細川三斎　松向庵《しょうかうあん》卜号ス 越中守忠興《ただおき》事 は、武に於いて、最も世の許す所、その余力には歌道を嗜《たしな》み、父幽斎《いうさい》の風流に、をさをさ劣らず、茶道に心を寄せ、優にやさしき大将故、長崎表《おもて》異国船入津《にふしん》の折からに、彼の地へ家来を遣《つか》はし、珍器を求させらる、一と年《せ》興津彌五右衛門と言ふ士に、相役一人添へて差し越さるる處《ところ》に、異《こと》なる伽羅《きやら》の大木渡れり、本木《もとき》と末木《うらき》と二つあり、そのころ松平陸奥守《むつのかみ》正宗よりも、唐物《からもの》を調《ととの》へん為、役人下り居りしが、かの伽羅《きやら》の本末《もとうら》をせり合ひて、三齋の役人と互に励みて値段を付け上る、興津が相役これを気の毒に思ひ、かくては値段夥《おびただ》しく高値なれば、所詮《しよせん》同木の事なれば、末木の方《かた》にせんと言ふ、興津は是非本木を調へんと言ひ募りて、口論に成りかの相役を打ち果たし、終《つひ》に本木の方を調へて、隈本《くまもと》に帰り、右の段々を申し達し切腹を願ふ、三齋の曰《いは》く、某《それがし》へ奉公の為に、相士を討ちし事なれば、切腹すべき謂《い》はれなしとて、彼の相士の子供を召され、必ず意趣を遺《のこ》すべからずとて、自身の前にて、興津と盃《さかづき》を申し付けられ、互に無事に勤仕せり、その後三齋逝去あり、萬治寛文の頃、第三回忌の砌《みぎり》、彼の彌五右衛門山城船岡《やましろふなをか》山《やま》の西麓に於いて潔《いさぎよ》く殉死す、大徳寺清宕《せいたう》和尚引導たり、今も右の山の麓に、一堆《いつつい》の古墳残れりこの興津が調へ来りし伽羅は、類なき名香にて、三齋特に秘蔵せられ、銘《めい》を初音《はつね》と付けらる、その心は、

きく度に珍らしければ郭公いつも初音の心地こそすれ

この古歌によれり、寛永三年丙寅九月六日、二条の錦城へ主上後水尾帝行幸の事あり、この時肥後少将忠利三齋の嫡子へ、彼の名香を御所望に仍《よ》り、則ちこれを献ぜらる、主上叡感《えいかん》ありて、白菊と名付けさせ給ふ、

たくひありと誰かはいはん末匂《するにほ》ふ秋より後のしら菊の花

この歌の心とぞ、又仙台中納言正宗卿は、役人梢《こずえ》を調へ来りしを大いに残念がられしかども、流石《さすが》名香の事なれば、常にこれを賞して、柴船《しばふね》と銘せらる、

世の中の憂《うれひ》を身につむ柴船やたかぬさきよりこがれ行くらん

この歌の心なるべし、その名とりどりながら、皆心面白し、かかる所以を知らぬ人は、白菊初音柴船は、唯《ただ》同じ香とのみ覚え候、或は小堀遠州の所持のよし色々異説を言ふ人あり、皆誤なり、〉（京都五車楼蔵板・池辺義象校訂『翁草』歴史図書社刊行版による）

以上が、「興津彌五右衛門の遺書」の典拠である。鷗外の備忘録中の『徳川実紀』と『野史』は、歴史年代上の整合性を持たせる補助資料だったのであろう。そして、そうだとすればぼくらはただただ感嘆のほかかない。鷗外の imagination と plot に関する能力、つまり文才に対してである。

そして事実、作品が発表された当時も、鷗外の文才に驚嘆した人がいた（横山健堂『大将乃木』）。

なお文中の「吾輩」は、筆者である横山健堂、「男石黒」「彼」は、男爵石黒忠悳のことである。

また、「興津遺言の擬書」は鷗外作品「興津彌五右衛門の遺書」のことである。「這般《しやはん》」は、「この」の意である。

〈吾輩《わがはい》先年、一たび興津彌五右衛門の事を男石黒《だん》より聞きし事あり。当時、彼は、興津を揚げて、古武士の典型となす。興津の事は翁草に載せて在り。古来、士人の詐称《さしよう》するところたり。而して彼れ斯く偶然に語り出でしを見れば、彼や、大将乃木等の間には、時々、語り合ひし事もあらん。大将乃木没後、彼に逢ひしに、彼は、興津遺言の擬書《ぎしよ》の事を語り出でて、鷗外の文才に驚けりといへり。彼はいふ、鷗外は西欧文学に没頭するの人にして、能《よ》く這般《しやはん》の擬書を為すと。吾輩は答ふ、彼も亦た、帝国陸軍の将官に非ずや。〉

この引用文冒頭の「先年」が、具体的にいつ頃のことであるかはわからない。しかし少なくとも乃木事件以前であることはまちがいない。思うに、「彼や、大将乃木等の間には、時々、語り合ひし事もあ」ったのであろう。だとすれば、鷗外もいつの折かそうした会話もしくは情報を耳にしていたことは、可能性としてはあり得る。事実鷗外は、乃木事件のかなり前から興津の存在を知っていた。そしてその事跡等についても強い興味と関心をいだいていたのだ。

しかし、乃木殉死事件は、そういう鷗外の置かれていた状況とはまったく無関係に起きた。だから、作品執筆に際し、鷗外には精神的・時間的余裕がまったく与えられていなかった。歴史考証の時間がなかったのである。作者の不充分な考証による歴史認識の誤謬は、それ故やむを得ないことであった。

作品（初稿）執筆に際して作者がおかした考証の誤りとは、次のようなことである。たとえば、興津殉死を忠興の十三回忌にあたる萬治元年十二月二日としたこと。また、伊達政宗の逝去した場所を少林《わかばやし》城としたことなど。

しかしそれらの誤りを誤りとして読者に意識させないほどに、この作品には迫力がある。それは考証のための時間がなかったことの余慶といってよい。時間をかけての考証に基づいて書かれた定稿「興津彌五右衛門の遺書」とはまったく異なる。

細川家に仕えたこの興津彌五右衛門の殉死事件に関しては、『翁草』のほか、次のような資料がある。

①『忠興公御家譜』（永青文庫所蔵）。②『錦考輯録』巻二十五（同。筆者の閲覧したものは出水神社発行の活字本）。③『忠興公以来御三代殉死之面々』（同。東京大学総合図書館蔵書は『忠興公御以来御三代殉死面々』）。④『細川家譜』（内閣文庫所蔵）。⑤『細川譜略』（同）。⑥『朝山齋之助覚書』（熊本県立図書館所蔵）。⑦『細川家記』忠興十二（東京大学史料編纂所所蔵）。⑧山川素石・細川宗春共著『二川随筆』。また、大正二年改稿の際依拠した『興津家由緒書』『興津又二郎覚書』（ともに東京大学総合図書館鷗外文庫所蔵）には、彌五右衛門を含め興津家の家系が記されている。

十三　主人公の家系は細川家譜代の臣か

静岡市清水区興津は、江戸時代宿場として栄えた所である。宿場の長さは約一・二㎞、江戸中期には戸数三百弱、人口千二百三十あまり、旅籠屋二十数軒だったという。

この宿場の東に興津川が流れ、川沿いに山梨県方面に通ずる国道五十二号線、通称身延街道が通っている。興津川河口付近の興津インターから約三㎞ほど上流に遡ると、川の東側に承元寺という寺がある。そのあたりから川を挟んだ西側を望むと小高い丘が見える。横山である。その昔、興津一族が本拠地としていた所である。

『寛政重修諸家譜』によれば、興津氏は興津四郎維道をそのルーツとするが別説もある。その後の流れについても確証を欠いていることを『寛政重修諸家譜』みずから認めている。また別資料によると室町時代中期には興津氏が横山城に拠っていたらしい。が、最初にこの地に築城した人物、あるいは築城年代等についてはつまびらかでない。

その興津氏は、武田信玄による駿河侵攻の際には今川に属していたという。今川義元は駿州府中に居城、駿河遠江三河および尾張半国を所領していた。執権職には臨済寺雪斎長老がおり、大老には駿州丸子城主福嶋安房守三萬五千石、三州岡崎城主松平蔵人十萬石がいた。それらをはじめとして、同書には以下今川に従する諸将が列記されている。同書中、横山城主は三浦上野介で一萬六千石となっており、「八百八十石、興津杢之介」という文字も見える（『嶽南史』）。興津氏が今川氏に属したのはいつのことであったのか。

小説の主人公彌五右衛門の祖父興津右兵衛景通は興津の生まれ、清見関に住んでいたという。清水区興津といえば古刹清見寺が有名である。門前の西側静岡寄りには、明治天皇崩御のとき首相であった西園寺公望が晩年を過ごした別荘「坐漁荘」もあった。建物は現在愛知県犬山市の明治村に移築され保存されている。『駿河志料』に清見関は「息津《おきつ》と寺下町との際《きは》今勝間と云所《いふ》なり」とある。そして「寺は南向なり、関は此《この》門前なり」とある。

郷士史家の話によれば、門前の坐漁荘とは反対の東側東京寄りの一角が清見関とのことであった。現在は海岸に沿って国号が走っているが、往時は山が海岸近くまでせまっていたのではないだろうか。つまり彌五右衛門の祖父は桶狭間出陣までは、駿河湾に面した温暖にして風光明媚なこの地に住していたのだ。

ということは、景通は興津氏の嫡流なのか、傍流なのか。嫡流ならばさきの『寛政重修諸家譜』や『嶽南史』等の書物にその名が見えてもよさそうに思える。だが、両書にはまったくその名が見えない。『寛政重修諸家譜』には、維道から数えて十四代目に「正信」の名が見える。景通はこの正信の子ではないかとする推測もある。しかし、嫡流の人間が居住する横山城から少し離れた清見関に住していたのだ。正信の子であったとしても嫡流からはずれた人物だと考えるのが通常一般の考え方だろう。

さて、今川二万五千の軍勢は、尾張国桶狭間で織田信長の奇襲を受けた。領袖義元が戦死したのは永禄三年（一五六〇）五月二十日。義元は四十二歳であった。

この戦いで今川軍下の勇将が多く戦死したが、興津右兵衛景通も、その主今川治部大輔兼駿河守源朝臣義元とともに他領の野に散った。四十一歳であった。

一国の国主というよりも、駿・遠・三プラス尾の半分という広大な地域を支配していたリーダーが死んだ。一家の主を失い、一族の長の命運もまた不安定な状態に陥った。景通一家の選んだ生存のための選択肢は、なにはともあれ遺子才八の養育、その人となるを待つことであった。父景通の戦死の折三歳であった幼児もやがて成長し立派な人となった。やがて彌五右衛門景一と改名、母方の一族である播磨国の人佐野官十郎に寄寓することとなった。そしてその伝《つ》手《て》により、赤松左兵衛尉に仕官することとなった。景一は二十四歳で千石の禄を賜ったと『興津又二郎覚書』にある。今ならばさしずめ年収四千万円のサラリーマンであった。

細川三齋忠興が父幽齋藤孝の長子として京都に生まれたのは永禄六年（一五六三）十一月十三日のことだった。藤孝は申すまでもなく武人である。しかもその一方で彼は有職故実や和歌などの学問芸術、あるいは茶の湯など風雅の道にすこぶる堪能であった。いま熊本市内水前寺成趣園内に「古今伝授の間」がある。そこはもともと後陽成天皇の弟桂宮智仁親王が幽斎から『古今集』の授業を受けた親王の茶室であった。幽斎ゆかりの建物である。

忠興生誕十年後の天正元年（一五七三）七月、藤孝は信長の家臣となった。そしてその四年後の天正五年（一五七七）、忠興は十五歳で父とともに信長に従軍した。和泉国貝塚合戦で初陣、翌年明智光秀の娘玉と結婚した。この玉の洗礼名がガラシャ。慶長五年（一六〇〇）石田三成による人質命令を拒み、忠興の命を受けていた家臣により討たれて死んだ。墓は大徳寺にあるが、大阪市・熊本市の二箇所にもあるという。

天正八年（一五八〇）、忠興は信長から丹後国十二万石を与えられた。西国遠征中の秀吉の援軍として出征するはずであった明智光秀が、突如方向を換えた。明智は京に在った主人織田信長を奇襲した。いわゆる本能寺の変が起こったのは天正十年（一五八二）六月のことであった。この年藤孝は宮津から田辺の城に移った。忠興は丹後国を領することとなり細川家当主となった。ちなみに田辺とは現在の京都府舞鶴市。舞鶴という地名の使用は維新の後明治二年からとのことである。だが、もとをただせば藤孝の築いた城の形容が地名となったものの由。

天正十四年（一五八六）十月十一日、忠興三男忠利が生まれた。文禄元年（一五九二）、秀吉の朝鮮侵略に際し、忠興も出陣渡海、翌年九月帰国した。慶長三年（一五九八）八月十八日、伏見城で秀吉死去。慶長四年（一五九九）忠興は徳川に誓紙提出するとともに忠利を人質として江戸に差し出した。慶長五年（一六〇〇）九月十五日、「関ヶ原」。藤孝・忠興父子はともども東軍に属した。

関ヶ原の前哨戦ともいえる藤孝の田辺城籠城は、慶長五年七月下旬から九月中旬であった。関ヶ原の戦い直前の、五十日あまりに及ぶ、たかだか五百人という無勢での厳しい戦闘だった。しかしそれは、結果として徳川方にとって功績大なるものがあった。西軍をそこに引きつけ、関ヶ原本戦場への兵力投入を阻止したからであった。当然それは戦後の論功行賞に影響した。『舞鶴市史』によれば、石田三成らの丹後攻め命令に応じた武将には次の人々がいた。赤松広秀、生駒正俊、石田某、小野木公郷、川勝秀氏、……。

攻め寄せる軍勢は一万五千ともそれ以上ともいわれている。そのなかに赤松家家臣の一人として興津彌五右衛門景一もいた。城主忠興は上杉景勝討伐に向かう家康に従軍中であった。途中、石田らの挙兵を聞き家康以下急遽踵を返し、三島（静岡県三島市）まで戻った。八月三日、忠興は家臣森三右衛門を見舞の使者として留守居籠城の父藤孝のもとに遣わした。しかし包囲が堅くて入城できない。三右衛門は彌五右衛門との従弟関係を利用した。赤松家の物頭井門亀右衛門の内々の協力を得て首尾よく入城、藤孝に東軍の情報をもたらし役目を果たした。

関ヶ原後忠興は田辺城を救援、一方、赤松家は滅亡した。『舞鶴市史』に登場する赤松広秀（斎村政広）は、当時但馬竹田城主であった。関ヶ原後家康傘下となり、鳥取城攻撃の際の行動が家康の怒りにふれ、同年切腹した。いずれにせよ戦後主家滅亡により興津・井門の両人は浪々の身となった。藤孝は両人を召し出だした。両人は、豊前および豊後三十九万九千石の領主となった忠興に仕えることとなった。

忠興が領地豊前中津城に入ったのは関ヶ原三ヶ月後の同年十二月だった。翌慶長七年（一六〇二）、小倉の地に築城、ここを居城とした。そして翌々慶長九年（一六〇四）八月、三男忠利を自らの嗣子とすることをきめた。

十四　興津彌五右衛門の系譜について

小説の主人公興津彌五右衛門景吉の父も興津彌五右衛門である。ただし下の名が景一《かげかず》である。その景一と細川家との関わりの契機は、細川藤孝《ふじたか》（幽斎）の田辺籠城であった（『興津又二郎覚書』）。慶長五年のことである。ところが景一は田辺攻め以前から藤孝・忠興父子とすでに旧知の間柄であった（『興津家由緒書』）。

景一が仕えた赤松広秀《ひろひで》は、慶長五年（一六〇〇）の「関ヶ原」後自刃した。広秀は武将でありながらよく漢学にも通じていた。その広秀三十八年の人生のおそらくは後半、景一は広秀の京都屋敷に勤務していた。そうした折、なんらかの契機があってしばしば烏丸光広《からすまるみつひろ》を訪問していた。

烏丸光広はもともと廷臣《ていしん》だが、歌学書道など諸芸に秀でた当時の超一流文化人であった。いまぼくらがふつうに読んでいる『徒然草』にも光広は深く関わっている。その光広が和歌の師と仰いでいたのが細川幽齋で、光広は幽齋から和歌の講義を受けていた。

つまり景一は主筋の関係で烏丸光広を通じ細川父子とも相識《そうしき》の関係だったというわけだ。おそらく森三右衛門の入城については、景一のはたらきによるところ大なるものがあった。したがって戦後浪々の身となっていた景一の仕官に、このような事情が深く与っていたことはまちがいない。

この景一、主人忠興の隠居とともに自らも剃髪《ていはつ》、光尚のお守り役として仕えていた。その後、忠利の肥後熊本への転封《てんぽう》に伴い熊本に移住、寛永十八年（一六四一）九月二日病死した。八十三歳だった。

この彌五右衛門景一（宗也）に六人の男子があった。長男九郎兵衛一友。次男才助（彌五右衛門景吉）。三男半三郎（作大夫景行）。四男忠太（四郎右衛門景時）。五男八助。六男又二郎。みな細川家の恩顧をこうむった。

寛永十四年（一六三七）十一月、「島原の乱」が勃発《ぼっぱつ》した。その発端については諸説あるそうだ。中で、幕府の宗教弾圧政策、領主の苛政に対する潜在的不満が何かの契機で爆発したとの説が一般的だそうだ。乱が起こった島原半島や天草島はもともとキリシタン信仰が厚い地域であった。慶長十八年（一六一三）、禁教令が出た。以後信者に対する迫害は時を追ってエスカレートし、信者等は極めて厳しい立場に追い込まれた。殉教という言葉は悲痛な宗教的自己犠牲を表現する言葉である。それにもかかわらず殉教者は跡を絶たなかった。信徒・為政者双方が態度を硬化させた。

寛永十四年十一月、藩主松倉氏の苛政に対する我慢の緒を切らした島原の農民たちがまず立ち上がった。天草島の農民も呼応した。彼らは弱冠十六歳の神童益田四郎時貞をリーダーとして担ぎ、原城に籠城した。その四郎を中心とした軍事的行動は想像以上に激しいものであった。

その第一報が江戸表に届いたのは『徳川実紀』によれば十一月九日のことであった。

しかしその時の幕府の、事態に対する認識は、江戸からはるか彼方の農民の宗教的反乱といった程度であった。幕府は板倉内膳重昌に事態収拾を命じたが出征した板倉は現地で戦死した。つまり幕府のとった一次対策は失敗だった。そのため二次対策は異常とも言いうるほどの激烈なものとなった。

乱が勃発したとき、黒田筑前守忠之、細川越中守忠利はともに江戸在府であった。乱鎮圧のため西国諸大名が続々下向した。寛永十五年一月十二日、両者同日江戸を発った（ただし『徳川実紀』のこの日の記録には黒田の名は記されていない）。

この両者、積年のライバル関係にあった。両者とも幕府に対する忠誠を具体的行動としてはっきりと目に見えるかたちで表すまたとない機会だった。争って先を急ぐ二人の心理は、「宇治川先陣」の梶原源太景季と佐々木四郎高綱をおのずから思わせる。

道中一歩リードを許した細川に、思わぬ支援者があらわれた。『興津又二郎覚書』は記す。

興津兄弟の四男四郎右衛門景時は大坂夏の陣の際のはたらきで忠興から賞せられたが行賞を断った。そのため追放され亀山藩本多下総守俊次に仕官した。坂下・関・亀山の奉行を勤めた。黒田・細川の両君が反乱平定のため江戸を発ったという情報が景時の耳に入った。景時は京都在住の弟又二郎から七百両借金した。その金で奉行の膝元の地の人馬を調達、恩顧ある細川家の御当主に提供した。忠利は土山水口で黒田に追いつき追い越した。忠利が悦んだのはいうまでもない。

島原の乱鎮圧に向かう細川は、寺本四郎右衛門の機転により、鈴鹿で黒田を追い越した。この話は、『興津又二郎覚書』の外、『細川家記』（「忠利譜」）にもある。同書にはこのあとに次のような話が続いている。

「其比《そのころ》大雨しきりにして田村川俄《にはか》に洪水渡り瀬の深浅難知候《しりがたくさうらふ》」。細川一行は洪水を前に川を渡ることができなかった。その時、土山から川越人夫多数出て協力してくれ、忠利はじめ一行の家臣らは無事渡河できた。忠利は家臣に、後続の黒田にも渡河の協力をするように命じた。

そのため黒田主従も無事川を渡ることができた。

事件はおよそ四ヶ月かかってようやく沈静化した。原城に立て籠《こ》もった反乱軍と幕府の大軍との最後の戦闘は壮絶を極めた。「すべて討死千百五十一人」だった（『徳川実紀』）。

寛永十五年二月二十七日、興津彌五右衛門景一の長男九郎兵衛一友もこの激戦に加わり、みごとに戦死した。忠興致仕《ちし》の折法体《ほったい》となった父景一の名を襲い、彌五右衛門景吉と改名した小説の主人公も、戦いに参じていた。兄の戦死した二十七日、景吉もまた左の股に敵の弾丸が命中し重傷を負ったが、幸い帰国後平癒した。

十五　殉死の発端となった事件とは

初稿「興津彌五右衛門の遺書」で作者鷗外は、彌五右衛門殉死の契機となった事件について、こう書いた。

〈最早三十余年《もはやさんじふよねん》の昔《むかし》に相成候《あひなりさうらふ》事《こと》に候《そろ》。寛永元年《くわんえいぐわんねん》五月《ごぐわつ》安南船長崎《あんなんせんながさき》に到着候節《たうちやくさうらふせつ》、当時《たうじ》松向寺殿《しようかうじでん》は御薙髪被遊候《ごていはつあそばされそろ》てより三年目《さんねんめ》なりしが、御茶事《おちやじ》に御用被成候《おもちゐなされさうらふ》珍《めづ》らしき品買《しなかひ》

求《もと》め候《さうらふ》様《やう》被仰含《おほせふくめられ》、相役《あひやく》と両人《りやうにん》にて、長崎《ながさき》へ出向候《しゅつかうそろ》。〉

この本文中ぼくの興味を惹くことが一つある。興津殉死の契機となった事件を寛永元年（一六二四）五月のこととしてあることである。

この興津の長崎出張について『興津家由緒書』はその事実だけにふれている。おそらく「出張」は事実なのであろう。その出張年月日については記していない。

一方『興津又二郎覚書』には、「寛永元甲子年三月、肥前の長崎え御用の義これ在り」とある。興津の長崎出張は寛永元年三月のことであると明確に特定している。『徳川実紀』（「忠興譜」）も同じく寛永元年三月のこととしている。これらの記述を見る限り、作中、事件発生年を寛永元年とした点、作者の考証は正しかった。

ただし、その寛永元年は「松向寺殿《しょうこうじでん》は御薙髪《ごていはつ》被遊候《あそばされそろ》てより三年目《さんねんめ》」ではない。松向寺殿すなわち忠興の致仕剃髪は元和六年（一六二〇）暮のことである。したがって正しくは「松向寺殿は御薙髪被遊候てより五年目」としなければならない。作者鷗外の単純な計算ミスである。

いわゆる朱印船貿易は周知のとおりかなり以前から行われていた。関ヶ原後においても家康はそれを認め、元和二年（一六一六）の家康死後もそれは継続されていた。また同七年（一六二一）日本人の外国船渡航は禁止されても朱印船貿易は継続されていた。世にいう鎖国令が出たのはそれより一回りのちの寛永十年（一六三三）であった。外国船の入津を長崎の出島だけに限定したのはさらにその二年後の寛永十二年（一六三五）であった。だから寛永元年長崎に安南船が長崎に入津したことは、可能性としては充分あり得る。

その安南船長崎入津について、作者は初稿「あとがき」に「寛永元年五月安南国から香木が渡つた事がある」と書いた。この歴史的事実について尾形仂氏は詳細な調査をされた。だがそれにもかかわらず、同氏は鷗外の記事の典拠を確認するに至らなかったという（「興津彌五右衛門の遺書―弁疏と問いかけ―」）。

外山卯三郎著『南蛮船貿易史』という書物がある。その第五章「南蛮船の日本来航」に「南蛮船日本来航年表」が付されている。それによれば寛永元年（一六二四）には二回南蛮船が入津している。船舶数はそれぞれ「五」となっている（なおこの表はそのまま『長崎市制六十五年史』にも転載されている）。また『長崎市制六十五年史』第六章には「朱印船派船数」が表のかたちで記載されている。これを見ると、慶長の中頃から寛永年間に至るまで切れ目なく派船されていることがわかる。そして寛永元年の派船数も六とあるから、南蛮船にしろ朱印船にしろ、寛永元年には長崎にはたしかに船が着いた。それらの船によってもたらされた輸入品の中に香木があったことは、可能性として充分あり得る。

ところで「南蛮」という語は、江戸時代には東南アジアの各地を指していた語であった。たとえばタイやマレー半島、ジャワ島・ボルネオ島・ルソン島などである。あるいはそういう東南アジア各地経由でわが国に渡来するポルトガルやスペインの人々を指していた。また朱印船の渡航地は、台湾・トンキン・アンナンや先の島々の各地などであった（『長崎市制六十五年史』）。

そういう各地および各地経由でわが国に運ばれてくる輸入品は、同書によればそれら各地の特産物であった。たとえば生糸や織物類、牛や鹿など動物の皮、鉛や水銀などの鉱物、胡椒などの香料や砂糖などの調味料、木材や薬物などであった。そしてそれら輸入品目のなかに香木類もあった。

つまり香木とは、タイやベトナム等東南アジア原産の沈香・梅檀など薫き物に使用する香木のことであった。なかでも加熱することにより芳香を発する黒沈香すなわち伽羅は至宝とされた。『和漢三才図会』にはキャラに「奇楠」の字が充てられており、「奇南」「琦楠」「奇藍」は同木らしい。そういう香木がわが国にもたらされたのはずいぶん古いことのようだ。

それにつけても江戸時代、伽羅はどれくらい輸入されたのか、あるいはその価格はどれほどであったのか。至宝であるからにはいずれそう安価なものではなかろう。所詮庶民の手の届くような代物とは考えられない。おそらくはごく一部の高貴な人々しか持ち得ない貴重品であったことは想像に難くない。

十六 細川忠興・伊達政宗と茶とのかかわりは

前項に引用した文中に「当時《たうじ》松向寺殿《しょうかうじでん》は……御茶事《おちゃじ》に御用被成《おもちゐなされ》候《さうらふ》珍《めづ》らしき品買求《しなかひもと》め候《さうらふ》様被仰含《やうおほせふくめられ》」という一節がある。

これによれば、忠興の「珍らしき品」購入目的は、それを茶の具として使うためであった。忠興は茶の湯に堪能だったのだろうか。そしてまた香木購入をめぐり細川と争った正宗も茶の達人であったのだろうか。

幽齋細川藤孝が武人にして超一流の文化人であったことは先述した。具体的にいえば藤孝はまず和歌のエキスパートであった。藤孝が『古今集』の指導を受けたのは三條西実枝からだが、実枝は三條西家歌学の祖三條西実隆の孫である。つまり藤孝は当時の主流派歌学の継承者だったわけだ。加えて藤孝は九條稙通から『源氏物語』も学んでいた。のみならず藤孝が身につけていた素養は学問・芸術その他の分野に広く及んでいた。それ故田辺籠城の時、いわば当時における人間国宝たる幽齋助命運動が禁裏から起こったほどであった。忠興はその三齋の子である。当然、父からの政治的軍事的影響は受けただろう。

長い戦国の世から安定期に移行する境となった「関ヶ原」のとき、忠興は三十八歳であった。

その忠興が家督を忠利に譲り、隠居の身となったのは元和六年、「関ヶ原」から二十年も先であった。忠興五十八歳のときのことであった。つまり忠興のプライベートタイムの確保が比較的容易になったのは還暦直前のことであった。それまで、とりわけその前半生は戦乱に明け暮れるなど多忙な身であったと思われる。そういう忠興がいつ、どのようにして、和歌・連歌、また能など、いわゆる文化・教養を体得していったのか。

だが、忠興の芸術活動は和歌・連歌・能だけにはとどまらなかった。彼は父も嗜んだ茶の湯にも堪能であった。忠興がいかにその道に優れていたかを示すエピソードは、『甲子夜話』その他に見える。彼は古田織部・蒲生氏郷・高山右近らとともにいわゆる「利休七哲」の一人であった。

いま堺市宿院町に「千利休屋敷址」がある。が、偉大な文化人の足跡を忍ぶには史蹟としていささか不足の感あるを否めない。その点、タクシーのドライバー氏がわざわざぼくを案内してくれた南宗禅寺はよかった。利休のもとに茶の湯の稽古に通う忠興がいま自分の目の前に現れてもよさそうな雰囲気のある寺だった。同寺は、利休が開祖大林宗套に参禅、また茶の湯の薫陶を受けた師匠武野紹鷗ゆかりの寺だそうである。元和二年（一六一六）沢庵和尚らにより再建されたものだという。

その利休は、本名を田中予四郎といった。利休という号は、正親町《おおぎまち》天皇からの勅賜である。

二条派歌学は三條西実隆―公條―実枝―細川幽斎と伝わった。正親町天皇は公條からの歌学の授業を受けていた。加えて忠興と利休との関係を思うとき、彼らが何か目に見えない太い糸で結ばれているような感じを受ける。

利休と忠興の簡単な比較年譜を作ってみるとこうなる。

生年は利休が大永二年（一五二二）、忠興が永禄六年（一五六三）であった。したがって二人の年齢差は四十一歳。小説の主人公彌五右衛門の祖父景通が今川義元とともに戦死した「桶狭間」のとき、利休三十九歳、忠興いまだ生まれず。

細川藤孝が信長に属した天正元年、利休五十二歳、忠興十一歳。信長が家臣明智光秀の反乱によって一命を落とした「本能寺」のとき、利休六十一歳、忠興二十歳。豊臣秀吉が利休の総指揮のもとに有名な北野大茶会を催したとき、利休六十六歳、忠興二十五歳。

忠興と利休との邂逅の時日、契機、場面等その詳細は不明である。が、北野大茶会のころには、二人の関係は利休と他の高弟たちとのそれよりはるかに親密だったのではないか。

その利休が秀吉の怒りにふれ、闇天に閃光走り雷鳴とどろく京都で切腹したのはその四年後の天正十九年（一五九一）二月二十八日、利休七十歳、忠興二十九歳のときであった。その半月前の二月十三日、利休と秀吉との関係はもはや修復不可能となっていた。追放令を受けて堺に帰る利休を淀の川岸に見送ったのは、数多の弟子のうち古田織部と細川忠興だけだった。

このようにみてくると、忠興が利休から茶の湯の指導を受けたのは主として天正年間のことと考えられる。すなわち正親町天皇在位期間である。しかもその前半はまだ信長在世中のことであった。忠興は天正八年（一五八〇）丹後の国主になった。しかしそのことが自身の政治的軍事的経済的な安心保障ではあり得なかった時代であった。つまり忠興にとっての茶の湯は戦乱の世いまだ平らかならざる中での茶の湯であった。

伊達政宗。永禄十年（一五六七）八月三日生まれ。このとき利休四十六歳、忠興五歳。天下分け目の「関ヶ原」の時、政宗三十四歳。関連年譜を見るまでもなく、それまでの政宗の人生も、その多くは戦乱に明け暮れた人生であった。そうしたなか、政宗もまた細川幽齋・忠興父子と同じく、風雅の武将であった。

伊達家は朝宗をその祖とする。朝宗から九代目に「政宗」という人物がいるが、幼名梵天丸、世に言う独眼龍政宗は十七代目の人である。伊達家は武家だが歴代当主たちはよく文武両道を心がけた。たとえば十四代稙宗（政宗の曾祖父）や十五代晴宗（政宗の祖父）、十六代輝宗（政宗の父）は、和歌・連歌等文芸をよくしたという。政宗自身は文学のみならず、能など歌舞芸能、また茶道にも大いなるたしなみがあった。

太閤秀吉が小田原の北条氏を攻め、天下統一に成功したのは天正十八年（一五九〇）であった。この年正月秀吉は政宗に小田原攻撃に参ずるよう命じた。しかし、北条氏とよしみのあった政宗は、情勢判断に時を費やした。そのため参陣が遅れた。秀吉は政宗に謁《えつ》を禁じた。このとき茶匠利休は秀吉に随《したが》い小田原にあった。秀吉の派遣した遅参を難ずる詰問使に対し、政宗は利休への仲介を依頼した。このときのことを『野史』（巻六十　伊達政宗）は、わずか十九文字で次のように記す。

〈政宗因茶博宗易。問茶事。秀吉曰。邊鄙之華人。（政宗茶博宗易に因み、茶事を問ふ。秀吉曰く、邊鄙之華人なりと）〉

要は、誅を受けるかもしれないという生命の危機中にあって、風雅を求める政宗の強靭な心胆に秀吉が感動し、その人となりを称讃したということであろう。

「関ヶ原」を経、元和元年（一六一五）大坂夏の陣により豊臣氏は滅亡した。そして世は徳川氏の治世となった。家康・秀忠・家光と、三代にわたり信任きわめて厚かった政宗は、寛永十二年一月、江戸城二の丸において家光に茶を点てた。

十七　伽羅をめぐる細川家・伊達家間オークションはほんとうに行われたのか

鷗外は作品（初稿）において彌五右衛門殉死の発端について次のように書いた。

〈相役《あひやく》と両人《りやうにん》にて、長崎《ながさき》へ出向候《しゆつかうそろ》。幸《さいはひ》なる事《こと》には異《こと》なる伽羅《きやら》の大木《たいぼく》渡来致居候《とらいいたしをりそろ》。然《しかる》処其伽羅《ところそのきやら》に本木《もとき》と末木《うらき》との二《ふた》つありて、遙々仙台《はるばるせんだい》より被差下候《さしくだされさうらふ》伊達権中納言殿《だてごんちゆうなごんどの》の役人《やくにん》是非共本木《ぜひとももとき》の方《かた》を取《と》らんとし、某《それがし》も同《おな》じ本木《もとき》に望《のぞみ》を掛《か》け、互《たがひ》にせり合《あ》ひ、次第《しだい》に値段《ねだん》を附上《つけあ》げ候《そろ》。〉

忠興の命を受けた主人公は、長崎表で南蛮渡来の伽羅のオークションを伊達家の家臣との間で演じた。しかもそのオークションが行われたのは寛永元年五月のことであったという。ほんとうにそういう事実があったのか。

このことについて『興津又二郎覚書』『細川家記』は彌五右衛門の長崎出張を寛永元年三月のこととしている。たとえば『細川家記』には次のようにある。

〈君沢追腹《おひばら》せしゆへハ彌五右衛門《やごゑもん》寛永元年三月《くわんえいぐわんねんさんぐわつ》長崎《ながさき》に役《やく》して有《あり》し時名香《ときめいかう》を持来《もちきた》りて価《あたひ》何程《なにほど》と云《い》ふ彌五右衛門《やごゑもん》思《おも》ふニ何《なに》とそ何《なに》とそ調《ととの》へ主人《しゆじん》に奉《たてまつ》らんと……。〉

この本文中、彌五右衛門の出張については、その具体的な目的は何も記されていない。単純な推測だが、彌五右衛門の任務は「細川藩長崎出張所」の営業マンだったのかもしれない。そこにたまたま貿易商の営業マンが伽羅のセールスに来た。価格はこれこれと言う。見ればまさしく逸品である。なんとか購入し、主人の茶の湯の具として献上したい……。『細川家記』の記事はこう認めないだろうか。

今仮にそうだとすると、『翁草』の記事内容と、時間的な意味で若干の齟齬が生ずることになる。つまり『翁草』の記事は、すでに渡来している香木を求めて彌五右衛門等が出張したとあるからだ。どちらが真実だろうか。

だがこの後の記述は、彌五右衛門が香木購入に関し相役と口論に及ぶという点で、諸史料一致している。ただその口論の原因となった香木購入に伊達家が関わっているとしたのは『翁草』だけである。その他の諸書には、伊達家のことについてはなんの記述もなされていない。

しかし細川家の購入した香木と伊達家との関係についての疑問の解決は、意外なところにその突破口があった。

ぼくは当時、「政宗と茶の湯」について調査していた。そのとき『伊達政宗　文化とその遺産』という本に出会った。

同書中第一部３「伊達政宗と京都文壇」の執筆者である浅野晃氏は例の香木について次の二著を紹介している。その二著とは『色道大鏡』と『貞山公治家記録』である。ぼくは即磐田市立図書館に走った。むろん両書を借覧するためである。十日ほど経って閲覧することができた。以下はその略式レポートである。

まず『貞山公治家記録』。これは十七代政宗時代の伊達家公式記録である。いまは藩祖伊達政宗公顕彰会から『伊達公治家記録』として活字本が刊行されている。その「貞山公」巻之三十二に寛永三年九月の記録がある。

この年なかば秀忠・家光上洛、全国の諸大名供奉したため京都はたいへんなにぎわいとなった。このとき政宗も当然上洛した。都では政宗は香会の開催・能の興行・歌会の開催等八面六臂の活躍をした。九月六日、後水尾天皇が二条城に行幸した。そのときの模様は『徳川実紀』に詳しい。この日の記録だけでも上下二段組活字本数ページにわたるほどおびただしい記録量である。『野史』第九巻本紀［後水尾天皇］が、六日から十一日までの模様をわずか八十二文字で記しとどめたのとは雲泥の差である。

政宗が京都から帰国の途についたのは十月十六日だった。その前月二十六日の『貞山公治家記録』に、次のようにある。

〈豊前少将《ぶぜんのせうしやう》忠利《ただとし》朝臣《あそん》細川越《ほそかはえっ》中守《ちゅうのかみ》ヨリ書状到来《しよじやうたうらい》御返書進《ごへんしよしん》セラル〉

〈伽羅《きやら》ノ価《あたひ》ノ事今晩遣《ことこんばんつかは》サルヘシ若《も》シ日暮《ひく》レハ明朝進《みやうてうしん》セラルヘキ旨著《むねあらは》サル〉

〈此節《このせつ》　公名香《こうめいかう》ヲ買求《かひもと》メラレ柴舟《しばふね》ト名《な》ツケラル世中《よのなか》ノウキヲ身《み》ニツムノ倭歌《わか》ニ因《よ》リ玉《たま》フ越《ゑつ》中守殿《ちゅうのかみどの》ヨリ頒《わか》チ来《きた》ル香 蓋其柴舟乎柴舟《かうけだしそのしばふねかしばふね》ノ香細川殿《かうほそかはどの》ニハ白菊《しらぎく》ト名《な》ツケラル禁中《きんちゅう》ニ於《おい》テハ蘭《らん》ト名《な》ツケ玉《たま》フ他家《たけ》ニハ初音初雁《はつねはつかり》ナトゝ名《な》ツケラルト云《い》フ〉

作品初稿では、名香伽羅は彌五右衛門が相役を打ち果たしてまで高値で買い求めたことになっている。しかし真実はどうも違うようだ。つまり、細川・伊達両家間のオークションの結果、本木・末木それぞれの所有権が決定したのではないのだ。実は後水尾天皇二条城行幸という政治的イベントのために上洛していた両外様大名間での直接売買だったのだ。

だが、それなら細川家ではそもそもその名香をどのようにしてゲットしたのか。

藤本箕山《ふじもときざん》のライフワーク『色道大鏡《しきどうおおかがみ》』が、延宝六年（一六七八）、起筆以来三十年余を費やして完成した。その「雑談部」に次のようにある（筆者が表記を改めてある箇所がある）。

〈それ初音は一木三名にして、天下無双の名香なり。細川越中守忠興に九州豊前の国をたまはりて、企救郡小倉に居城したまふ。賢息越中守忠利に国を譲りて、忠興は同国中津といふ所に隠居し、入道して三齋となづく。忠利城主たりし時、小倉の町人に土肥紹甫といひし者、商賈のために異朝にわたりて求め来りし木の大丁なり。佳香なればとて、先づ大守の一覧に備ふ。忠利香に驚きて、これを転覧のために中津に遣はす。老父三齋これを聞き試み、よろしとして少しく截採たまふ。これによつて忠利も漸く截りて紹甫に返したまふ。紹甫名香なることを知つつ、上洛して禁裏にささげたてまつる。その後仙台中納言政宗、これを望みて切り取りたまふ。時にこの香叡聞あり、古今無双なりとて、一名成る。

きくたびにめづらしければ郭公／いつもはつねのこゝちこそすれ

此永縁僧正の歌をもって、初音となづけさせたまふ。細川家には、烏丸亜相内縁なれば、光広卿をしてこれに名づく。

たぐひありと誰かはいはむ末にほふ／秋より後のしらぎくの花

これに拠て白菊といへり。伊達家には、

世のわざのうきを身につむ柴舟や／たかぬさきよりまづこがるらん

この歌をもつて柴舟と称す。かく三名ありといへ共、初音は、勅号なるにより、さきだつて此名を用ゆ。〉

この話をそのまま事実として信ずることはむろんできない。だが信憑性の高い部分もないではない。それは、この香木が細川家に渡った時が比較的限定されていること、細川家に献上した人物名が明確であること、である。

忠利が生まれたのは天正十四年（一五八六）十月十一日、丹後の国においてであった。彼はハイティーン時代を人質として江戸に過ごした。父忠興の隠居にともない、元和六年（一六二〇）豊前小倉の城主となった。その後忠利が熊本に転封されたのは寛永九年（一六三二）のことであった。したがってその小倉在藩期間は十二年ということになる。しかし政宗が香木を購入したのは寛永三年（一六二六）のおそらくは九月であった。つまり忠利が土肥紹甫から香木の献上を受けたのは元和六年から寛永三年までの六年の間だったことになる。しかも献上した人は、城下の町人である。ありそうなことだ。

ぼくはこの土肥紹甫なる人物に興味をもった。香木を所有することができるくらいの人であるから、名もなき市井の人とは思えない。あるいは後世に名を残すほどの人物ではないか。そう思って手近な事典類を当たってみた。だが結果的にはこの人の名を発見することはできなかった。

それでもあるいは地方史などに名を残しているのではないか。そう思って、北九州市立中央図書館に問い合わせてみた。担当の方は親身になって調査にご協力くださった。が、残念ながら、こちらのルートにおいてもその名を発見することはできなかった。

だが『色道大鏡』は忠利に香木を奉ったのは小倉の町人だといっている。土肥という姓であるからにはいずれ由緒ある家柄の人物ではないか。それから土肥紹甫という人は、記録類に名が登場しないとはいえ、実在の人物である可能性はかなり高いのではないか。そのステータスもかなり高い人なのではないか。そしてもしこの推測が当たっているなら、細川・伊達両家に珍重された香木の入手経路についての信憑性はかなり高いのではないか。

と思っていたところ、北九州市立中央図書館から調査・検索の最終報告のＦＡＸが入った。それには調査・検索資料名が詳細に記されてあった。と同時に、有力な参考資料名が示されてあった。感謝の一言である。

その参考資料とは武野要子氏の著作『藩貿易史の研究』である。

手前味噌ではあるがやはり推測は当たっていたのだ。同書によれば、「九州探索書」に土井の浄甫、「細川文書」に問紹甫という人名の記録があるという。おそらく『色道大鏡』の土肥紹甫も同一人物であろう。

この問紹甫、どうやら朱印船貿易家のようだ。「元和八（一六二二）年の細川文書にも問紹甫の交趾渡海の事実がみえる」と前掲『藩貿易史の研究』にある。交趾とはベトナム北部の地名であり、伽羅のうちでも最上級の伽羅の産地である。「問」の渡海は寛永五年がその最後とのことである。だが、それ以前に寛永年間の「問」の貿易活動については、細川藩の強力なバックアップがあった。というよりもむしろ貿易活動そのものが藩主導で行われていたらしい。だとすれば、「細川家の香木」の入手経路については『色道大鏡』の記すところが真実に近いのではないか。後水尾天皇に献上したというのも、『翁草』には献上者が細川忠利ということになっている。しかし、問ほどの人物である。しかも細川忠興という当代随一のその道の大家の保証つき香木である。「問」みずからが献上したとしても充分あり得ることではないか。

長崎表における香木購入者は興津彌五右衛門だったとする『翁草』の話は何を根拠にしたものだったのか。もしかして忠興に対する香木献上のルートが「問」「興津」の二ルートがあったのか。そのことを、同書が抜粋したという『当代奇覧』は、もしかしたら記していたのかもしれない。しかし、その書が現存しない今、ぼくがたどり得たところは、以上がせいぜいのところであった。

十八　彌五右衛門が討った相役とはだれか。またどこで討ったのか

初稿執筆の際鷗外は、興津の長崎出張目的は、忠興の茶事に用いる珍しい品の買い付けであっ

たと書いた。それから、香木購入をめぐって同行者と意見が対立、口論となったと書いた。そしてさらに鷗外は、「貴殿《きでん》（注・相役）が香木《かうぼく》に大金《たいきん》を出《いだ》す事《こと》不相応《ふさうおう》なりと被思候《おもはれさうらふ》は、其道《そのみち》の御心得《おこころえ》なき故《ゆゑ》」と興津に言わせた。それに対し相役は「旅館《りよくわん》の床《とこ》の間《ま》なる刀掛《かたなかけ》より刀《かたな》を取《と》り、抜打《ぬきうち》に切附《きりつ》け」た。興津も「飛《と》びしざりて刀《かたな》を取《と》り、抜合《ぬきあは》せ、只一打《ただひとうち》に相役《あひやく》を討果《うちは》たし候《そろ》。」

この場面に関してぼくは二つの点について「疑問」を持った。一つは、興津の同行者は誰だったのか、もう一つは彌五右衛門が相役を討った場所はどこか、という点である。

第一の点について。

明治天皇ご大葬直後執筆の初稿では、同行者は「相役」とあるだけで、その具体的姓名は明示されていない。しかし翌大正二年に改稿した時には、その相役は横田清兵衛という武士であるとその姓名を明示した。それは『興津又二郎覚書』『興津家由緒書』によった記述であった。

作中の彌五右衛門は主命を帯びて相役とともに出張した。伽羅の名木購入で伊達家の武士と競り合い、それがもとで口論、結果その相役の命を奪った。そういう顚末は作品執筆の典拠『翁草』に拠ったものである。

さらに次の点も『翁草』に拠ったものである。すなわち、購入した香木を携え主人忠興の御前に出頭し、相役殺害の責任をとって切腹を願い出たこと。その興津に、忠興が助命の申し渡しをしたこと。自身の前で相役の遺子と意趣を残さないための杯をささせたこと。

第二の点。彌五右衛門が相役を討った場所はどこであったか。

初稿では、彌五右衛門と横田清兵衛が口論したのは長崎の「旅館」ということになっている。このことについてぼくは以前から少なからず興味と関心をいだいていた。

たとえば、現在浜松市には「伝馬町」「旅籠町」といった町名がある。こういう町名が江戸時代の名残なら、当時の国際都市長崎にも専門宿泊施設があったはずだ。また文久元年、津和野へ帰国途中の鷗外の祖父が客死した土山宿の旅籠は、だいたいが平屋であったという。とすれば、いささか時代の隔たりはあるものの、二人が宿泊していた「旅館」は平屋だったのではないか。

国際貿易港長崎がいつ開港したかについて、『長崎市史』は、元亀二年（一五七一）のこととしている。これは信長が延暦寺を焼き討ちした翌年のことである。もちろん長崎に以前からの先住者がいなかったわけではない。しかし港湾都市としての長崎は、元亀二年をもってその起源と考えるということである。

開港以後の長崎の発展経路は、『長崎市制六十五年史』という本を見るのがいちばん早わかりである。同書は昭和三十四年に長崎市役所総務部調査統計課が編纂発行した。筆者が借覧した同書にはところどころに長崎の古地図が挟み込まれていた。

「創建当時の長崎図（想像図）」を見ると、半島が断崖になっている。それが海に突出、その先端部分に平戸町・嶋原町・横瀬浦町・外浦町・ぶんち町と六町の表示がされている。

それが文禄・慶長当時の「長崎内町図（想像図）」になると、半島根幹部分に向かって都市化が進んでいる。そのほぼ中央部には奉行所もある。

さらに「江戸時代後期の長崎」になると半島全体が都市化され、その両側もすっかり都市整備が進んでいる。

一般的にいって都市の発展は人口の増加現象と不可分である。長崎の場合、基本的には国際貿易港として発展していった。だから人口の構成や増加現象にもそういう都市の特徴あるいは性格が当然反映した。

具体的にいうと、定住者・不定住者双方の人口が増加した。ちなみにこの不定住者とは、国内各地からの長短期旅行者や遊学目的の旅行者、また外国人のことである。そういう人々の数が時代とともに増加していった。

そこで問題となるのがそういう不定住者、とくに興津のようなビジネス目的の旅行者の宿泊施設である。

この件についてぼくは、不定住者の専門宿泊施設、現在のホテルが、長崎にも存在したものと考えていた。ところが長崎の歴史に詳しい方の話によると、長崎にはそうした施設はついぞなかったという。それならそういう人々はどこに宿泊していたのか。

　郷土史家の語るところはこうである。

　江戸期の長崎は時とともに発展し、多くの町々があった。それぞれの町にはいわば自治会組織のようなものがあり、そこにそれぞれリーダーがいた。長崎に宿泊する者は必ずそういう立場にいる人たちのお世話にならなければならなかった。つまり宿泊者たちはまず町のリーダーを訪れ、そのリーダーの仲介によって宿泊先を割り振られていた。いうなれば民宿だったのだ。『長崎市史』に「風俗編」があり、その第九章が「衣食住」となっている。それによれば、寛永ごろの家屋には平屋が最も多く、二階建ては少ない。屋根は瓦葺きの家屋もあるが、かなり多くは板葺き屋根の家屋である。元禄期、中流以上の人々は多く二階建てに住み、中流以下の人々は多く木造平屋に住んでいた。また豪商といわれるような人々の家屋は唐土風二階建家屋しかも庭付きで住環境は「良好」だった。

　彌五右衛門が宿泊していた「旅館」の部屋には、床の間・違い棚があった。それから唐金の花瓶が置いてあった。部屋のグレードは低くはないように思われる。どのような家に泊まっていたのであろうか。

　それを示唆する記載は『忠興公御家譜』『細川家記』『綿考輯録』にある。たとえば『細川家記』には次のように記されている。

〈扨《さて》横田《よこた》清兵衛《せいべゑ》と申者《まうすもの》両人《りやうにん》長崎《ながさき》御留守居《おるすゐ》被仰付《おほせつけられ》相勤《あひつとめ》候《さうらふ》内《うち》寛永元年三月《くわんえいぐわんねんさんぐわつ》の比《ころ》末次平《すゑつぐへい》蔵宅《ざうたく》ニ而《て》御用談《ごようだん》有《あり》候《さうらふ》節《せつ》清兵衛《せいべゑ》脇差《わきざし》を抜《ぬき》右兵衛《うひやうゑ》ニ抛付《なげつけ》勝手《かつて》ニ立《たち》申《まうし》候《さうらふ》即座《そくざ》難差通《さしとほしがたく》清兵《せいべ》衛《ゑ》を討果《うちはたし》申《まうし》候《そろ》〉

厳密にいえば、これだけの文面において、興津・横田の両人が宿泊していた家を決定することには無理がある。それを承知の上で想像力をたくましくすれば、「御用談」の行われたのは室内であった。しかし、売り手にすれば、買い手側相役同士の意見不一致がもとで刃傷沙汰というのも、迷惑至極なことだ。場面としては不自然の感を免れない。やはり殺生の行われたのは末次平蔵宅の、両人が宿泊していた部屋と考えるのがもっとも無難ではなかろうか。

末次平蔵。出生年未詳、寛永七年（一六三〇）没。末次家は博多の商人。父興善は嫡子に博多本家を嗣がせ、長崎開港後次男平蔵とともに長崎に移住、興善町を拓き、海外貿易を展開。平蔵の代に長崎代官となる。往時の状況等知りたく思い、長崎県立図書館に問い合わせた。平蔵の旧邸すなわち代官屋敷は、長崎半島の根幹部に位置する勝山町にあった。が、その規模・構造等不明であるとのことであった。

武野要子氏『日本の古地図　長崎・平戸』で、その位置を確認した。同書所収の地図（永島正一氏「古地図で歩く長崎今昔」）によると、現在の長崎駅東山手寄りに同町があった。その一角に「サンドミンゴ協会跡・末次平蔵邸・高木作右衛門邸」の表示がある。前掲『長崎市制六十五年史』所収の「江戸時代後期の長崎」図の勝山町に「高木作右エ門」の表示がある箇所である。

いま関係資料をまったく欠いていることが惜しまれてならない。だが、なんといっても末次平蔵は豪商である。その邸宅の規模などについては、史実とぼくらのイメージとの間に、それほど大きな懸隔はないのではないか。

ではなぜ興津・横田の両人が末次邸に宿泊していたのか。そのことについては武野要子氏著『藩貿易史の研究』を読んで納得できた。同書によればそれはこういうことである。

長崎開港後の長崎には博多商人の移住者がかなりいた。それらの人々は町立てに尽力しその町のリーダーとなった。末次平蔵は渡航経験もすこぶる豊富な豪商であった。それ故平蔵と細川藩との関係はきわめて密なるものがあった。細川藩には藩主の指定する物品購入をその仕事とする「長崎御買物奉行」なる人々がいた。通常二人で長崎に出張し、任務を遂行していた。

だとすれば、長崎に出張した細川藩の人々の中には、末次邸で厚いもてなしを受けていた人々もいたはずだ。興津・横田の両名もおそらくはそういう人々のうちの一人であると考えられる。

つまり彼らはその出張目的が香木購入ということであるなら、宿泊先は輸出入品取り扱い業者の家だ。その目的遂行のためには最も合理的な場所に宿泊していたということになるだろう。ところが先述のとおり、細川家では名木伽羅を小倉の町人問紹甫から入手していた。それなら興津・横田両人の出張目的は伽羅購入のためではなかったということになる。つまり彼らの喧嘩の原因は、伊達家家臣との間の伽羅の価格競争によるものではなかったということになる。それでは彼らは何がもとで喧嘩をし、侍一人の命が失われ、果てに興津が殉死をしなければならなかったのか。

このことについて触れてある史料は、管見では『朝山斎之助覚書』だけである。同書は次のように記す。

〈真源院様《しんげんゐんさま》御代《みよ》の御奉行《おぶぎやう》勤《つとめ》ける沖津彌五右衛門《おきつやごゑもん》の同役何某《どうやくなんのなにがし》も罷《まか》りて其後《そのご》互《たがひ》に一理《いちり》有《あつ》て後《のち》ハ口論被成《こうろんなされ》同役何某《どうやくなんのなにがし》彌五右衛門《やごゑもん》の面《おもて》をしたたかにくらはす依《よつ》て彌五右衛門《やごゑもん》侍《さむらひ》にあらさる仕《し》かたとて則打《そくうち》はなし……〉

これによれば、彌五右衛門と横田清兵衛との間に、あることがらに関する意見の齟齬があって口論となった。エキサイトした清兵衛が彌五右衛門にビンタを張った。それを、武士にあるまじき行為だとして、彌五右衛門は報復行為に及び、一刀のもとに清兵衛を切り捨てた。このことを逆に考えれば、清兵衛の武士らしからざる行為がなければ、清兵衛は落命することはなかったのだ。

こういう場合、当時の常識では、「喧嘩両成敗」が一般だろう。すなわち彌五右衛門の切腹というかたちで一件落着というのが普通だと思う。しかしこの事件を忠興は、次のように裁定した（『朝山斎之助覚書』）。

〈彌五右衛門《やごゑもん》是《これ》へ召《め》せとて御前《ごぜん》江《え》被召成《めしなされ》其時《そのとき》御用談口論之《ごようだんこうろんの》次第一々《しだいいちいち》に御聞被成《おききなされ》さて御意《ぎよい》ニ委敷聞届《くはしくききとどけ》たり同役何　某《どうやくなんのなにがし》儀手近腰《ぎてぢかこし》のものを以《もつ》て向《むか》ふならハ　侍《さむらひ》なるべしこ婦《ぶ》しを以《もつ》てつらを打事是《うつことこれ》　侍《さむらひ》のたましひにあらし〉

十九　彌五右衛門はどこで切腹したのか

初稿本文には、興津が切腹したのは、京都の北方船岡山の西麓に結ばれた草庵室内とある。実在の興津も草庵室内で孤独に切腹したのか。

平成十年六月十八日の京都は文字通りの梅雨の中休みで、よく晴れた日だった。日中の気温はほとんど真夏並に高かったと思う。この日、鷗外記念会事務局長吉倉煌氏と大徳寺高桐院を訪問することになっていた。大徳寺総門午後一時が待ち合わせ約束時間だったので、午前中市内数カ所を巡り、昼ころ船岡山に登った。

この船岡山、桓武天皇が都造営の基点としたのがこの船岡山であった。ここを基点として、都のメーンストリート朱雀大路が引かれた。その朱雀大路が現在の千本通りにほぼ該当するという。

そういえば、かの『枕草子』にも「岡は、船岡。片岡。鞆岡は笹の生ひたるがをかしきなり。かたらひの岡、人見の岡。」とある。清少納言にとって、岡といえば即船岡山だった。ところがそれから三百五十年後に、兼好法師は『徒然草』に次のように書いた。「都のうちに多き人、死なざる日はあるべからず。一日に一人二人のみならんや。鳥部野、船岡、さらぬ野山にも、送る数多かる日はあれど、送らぬ日はなし」。その昔都の基点となった由緒あるその場所も、兼好氏の生存当時おそらくは「聖苑」と化していたのであろう。

登山口がわからなくて何度か辺りの人に訊ねた。そのたびに頂を仰いだ。いま思えばぼくはたぶん織田信長を祀った健勲神社の方から登ったのであろう。頂上にはスケッチを楽しむ学生風の若い男が一人いただけで、ほかにはだれもいなかった。ぼくは都の基点となった標を見、頭を返して眼下に拡がる都の市街を眺めた。そして、遠い平安遷都のころ、また鴨長明氏や兼好氏のころに思いを馳せた。

帰りは登ってきたときとは別の道を下山したが、運よく山の西麓に出た。それから楽只小学校の傍らを通り、北大路通りに出て、待ち合わせの場所に向かった。

大徳寺は京都市街の北方ほぼ中央に位置する臨済宗の大寺院である。開山は宗峰妙超（弘安五年〜建武四年（一二八二〜一三三七）。開山当時後醍醐天皇が勅願道場とするなど隆盛の時期もあった。が、一時は衰運の波を被ったこともあり、現在に至っている。広大な寺域のなかには、枯山水の庭で有名な大仙院がある。また古田織部の墓所三玄院など多くの塔頭があり、高桐院もその一つ。

高桐院は寺域ほぼ中央西寄りにある。慶長十五年（一六一〇）八月逝去した細川幽斎藤孝は、京都南禅寺天授庵に葬られた。同院は慶長七年（一六〇二）三斎忠興が父幽斎の菩提所として、玉甫紹琮を開山として創建した塔頭である。ちなみに玉甫紹琮は幽斎の弟である。『寛永諸家系図傳』には「大徳寺の僧。玉甫と号す」とある。

ぼくが同院を訪れたときは、時節柄、院内の木々の緑がとりわけ鮮やかで目にしみるようだった。院内には燈籠の墓塔をはじめ、細川家歴代当主の墓がある。その燈籠は忠興・ガラシャの、千利休が秀吉の所望をことわってまで忠興に贈ったものといわれる。

興津が切腹した場所はその大徳寺の西南方船岡山であったと諸史料口をそろえる。しかしその場所が船岡山の「西麓」と限定したのは『翁草』と『二川随筆』ぐらいなものである。

ぼくが通った山の西側斜面には、石の階段があった。平地に接する山の斜面に道路を通すための石垣が積まれているところもあった。切腹現場が草原であったのか土面であったのか、いまの市街の状況からはまったく想像がつかない。まして大徳寺から山の西麓に至る道が、いまの北大路通りの位置にあったのかどうか。仮にその道が現在の位置と同じであったとしても、その幅員、両側の様子等、いまとは全然違っていただろう。

初稿執筆に際し鷗外の拠ったのは『翁草』で、他の参考資料も『徳川実紀』『野史』だけだった。だから鷗外はめいっぱいイマジネーションをはたらかせ、主人公に桑門同様の簡素な暮らしをさせた。そして、最後の儀式も庵室の中で執行させた。

こういう場面設定の裏には、明らかに乃木自刃のイメージが強くはたらいていたものとぼくは考えている。しかし実在の興津は船岡山西麓に庵を結んだことはなかった。それから、切腹についても暗室の中で窓の雪明かりをたよりに孤独に皺腹搔き切ったのでもなかった。そのことを鷗外は、おそらくは初稿脱稿後確認した。そして翌年、切腹が「船岡山の下に仮屋を建てて執り行われたと書き改めた。

二十　彌五右衛門の切腹は、いつ、どのように行われたか

初稿執筆時鷗外は、興津が切腹した年月日について、万治元年（一六五八）十二月二日夜のこととした。

なぜその日の、しかも夜のこととしたかについては、さきに引用した初稿の「あとがき」に説明があった。すなわち『翁草』の記事に不合理な点があったので、整合性をもたせるために若干の考証をした結果であった。

遺書（作品）中の、興津の殉死に至る経過説明はいたって明快である。まず興津（作者）は長崎表の「旅館」での相役横田清兵衛との口論の次第を説明する。続いて、その殺生の状況、また初志を貫き買い取った香木を携えて帰国したことを語る。それから興津は、主人忠興に、相役を討った罪により切腹を願い出る。忠興は許可しない。忠興からは「直《ただ》ちに相役《あひやく》の嫡子《ちやくし》を被召《めされ》、御前《ごぜん》に於《おい》て盃《さかづき》を被申付《まうしつけられ》」た。

その後主人公が切腹するまで、すなわち寛永元年から万治元年まで、足かけ三十五年という歳月が流れる。これは乃木希典が、西南の役で敵に軍旗を奪われ、天皇崩御により殉死するまでの三十五年と完全一致する。その三十五年間における主家および彌五右衛門の動静を、作者

は作品中淡々と語る。

ここで話の展開上、まず本文関連の、概ね先述した史実を再整理しておきたい。


寛永　三年（一六二六）　九月　忠利、後水尾天皇二条城行幸に際し上洛。伊達政宗に伽羅を頒ける。

　九年（一六三二）　十月　忠利、熊本拝領。

　　　　　　　　　十二月　忠利、熊本入城。忠興、八代に移る。

十三年（一六三六）　五月　伊達政宗、江戸桜田邸で死去（七十歳）。

十五年（一六三八）　二月　忠利、島原の乱で天草四郎時貞を討つ。

十八年（一六四一）　三月　忠利、熊本城で死去（五十六歳）。

　　　　　　　　　五月　光尚、忠利の遺領を嗣ぐ。

二十年（一六四三）　　　六丸誕生。

正保　二年（一六四五）　十一月　六丸、江戸城にて家光に拝謁。

　　　　　　　　　十二月　忠興、八代で死去（八十二歳）。

四年（一六四七）　十二月　京都大徳寺で忠興三回忌法要（二日）。同日興津彌五右衛門殉死。

慶安　二年（一六四九）　十二月　光尚死去（三十一歳）。
　　　三年（一六五〇）　四月　六丸、光尚の遺領を嗣ぐ。
承応　二年（一六五三）　十二月　六丸、綱利と改名、越中守となる。

この略年表と、作品本文中の記述にくいちがいがあるところが数カ所ある。

その第一は、伊達政宗の死去した場所を少林《わかばやし》城としたことである。

その第二は、慶安三年、六丸が光尚遺領を継嗣した年齢は、「数え」でいえば七歳ではなく八歳である。幕府が六丸に対し、光尚の遺領の相続を許可したのは次の二つであったという。その一。三齋・忠利・光尚三代にわたる徳川家に対する忠誠を高く評価したこと。その二。光尚臨終に際する、嗣子幼少故の領地返上を願う神妙な心掛けを評価したこと。

その第三は、六丸家督相続当時の興津の住所に関してである。初稿では、六丸が城主になった時、興津は京都に在住していた。実在の興津が船岡山で殉死したのは正保四年十二月二日であった。したがって、それ以後の主家に関わる、たとえば光尚死去・六丸家督相続等は興津が存知しているはずがない。

その第四は、「殉死《じゅんし》は国家《こくか》の御制禁《ごせいきん》なる事《こと》、篤《とく》と承知《しょうち》候《さうら》へ共《ども》」についてである。殉死が

「国家の御制禁」となったのは、寛文三年五月のことである。興津が殉死してから十五年も後のことである。お触れが出る前に他界した人間が、お触れの内容など知るはずはない。

その第五は、「某《それがし》平生《へいぜい》朋友《ほういう》等《とう》無之《これなく》候《さうら》へ共《ども》」の部分についてである。興津は「某《それがし》致仕《ちし》候《そろ》てより以来《いらい》、当国船岡山《たうこくふなをかやま》の西麓《せいろく》に形《かたち》ばかりなる草庵《さうあん》を営《いとな》み」暮らしていた。そしてその身は「某《それがし》頭《かしら》を剃《そ》りこくり」、「年来《ねんらい》桑門《さうもん》同様《どうやう》の渡世《とせい》致居《いたしをり》候《さうらふ》」ということであった。それなら「平生《へいぜい》朋友《ほういう》等《とう》無之《これなく》候《さうら》」でないと話の辻褄が合わない。しかし、実在の興津は、「朋友《ほういう》等《とう》数多《あまた》有《これ》之《あり》候《さうらふ》」であった。

その第六は、「大徳寺清宕和尚」という固有名詞についてである。正しくは「大徳寺清巌和尚」である。

二十一　彌五右衛門の殉死には主人の許可があったのか……直前の彌五右衛門

興津は自分の切腹について、主人の許可を得ていたのかいなかったのか。もし許可を得ていたのなら、だれの許可を得ていたのか。忠興か、忠利か、光尚か。

寛永十五年（一六三八）、興津が島原の乱で負傷、帰国後平癒した。そして翌寛永十六年からだろうか、興津は「江戸《えど》御聞番役《おききばんやく》被仰付《おほせつけられ》正保《しやうほう》四年《よねん》迄《まで》相勤《あひつとめ》申《まうし》候《さうらふ》」（『細川家記』）だった。ということは、忠利死去と光尚の後継、綱利誕生、忠興死去等の情報を興津は江戸で得ていたわけだ。

しかしそれら主家に関する情報のうち、興津の心を最も強くとらえたのは、忠興死去だったはずだ。おそらく興津は、自分の死期は忠興死去がその時だと横田との一件以来、心中堅く決めていたものと思う。なぜなら、興津が最も恩顧を蒙ったのは忠興だったから。

『細川家記』は記す。「三齋君於八代《やつしろにおいて》御《ご》逝去《せいきょ》之《の》事《こと》承《うけたのは》」るや、興津は即刻「御厚恩《ごこうおん》難奉報《むくいたてまつりがたく》殉死《じゅんし》仕度《つかまつりたく》光尚君《みつひさぎみ》ニ奉願候《ねがいたてまつりそろ》」た。しかし、心ならずも慰留された。だが殉死の望みやみがたく、「存念《ぞんねん》之《の》趣《おもむき》等《とう》委《くはし》く申上候《まうしあげそろ》」たところ、「願《ねがひ》之《の》通《とほり》被仰付候《おほせつけられそろ》」た。そこで「御跡《おあと》之《の》御用《ごよう》等《とう》心《こころ》志《し》つかに相仕舞《あひしま》い」、忠興「三回《さんくわい》御忌《ごき》御法事《ごほふじ》之《の》節《せつ》」いよいよ決行ということになった。

十月半ばごろから興津は諸所別れの挨拶回りをし始めた。心からなる餞別も多くいただいた。同二十九日、主家に暇乞いに伺った。その日朝、江戸上屋敷に参上、お料理のご相伴を仰せつけられ、光尚みずから茶を点てて振る舞った。

引出物として紅い裏地を用いた細川家の九曜の家紋付き小袖二領を贈られた。退出後、あまりに名残惜しく思ったか、光尚は林外記・藤崎作右衛門を興津の許に派遣した。そして、死後妻子のことは心配無用、殉死に際しては細川家の対面もあり、必要な金子を惜しんではならない。また京都に着いたらすべて古橋小左衛門と相はかり、首尾よく決行すべき旨伝えさせた。そのときの光尚の送別歌。

ぬきとめす消《きえ》にし野辺《のべ》の草《くさ》の露《つゆ》かゝる情《なさけ》の露《つゆ》の白玉《しらたま》

十一日二日、江戸を発った。その際、田中左兵衛が品川まで見送った。光尚がわざわざ派遣したのだった。

興津の京都到着は十四日であった。そのことは興津自身が証言している。少し説明しよう。細川家永青文庫に『雑録　古文書集録ナリ』という文書がある。その中に興津が熊本の家老長岡佐渡守に宛てた書簡の写しがある。本人直筆でないのが惜しまれる。

この文書に最初に光を当てたのは藤本千鶴子氏であった。その全文とそれに関する氏の論が、昭和五十六年四月十日発行『信州白樺』第四一・四二合併号に掲載された。ぼくも平成十年の夏、許可を得て同文書閲覧の栄に浴した。

この書簡は十一月二十一日の日付になっている。おそらくこの書簡が熊本の長岡の許に届いたのは、興津が実際に切腹した十二月二日前後のことと思われる。興津が江戸から京都に到着するまで十二日かかっていることを根拠にした推測である。書簡の署名を「孤峯不白」という戒名にしたのは、その間の興津の計算によるものであろう。そういう藤本氏の推測にぼくも全面的に賛成である。

この書簡には手紙が書かれた場所は大徳寺としてある。鷗外は改稿において、京都到着以後の興津の滞在場所を弟又二郎宅とした。しかし興津は殉死するまでの二十日ほどを大徳寺に世話になっていたのではないだろうか。

その興津の書簡の内容のポイントをいくつか紹介したい。

その一。上洛後興津は大徳寺に直行しているらしいこと。

もちろんその目的は墓参と挨拶であろう。忠興は正保二年（一六四五）十二月二日、八十三歳の高齢をもって八代に没した。墓所は熊本の泰勝寺であるが、京都の大徳寺高桐院にもある。興津の現在の主人は光尚だが、直接恩顧を蒙ったのは忠興である。その忠興の墓所に興津は、なにはさておき直行したのである。

こういう感覚は正直現代人には理解しがたいところがあろう。だが、近世封建の社会に「プライベート」の観念はおそらく存在しない。武士は行住座臥「滅私」のこころを持たねばならないのだ。明治末期、勅命により学習院長に就任した乃木希典は、院内の一室に起居した。持ち物は日常生活に必要な最低限度のものだけだったという。陛下の藩屏としての心がけによるものである。そういう両者に共通するものは、申すまでもなく「武士の魂」である。

大徳寺においては何人かの僧侶が興津の挨拶を受けたと思われる。が、高桐院の清巖和尚に対するそれは、ことのほか丁重なものであったにちがいない。十二月二日は、忠興三回忌の法要が予定されていた。それ故、江戸の当主と高桐院との間には、綿密な連絡がとられていたはずである。

そうしたなかに、江戸からの連絡として興津殉死の件もあったのではないか。興津上洛の情報は江戸表の当主のもとからすでに清巖和尚の耳にも届いていたであろう。したがって、両者の対面はいたって厳かな雰囲気のなかで行われたものと思う。

その二。本人と当主との間に、殉死についての意識のギャップがみられること。

興津が殉死の許可を光尚に願い出たのは、忠興逝去の情報をキャッチした直後のことと思われる。そのとき光尚は興津の申し出に対し、慰留して許可しなかった。興津殉死にこういう経過があったことを、初稿段階においてもちろん鷗外は知らなかった。だから「殉死《じゅんし》は国家《こくか》の御《ご》制禁《せいきん》なる事《こと》、篤《とく》と承知《しようち》候《さうら》へ共《ども》壮年《さうねん》の頃《ころ》相役《あひやく》を討《う》ちし某《それがし》が死遅《しにおく》れ候迄《さうらふまで》なれば、御咎《おとがめ》も無之歟《これなきか》と存候《ぞんじそろ》」と書いた。

慰留された興津が「存念之《ぞんねんの》趣《おもむき》等《とう》委《くはし》く申上候《まうしあげそろ》」たのがいつのことかはわからない。しかし、最初の殉死許可出願が忠興逝去の直後だとすれば、切腹までにまる二年時間の経過がある。そうすると、存念申し上げの時期は正保四年の秋ごろだったのではないかと思われる。そしてもしそうなら、迫り来る三回忌を前に、興津の心中には緊迫した複雑な思いが募っていったはずだ。そしてその間の興津の気持ちは、日露戦役報告に参内し、切腹を願い出、天皇から慰留されて以後の乃木希典陸軍大将の心理と、かなり重なるものがある。

興津本人の殉死に関する「存念」とは、簡単明瞭、贖罪と忠誠である。当人にしてみれば、武士としてのおのれの殉死の意味のすべてがそこにあると考えていたにちがいない。

ところが興津の存念とは別に、光尚は細川家の当主として、別の観点から興津の殉死を考え、それを許可したのだった。

思うに十月二十九日、興津が最後の暇乞いに細川家江戸上屋敷に参った折、光尚は興津にこう言ったという。「三齋《さんさい》威光《ゐくわう》を上《あ》ケ、家《いへ》の威《ゐ》を増候段《ましさうらふだん》、近頃御満足《ちかごろごまんぞく》」。

つまり興津の殉死は忠興および細川家の威光を天下に示すものであるから、極めて満足している、というのだ。

そしてその三。殉死場所決定理由について（ぼくの仮説）。

ぼくは以前から、興津がなぜ殉死の場所として京都を選んだのか、その理由の証となる資料を求めていた。だが、残念ながら現段階においてそれを見るに至っていない。

殉死の場所を京都と指定したのは、おそらく本人の意志ではなく、主家の意向だったような気がする。つまり「三齋《さんさい》威光《ゐくわう》を上《あ》ケ、家《いへ》の威《ゐ》を増候《ましさうらふ》」には、京都という場所はまことにうってつけの場所だというわけだ。興津は細川忠興の臣であり、忠興の墓所は熊本にある。だから、常識的に考えれば熊本で殉死ということでよいはずである。事実、『阿部一族』で有名になった、忠利の死去に伴う十九人の殉死者は、みな城下で殉死している。しかるにそのセオリーを破ってまで、興津はその場所を京都と定めたのだ。そこになんらかの意図がはたらいていたと考えねばなるまい。

幽齋藤孝は京都に生まれ京都に没した。その子忠興も京都に生まれた。大徳寺内に藤孝の菩提所を創建したのは忠興であった。かく、京都は細川家にゆかりの深いところである。そういう理由も実際なかったわけではないと思う。またその高桐院で忠興の三回忌が催されるという時間的な附合もあずかっていたとも思われる。しかしそれだけでは、殉死場所の設定理由としては説得力に欠ける。やはり、その理由は「三齋《さんさい》威《ゐ》光《くわう》を上《あ》ケ、家《いへ》の威《ゐ》を増《まし》侯《さうらふ》段《だん》、近頃《ちかごろ》御《ご》満《まん》足《ぞく》」、つまり主家の示威のためと考えるのがもっとも合理的だと思う。

その四。「興津殉死」の情報について。

光尚から殉死の許可が下り、江戸を去る時、挨拶回りをした興津は、行く先々で人々の厚意を受けた。そのことは、興津自身も書簡中において触れている。そして京に上った興津は、そこでもまた人々からあたかも戦のヒーローであるかのように遇された。情報があまねく行き渡っていたとしか思えない。当人自身はまったく純粋な気持ちで亡き主人の御後を慕うつもりでいるのに、周囲が勝手に騒いでいるのだ。興津はいう。「寺《てら》え参《まゐり》候《そろ》而《て》も、京中之衆《きやうぢゆうのしゆう》被参《まゐられ》、一《いち》円無隙《ゑんむげき》、迷惑仕候《めいわくつかまつりそろ》。」

「寺《てら》え参《まゐり》候《そろ》而《て》も」とは、大徳寺到着後も、の意であろう。この手紙が書かれたのが到着一週間後であることを考えると、興津は以後寺に逗留していたと考えられる。「京中之衆《きやうぢゆうのしゆう》」は、具体的にはどういう人々か。まさか興津とまったく無関係な人々まで含んでいたわけではなかろう。だとすれば、藩の関係者か。もちろんそういう人々も含まれていただろう。ということは、つまり興津は「某平生朋友等無之《それがしへいぜいほういうとこれなく》」では決してなかった。

ただ、「一円無隙《いちゑんむげき》」という言葉は空間的な意味と同時に時間的な意味をも含んでいよう。とするならば、本人の気持ちを無視した周囲の人々の「偽善の驟雨」を興津はどう思っていたか。興津自身、正直苦々しさを通り越して、怒りの感情が湧き起こるのを抑制しきれなかったのではなかろうか。「迷惑仕候《めいわくつかまつりそろ》」という言葉の向こうに、苦り切って不機嫌を露わにしている興津の面持ちが目に見える。

今日の社会は「情報化社会」だという。そういう言い方をすれば、この社会はまことに結構な社会のように思われもする。しかし、情報というものは必ずしも発信者享受者双方にとってプラス方向に機能するとばかりは限らない。それは時に、抗いがたい力となって、まったく無遠慮に個人を土足で踏んづける。その時始末に負えないのは、踏んづけている当人にまったくその意識がないことではない。「慇懃無礼《いんぎんぶれい》」そのものの行動が随所にあらわれることである。興津のもとに参った「京中之衆《きやうぢゆうのしゆう》」は、いずれからか情報を得たのである。しかもその情報はセンセーショナルな内容を含んでいた。それ故、それが耳から口へ、口から耳へ伝わっていくうちに情報が独り歩きを始めた。その結果、興津自身もまったくあずかり知らぬうちに「生者」がもはや「死者」と化されてしまっていたのだ。

二十二　切腹はどのように行われたのか

東京大学総合図書館鷗外文庫に『忠興公御以来御三代殉死之面々』という文書が所蔵されている。改稿にあたり鷗外が参考にした興津彌五右衛門に関する史料の一つである。それには興津が切腹した年月日、興津の享年、介錯人姓名などが書かている。殉死当日の状況については「大《だい》徳《とく》寺《じ》門前《もんぜん》ヨリ船岡山《ふなをかやま》迄《まで》十八丁《じふはちちやう》之《の》所《ところ》藁《わら》莚《むしろ》敷詰《しきつめ》莚《むしろ》数《すう》三千《さんぜん》八百《はちひやく》枚《まい》程《ほど》之《の》由《よし》」と記されている。

「大徳寺門前」とは、総門前の意であろうか、高桐院門前の意であろうか。一丁は約百九ｍである。したがって十八丁は約二㎞ということになる。ぼくが船岡山の西側から北大路通りに出て大徳寺総門まで歩いた感覚では、それほどの距離にも感じなかった。実際はどれほどの距離なのであろうか。

ぼくの育った家は農家であったから、藁莚はいわば生活必需品だった。その莚は野良仕事のできない雨の日などに納屋《なや》の土間《どま》で父親が編んでいた。その作業をぼくも手伝わされた記憶がある。そうして編まれた莚は、秋、刈り取った稲を脱穀し、その籾《もみ》を天日に干す時に使われた。また、農事の準備作業をするときの敷物とか、時には子供の遊び道具としても使われた。

子供のころの記憶だから確実なことはわからないが、莚の規格は概ね畳のそれと同じぐらいだったように思う。つまり、一枚の大きさはおよそタテ一・八mということである。だとすれば、三千八百枚はどう考えても多すぎるように思う。よしんば当時の藁莚の規格が小さめなものであったにしても、あるいは横敷きにしたとしてもである。ぼくらは三千八百枚の莚を敷き詰めたなどと聞くと、ついその数詞のほうに目を引きつけられる。しかし、むしろ問題は、敷物の数量ではなく、興津の通る道筋に敷物を敷いたというそのことにあるのだ。

忠興から江戸詰を命じられたときの興津の役目は「御聞番」だった。それがどういう任務か詳細は知らぬが、常識的に考えれば、「御聞番」とは、いわば「端役」であろう。そういう人生を生きて来た人がその最期に、自分に向けられている無数の視線を感じながら莚の上を進む。その時、興津は、本人が望むと望まざるとにかかわらず、本然の興津ではなくなっていた。六十年の人生の最後のほんの一刻、興津は、興津という「主役」を、自ら意識しないまま演じていたのだった。それが三千八百枚敷き詰められた藁莚の意味であった。

さて、当日の状況報告である。『細川家記』等はほんの一刷毛程度の記述に終わっている。そのなかで、『二川随筆』の記するところはかなり詳しい。管見では興津切腹に関するこれ以上の詳細なドキュメンタリーは外にない。『日本随筆大成』から該当部分を引用する（筆者が表記を改めてある箇所がある）。

〈斯てその日は舟岡山の西の麓十間四方にやらひを結《ゆ》はせ、前に穴を掘りて両方に薪《たきぎ》を積もり、大徳寺の清巖《せいがん》和尚椅子《いす》に乗り、払子《ほっす》を持ちて控へらる。その前に畳を二畳敷き、その上に浅黄《あさぎ》の蒲団の如くなる物を敷きて、生害《しやうがい》の座に設けたり。彌五右衛門は熨斗目《のしめ》に長袴《ながばかま》を着し、乗物にて出で来たり、かの設けたる座に着座す。しかるに彌五右衛門かねていかなる所存にや。子供二人を勢州桑名の城主〔割注〕松平越中守定良。〕に奉公させ置きしかば、二人の子も桑名より馳せ登り、父が傍に畏《かしこま》る。越中守殿の大宮六角の京屋舗《やしき》よりも、留守居を始め役人足軽等多く来て警固せり。洛中の町人、近郷の百姓等、追腹《おひばら》を見物せんと群集する事夥《おびただ》しく、後にはやらひも踏み破り、推《お》し合ひ押《へ》し合ひするほどに、錐立《きりたて》去るべき地もなし。既に時刻に及びしかば、脇差《わきざし》を三宝《さんぼう》に乗せ、興津が座へ持ち行かんとす。おびただしき群集なれば、その中をおし分け踏み分け持ち出でんとすれども、なかなか容易《たやす》くは通り難し。彌五右衛門は待ちかねて、二三度うしろを見ける所に、漸《やうやく》に持ち出《い》づる。彌五右衛門余りに待ちかねて、心や急ぎけん。三宝台の脇差《わきざし》を戴《いただ》きもせず、直《ただち》に腹に突き立つる。かねて主人三齋公の三の字に引かんと言ひしが、その詞《ことば》に違《たが》はず。矢声《やごゑ》を掛けて三ッ迄ぞ引きたりける。介錯人《かいしやくにん》も長上下《ながかみしも》にて股立《ももだち》取って出《い》でけるが、成程《なるほど》首尾《しゆび》よく介錯せり。両人の子供これを見て、彼《か》の蒲団の端《はし》を持ち、死骸を穴の中へ入れるとひとしく、清巖《せいがん》和尚引導に立たれしかれども、また暫く下に坐し落涙に及びしが、重ねて立ち上り、火下の頌を唱へらる。引導済むとひとしく、両方より薪を崩しかけ、東岱《とうたい》の烟《けぶり》となればあはれなりしことどもなり。これ則ち万治、寛文の頃なりし由、その最期を見たる人ありて、くはしく物語られし。今に船岡の西の麓《ふもと》諸木生ひ茂りたる中に、一堆《いつつい》の古墳立て、年々春の草生じ、あはれを後世に残し、誉《ほま》れを都鄙《とひ》に顕《あらは》せり。〉

『二川随筆』は、山川素石、細川宗春両人の筆に成った。書名の「二川」は、山川・細川の二人の川。「その最期を見たる人ありて、くはしく物語られし」の最後の「し」は、過去の助動詞。平安文法では体験回想を表す。とすれば、「二川」氏は、興津殉死の実況を「矢来」のたぶん最前列で見た人の話を聞いて書いたわけだ。

むろん訝《いぶか》しい点もないではない。たとえば実況見物した人が、当時の年号を間違えるだろうか。史実として興津切腹正保四年（一六四七）以後、年号は慶安・承応・明暦と代わった。

万治元年が西暦一六五八年、寛文元年が西暦一六六一年である。記憶のズレが十年というのはいささか大きすぎよう。

だが、そういう点を無視したとしても描写はリアルである。文語文体による作品であることを考慮すれば、この文章、江戸期の他の随筆同様、真実性に富んで余りあろう。

なお、付け加えるならば、興津切腹の介錯人は乃美《のみ》市郎兵衛。『細川家記』その他の史料には、腹を三文字に切った興津の、「頼む」の声に一太刀首を打ったが落とせなかった。興津は「笛を刺されよ」と言ったが、乃美《のみ》が二の太刀を打つ前に絶息した、とある。

かねての望みどおり、亡き主のもとに参ずることができた興津の遺骸はどこに葬られたのか。いま、その墓石は主人忠興の墓所と同じ、大徳寺高桐院にある。その墓石の前脇に「三齋公臣三年の命日殉死　興津彌五右衛門　孤峯不白居士墓　森鷗外博士著ニ出ヅ」の白い立札が静かに立っている。

二十三　鷗外はこの作品でなにを書いたか

この作品のテーマが「殉死」にあるという認識はおそらく多数の読者に共通するところだと思う。問題はその殉死のどこに、あるいは殉死のどういうところに作者の意識が注がれているのかということである。

主人公興津彌五右衛門は若年のころ、相役横田清兵衛と長崎に赴いたことがあった。主君細川忠興から、「御茶事《おちゃじ》に御用《おもちゐ》被成《なされ》候《さうらふ》珍《めづ》らしき品《しな》買求《かひもと》め候《さうらふ》様《やう》被仰含《おほせふくめられ》」てのことであった。そのとき偶然にも伽羅の大木が輸入されていた。奥州伊達政宗の家来と興津らとの間に伽羅購入をめぐって競争が行われた。そのため価格の高騰を招来した。横田は言う。余技に大金を投ずるは武士の本分にあらず。それが君主の意志ならば諫言申し上げるが臣下のとるべき正しい道である、と。興津は反論する。主命であればこそ、その命ずるところをいささかの遺漏もなく完全に成し遂げるが臣下のつとめであろう、と。

二人の議論を要約すれば、結局のところなにが「忠義」かということになろう。その忠義の概念をめぐっての論争に接点を求めることは、初めから無理なことであった。なぜなら、横田・興津の君臣関係に対する考え方がまるで違うからである。エキサイトした二人の行き着いたところは刃傷だった。先に鞘を払った横田が落命する結果となった。興津は主命を果たし面目を施した。

だが、主命完遂と引き替えに「御役《おやく》に立《た》つべき侍《さむらひ》一人《いちにん》討果《うちは》たし」たことが、興津の心中に深くわだかまった。「不忠」の念である。忠義を尽くしたことが皮肉にも不忠の行為となってしまった。当時の武士なら、武士の武士たる所以が、主君に対し忠義を尽くすことにあることに、懐疑の念をいだいた者はいなかったはずだ。したがって自己の行為が不忠であれば、自己の生命をもってその罪を償うしか、武士に与えられた行動の指標はない。切腹である。

しかし主命は興津にその決行を許さなかった。そればかりか厚恩は却って興津の身に降り注がれることとなった。そのことは主人亡き後興津の採るべき道をおのずから決定することにもなった。最も正確にいうなら、忠興によって助命されたその瞬間からすでに興津の「殉死」は決せられていたのだ。

江戸時代における殉死の形式は、服毒でもなければ縊死でもない。切腹である。切腹とは自ら己の命を絶つ方法としてはもっとも肉体的苦痛を伴う方法である。しかし敢えてその苦痛を忍んでまで自らの命を絶つについては、そこにそうするだけの価値を自他ともに認めていなければなるまい。

興津は遺書の最後にこう言う。

〈最早《もはや》某《それがし》が心《こころ》に懸《か》かり候《さうらふ》事毫末《ことがうまつ》も無之《これなく》、只々老病《ただただらうびやう》にて相果候《あひはてさうらふ》が残念《ざんねん》に有之《これあり》、今年《こんねん》今月今日殊《こんげつこんにちこと》に御恩顧《ごおんこ》を蒙候《かうむりさうらふ》松向寺殿《しようかうじでん》の十三回忌《じふさんくわいき》を待得候《まちえそろ》て、遅馳《おくればせ》に御跡《おあと》を奉慕候《したひたてまつりそろ》。殉死《じゅんし》は国家《こくか》の御制禁《ごせいきん》なる事《こと》、篤《とく》と承知《しようち》候《さうら》へ共《ども》壮年《さうねん》の頃《ころ》相役《あひやく》を討《う》ちし某《それがし》が死《しに》遅《おく》れ候《さうらふ》迄《まで》なれば、御咎《おとがめ》も無之歟《これなきか》と存候《ぞんじそろ》。〉

文中に見える「御跡を奉慕」ることが殉死を意味する言葉であることはいうまでもない。その「御跡を奉慕」とは、現世において存在した君臣間の一体感を、霊界においても継続したいという臣下の念願である。その臣下の純粋な気持ちが、つまりは忠誠心といわれるものである。

興津は生存中、主君忠興から「殊」なる「御恩顧を蒙」った。ということは、忠興・興津主従の間には、きわめて強力な信頼関係、主従の一体感があったということだ。主君の側からいえば、忠興は家臣興津に対し、格別の引き立て、格別の処遇をしたわけではない。しかし横田事件に関する忠興の裁定以後特に、興津は忠興に対して文字通りの「献身」で主君の恩顧に応えた。少なくとも興津自身はそう自負していた。「某《それがし》は只主命《ただしゅめい》と申物《まうすもの》が大切《たいせつ》なるにて、主君《しゅくん》あの城《しろ》を落《おと》せと被仰候《おほせられさうら》はゞ、鉄壁《てつぺき》なりとも乗取《のつと》り可申《まうすべく》、あの首《くび》を取《と》れと被仰候《おほせられさうら》はゞ、鬼神《おにがみ》なりとも討果《うちは》たし可申《まうすべく》と同《おな》じく、珍《めづ》らしき品《しな》を求《もと》め参《まゐ》れと被仰候《おほせられさうら》へば、此上《このうへ》なき名物《めいぶつ》を求《もと》めん所存《しょぞん》なり、主命《しゅめい》たる以上《いじやう》は、人倫《じんりん》の道《みち》に悖《もと》り候事《さうらふこと》は格別《かくべつ》、其事柄《そのことがら》に立入《たちい》り候《さうらふ》批判《ひはん》がましき儀《ぎ》は無用《むよう》なりと申候《まうしそろ》」、「主命《しゅめい》なれば、身命《しんめい》に懸《か》けても果《は》たさでは相成《あひな》らず」という興津にとって、忠興は、いつ、いかなる場合においても「絶対者」以外のなにものでもなかった。そこには「禄」をはさんでの経済的意味を中心とした君臣関係、いわば功利的人間関係はなかった。それはかりか、それをはるかに超越した、まったく純粋な精神上の人間関係が成立していたのであった。興津にとって忠興は、永久に存在し続けるもの、限りなくかけがえのないもの、ある意味でもはや信仰の対象、犯すべからざる存在、畏怖の対象としての存在、いうなればそういう存在なのであった。

ぼくらは知っている。自分にとってまったくかけがえのない存在を失ったとき、人間がどういう精神状態に至るかを。その場合、喪失するものは必ずしも形あるものとは限らない。たとえば、永年魂を注ぎ込んで続けてきた研究生活が、病気等の理由により、継続を断念せざるを得ない状態になったときにも同じような精神現象は起ころう。失ったものの自分にとってのかけがえのなさが強大であればあるほど、自分自身の存在の意味に対する懐疑の念も深まる。というよりも、自分自身の存在の意味を否定する傾向が強まる。最愛の妻を失った上に、広島での原爆を体験した原民喜は、その後自分の存在理由を失って自ら命を絶った。事情に多少の差違はあれ、類似のケースは古今東西少なからずあることは読者諸氏の先刻ご承知のところであろう。

興津が最後に漏らした「最早《もはや》某《それがし》が心《こころ》に懸《か》かり候《さうらふ》事《こと》毫末《がうまつ》も無之《これなく》」という言葉を、現世での執着材料がなくなった彼の悟りの境地の言葉と解釈する向きも実際あるだろう。しかしぼくはこの言葉を、現世における己の存在理由がなくなったという興津の自己認識の言葉と考えたい。すでに自分にとって限りなくかけがえのない存在を失うと同時に、己もまた現世に存在する必要性を認め得ず、自ら無に帰することを純粋に願った興津が、その時、思想を超越した美そのものの存在と化した。

「此《この》遺《ゐ》書蝋燭《しよらふそく》の下《もと》にて認居候処《したためをりさうらふところ》、只今燃尽候《ただいまもえつきそろ》。最早《もはや》新《あらた》に燭火《しよくくわ》を点候《ともしさうらふ》にも不及《およばず》、窓《まど》の雪明《ゆきあか》りにて、皺腹掻切候程《しわばらかつきりさうらふほど》の事《こと》は出来可申候《できまうすべくそろ》」。これが忠誠と献身に生きた人間の、打算と我執のみに生きる現代人にはおそらく絶対に理解し難い、究極の人間の美の姿である。つまり乃木自身から受けた鷗外の感動である。鷗外が作品を通して描いた、まさにそこが最大のポイントであった。そして奇しくも漱石もまた乃木自身から鷗外とほとんど同質の感銘を受けていたのであった。曰く。

〈乃木さんが死にましたろう。あの乃木さんの死というものは至誠より出でたものである。（中略）乃木さんは決して不成功ではない。結果には多少悪いところがあっても、乃木さんの行為の至誠であるということはあなた方を感動せしめる。それが私には成功だったと認められる。〉

（大正二年、第一高等学校での講演「模倣と独立」）

主な参考・引用文献

《テキスト類》

『鷗外全集』　岩波書店
『森鷗外全集』　筑摩書房
『鷗外歴史文学集』　岩波書店
日本近代文学大系『森鷗外集』　角川書店
近代文学注釈大系『森鷗外』　有精堂
『日本随筆大成』　吉川弘文館
『校訂翁草』　歴史図書社

《史料類》

『日本経済大典』　史誌出版社
『徳川禁令考後聚』　吉川弘文館
『日本近世行刑史稿』　刑務協会　矯正協会
『京都御役所向大概覚書』　清文堂
『日本産業資料大系』　中外商業新報社
『和漢三才図会』　平凡社
『図録　近世武士生活史入門事典』　柏書房
『図説　江戸町奉行所事典』　柏書房
『古事類苑』　吉川弘文館
『徳川実紀』　吉川弘文館
『近世風俗見聞集』　国書刊行会
『都名所図会』　人物往来社

『新版都名所図会』　角川書店
『今昔都名所図会』　京都書院
『大阪市史』　清文堂出版
『京都の歴史』　学芸書林
『史料　京都の歴史』
『江戸町奉行事蹟問答』　人物往来社
『細川家譜』　永青文庫
『忠興公以来御三代殉死之面々』　永青文庫
『雑録古文書集録』　永青文庫
『藩譜採要』　永青文庫
『細川家譜』　国立公文書館
『細川譜略』　国立公文書館
『細川家記』　東京大学史料編纂所
『綿考輯録』　出水神社
『興津文書』　東京大学史料編纂所
『朝山齋之助覚書』　熊本県立図書館

『静岡県史料』　角川書店
『駿河志料』　歴史図書社
『嶽南史』　名著出版
『興津家由緒書』　東京大学総合図書館
『興津又二郎覚書』　東京大学総合図書館
『細川家殉死録』　東京大学総合図書館
『乃木将軍及同夫人死体検案始末並に遺言条々』
『野史』
『寛永諸家系図伝』　続群書類従完成会
『新訂寛政重修諸家譜』　続群書類従完成会
『通航一覧』　国書刊行会
『改訂史籍集覧』　臨川書店
『伊達家治家記録』　藩祖伊達政宗公顕彰会
『完本色道大鏡』　友山文庫
『日本随筆大成』　吉川弘文館
『甲子夜話』　東洋文庫

『東京都の気候』　気象協会

《辞典事典類》

『国史大辞典』　吉川弘文館
『日本史総合辞典』　東京書籍
『日本国語大辞典』　小学館
『京都大事典』　淡交社
『京都市の地名』　平凡社
『戦国人名事典』　新人物往来社
『戦国大名系譜人名事典』　新人物往来社

《単行本》

『森鷗外』　高橋義孝　新潮社
『鷗外　成熟の時代』　山崎國紀　和泉書院
『鷗外の精神』　唐木順三　筑摩書房
『森鷗外　教育の視座』　矢部彰　近代文芸社
『明治の作家』　猪野謙二　岩波書店
『鷗外と諦念』　岡崎義恵　宝文館出版
『講座森鷗外2　鷗外の作品』　平川祐弘　平岡敏夫　竹盛天雄編　新曜社
『森鷗外読本』　田中実　須田喜代次　奥出健編　双文社
『森鷗外夏目漱石』　三好行雄　筑摩書房
『森鷗外　歴史と文学』　武田勝彦　高橋新太郎編　明治書院
『森鷗外論考』　長谷川泉　明治書院

『近世刑事訴訟法の研究』　平松義郎　創文社
『角倉了以とその子』　林屋辰三郎　星野書店
『日本の職人』　遠藤元男　人物往来社
『京都』　林屋辰三郎　岩波書店
『与力同心目明しの生活』
横倉辰次　雄山閣出版
『日本行刑史』　瀧川政次郎　青蛙房
『日本法制史』　瀧川政次郎　角川書店
『日本産業史大系』　東京大学出版会
『増補改訂　西陣研究』　本庄榮治郎　改造社
『西陣機業の研究』
黒松巖編　ミネルヴァ書房
『京の歴史と文化』　村井康彦編　講談社
『幕府と御所　京都所司代（第二部）』
京都新聞社編
『公爵山縣有朋伝』　徳富蘇峰　原書房

『わが郷土清水』　鈴木繁三　戸田書店
『明治大正見聞史』　生方敏郎　中央公論社
『乃木希典殉死以後』
井戸田博史　新人物往来社
『乃木希典』　大濱徹也　河出書房新社
『人間乃木』　宿利重一　春秋社
『大将乃木』　横山健堂　敬文館
『乃木希典日記』　和田政雄編　金園社
『乃木希典』　黒木勇吉　講談社
『乃木大将』　山路愛山　民友社
『乃木大将の追憶　大遺訓』
猪谷不美男　忠誠社
『諸名家の乃木大将観』　加藤教榮　東紅書院
『乃木大将事跡』　塚田清一編纂
『乃木大将言行録』　鹿野千代夫編　東亜堂書房

『乃木院長記念録』　学習院輔仁会　三光堂
『谷干城遺稿二』　東京大学出版会
『華族制度の研究』　酒巻芳男　表現社
『炎は流れる』　大宅壮一　文藝春秋
『南蛮船貿易史』　外山卯三郎　東光出版
『徳川初期の海外貿易家』
川島元次郎　仁友社
『朱印船貿易史の研究』　岩生成一　弘文堂
『藩貿易史の研究』
武野要子　ミネルヴァ書房
『日本の古地図　長崎平戸』

《雑誌類》
『日本及日本人　七（七）』
『国語国文　三一（一一）』
『國學院雑誌　六五（四）』

『彼の歩んだ道』　武野要子　講談社
『伊達政宗　文化とその遺産』　末川博　岩波書店
小林清治　金沢紀雄　浅野晃編　里文出版
『伊達政宗の手紙』　佐藤憲一　新潮社
『森鷗外の歴史小説　史料と方法』
尾形仂　筑摩書房
『天草時貞』　岡田章雄　吉川弘文館
『千利休』　芳賀幸四郎　吉川弘文館
『伊達政宗』　小林清治　吉川弘文館

『日本文学　二（七）』
『読売評論　二（六）』
『国文学　解釈と鑑賞　一八（四）』

『語文　一二』
『福岡学芸大学紀要（第1部）　一〇』
『国文学　解釈と教材の研究　二七（一〇）』
『福岡大学人文論叢　一三（二）一五（一）』
『日本文学　七九四』
『高知大学学術研究報告　人文科学　三二』
『上智近代文学研究　五』
『国文白百合　一六』
『日本文学　三六（七）』
『文芸と批評　六（四）』
『国文学　解釈と鑑賞』
平成4年11月および昭和42年2月

《**新聞類**》
『東京朝日新聞』　国会図書館
『大阪毎日新聞』　国会図書館

『国文学　解釈と教材の研究』
平成元年10月および平成10年1月
『近代日本の作家と作品』
『関西大学法学会誌』　昭和31年1月
『細菌学雑誌臨時増刊』　明治41年8月
『洗心67』
『中外醫事新報』　第千二百八号
『文藝春秋臨時増刊　三代特ダネ読本』
『鷗外』　第二号
『話』
『信州白樺』　第四一四二合併号
『乃木神社由緒記』

『萬朝報』　国会図書館
『時事新報』　国会図書館

『国民新聞』　国会図書館　　『新聞集成　明治編年史』
『東京日日新聞』　国会図書館　　『新聞集成　大正編年史』
『中央新聞』　国会図書館　　『新聞集録大正史』　大正出版
『読売新聞』　浜松市立図書館　　『「号外」大正史』　大空社
『明治大正昭和　大事件史』　錦正社　　『信濃毎日新聞』　信濃毎日新聞社
『静岡県安倍郡誌』　安川書店

《全集類》

『武者小路実篤全集』　小学館　　『明治文学全集』　筑摩書房
『志賀直哉全集』　岩波書店　　『小泉信三全集』　文藝春秋
『露伴全集』　岩波書店　　『原敬日記』　乾元社
『内村鑑三全集』　岩波書店　　『中浜東一郎日記』　冨山房
『西田幾太郎全集』　岩波書店　　『芥川龍之介全集』　岩波書店
『漱石全集』　岩波書店　　『明治文学全集』　筑摩書房

《市史類》

『長崎県史』
『長崎市史』
『長崎市制六十五年史』
『舞鶴市史』

あとがき

小島直記さんの著書にこんな話が出ている。

野村證券社長を務めた奥村綱雄が、社長就任の挨拶に松永安左ヱ門を訪うた。松永は福沢諭吉の高弟。「電力王」の異名がある。奥村が社長になったのは昭和二十三年四月。まだ日本がＧＨＱの統治下にあったころのことだ。

挨拶を受けた松永は奥村に言った。「人間は三つの節を通らねば一人前ではない。その一つは浪人、その一つは闘病、その一つは投獄だ。君はそのどの一つも経験していない」。

ぼくはこの話をとても面白く思っている。

「浪人」。失業による無収入状態、つまりメシが食えない状態のことである。

「闘病」。三途の川を半分渡ること。ヘタをすれば二度とこちらの岸に戻れない。

「投獄」。「抑留」も含めてよかろう。「投獄」「抑留」が苛酷なものであることはよく聞く。

「浪人」「闘病」「投獄」。いずれも非日常の痛切・苛酷な体験である。そしてぼくも、「投獄」体験こそないが、三途の川を半ば渡ったことがあった。「浪人」も半分程度だが体験した。松永に言わせれば、ぼくは「半人前」というわけだ。古稀目前でである。

松永のいう「一人前」の人はおそらく強い。と同時に、その人生も美しい。「逆境」が「人間」を鍛えるからだ。「逆境」が人間としてのぎりぎりの判断を否応なく迫るからだ。

本書で取り上げた二作品の主人公たちは、通常とは異なる状況に身を置いた実在の人物である。そしてそのそれぞれに、鷗外は深い「人間理解」を示した。「人間とはなにか」「人としてどう生きるか」。それは鷗外が生涯かけて追究した命題である。

ぼくは主人公たちと鷗外を追いかけた。むろん追究の完璧を期すなんてことは、無理な話である。ただ「生とはなにか」という人類永遠の命題を考える、せめてその初歩的ステップにでもなればと思って本書を書いた。

最後に、本書刊行については、その最初から、新典社社長岡元学実氏、同編集部課長小松由紀子氏にたいへんお世話になった。ここに特に記して心からなる謝意を表したい。

平成二十四年八月

著　者

杉本　完治（すぎもと　かんじ）
1944年　静岡県生まれ。
1966年より2004年まで静岡県立高校教諭。1991年ごろより文部科学検定教科書の編集に携わる。ライフワークは森鷗外とその作品の研究および『徒然草』を始めとする中世文学の研究。著作に『ベネッセ全訳古語辞典』（編集委員）、「舞姫」を始めとする鷗外の作品に関する論文・著作、高校生の進路指導に関する著作等。

森鷗外　永遠の問いかけ　　新典社選書 56

2012年9月3日　初刷発行

著　者　杉本完治
発行者　岡元学実

発行所　株式会社　新典社

〒101－0051　東京都千代田区神田神保町1－44－11
営業部　03－3233－8051　編集部　03－3233－8052
ＦＡＸ　03－3233－8053　振　替　00170－0－26932
検印省略・不許複製
印刷所　恵友印刷㈱　製本所　㈲松村製本所

ISBN978-4-7879-6806-7 C0395
http://www.shintensha.co.jp/　E-Mail:info@shintensha.co.jp